청산 新무협 판타지 소설

天才家門

천재가문

FANTASTIC ORIENTAL HEROES

천재가문 1

청산 新무협 판타지 소설

초판 1쇄 찍은 날 § 2007년 8월 10일
초판 1쇄 펴낸 날 § 2007년 8월 20일

지은이 § 청산
펴낸이 § 서경석

편집장 § 문혜영
편집 § 이재권 · 유경화 · 유혜림

펴낸곳 § 도서출판 청어람
등록번호 § 제1081-1-89호
등록일자 § 1999. 5. 31
어람번호 § 제2-1265호

주소 § 경기도 부천시 원미구 심곡1동 350-1 남성B/D 3F (우) 420-011
전화 § 032-656-4452 팩스 § 032-656-4453
http://www.chungeoram.com
E-mail § eoram99@chollian.net

ISBN 978-89-251-0843-8 04810
ISBN 978-89-251-0842-1 (세트)

天宰家門

[열둘 밤의 공포]

FANTASTIC ORIENTAL HEROES

천재가문 1

청산 新무협 판타지 소설

도서출판 청어람

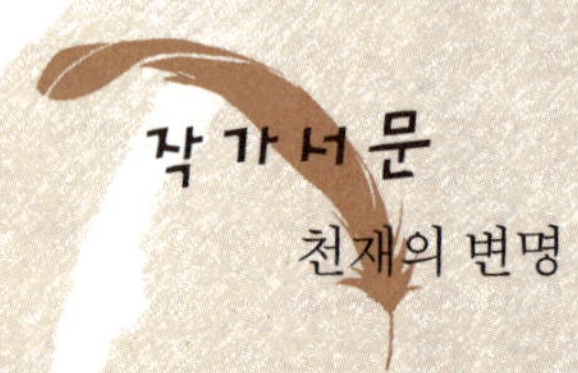

작가 서문

천재의 변명

　—바보들의 세상에서는 범재가 천재가 되고, 평범한 사람들의 세상에서는 수재가 천재가 되며, 수재들의 세상에서는 진짜 천재가 진짜 천재가 된다. 그럼 진짜 천재들의 세상에서 누가 천재가 될 수 있을까.

　흔히들 천재는 하늘이 내린 사람이라 한다.

　천재들은 보통 사람들이 지닐 수 없는 뛰어난 기억력과 이해력, 그리고 월등한 창조력과 판단력을 지니고 있다.

　범재는 한 권을 암기하는 데 몇 날 며칠이 걸리지만 천재는 단지 한 번 훑어보는 것으로 책 전체를 머릿속에 담아둘 수 있다.

　범재들 입장에서 본다면 천재들은 질시와 더불어 동경의 대상이다. 적은 노력으로 자신들보다 10배, 100배나 빠른 성과를 낼 수 있으니 게으른 천재들이 부럽지 않을 수 없다.

　그러나 천재들에게도 고민이 있다.

　그것은 한번 본 것을 잊지 못하는 기억력이다. 인간은 망각의 동물이기에 괴롭고 끔찍하며 슬픈 일들을 잊어야 살 수 있다. 만

일 어렸을 적의 비극과 공포를 평생토록 간직한 채 살아가야 한다
면 그 얼마나 고통스런 삶이겠는가.

　초인적인 기억력은 오히려 축복이 아니라 형벌이기에 천재가
반드시 행복한 것만은 아니다.

　여기 백 년 동안 현판을 걸지 못하고 살아야 하는 불우한 가문
이 있다. 그들은 함부로 세상 밖으로 나갈 수도 없고 이름을 밝힐
수도 없으며 자신의 존재마저 숨겨야 한다.

　그들 일족은 세상 사람 모두가 부러워하는 천재들이지만 결코
행복할 수 없다. 그저 죄인처럼 숨을 죽인 채 살아야 한다.

　그런 천재가문에 태어난 천재 중의 둔재 위지불급!

　불급(不及)은 기준에 미치지 못함이지만 가문을 벗어나면 그는
여전히 천재다. 그는 천재이기를 원치 않았지만 타고난 혈통은 어
쩔 수 없다.

　위기세가의 장손으로 태어난 그는 가문의 부활이라는 막중한
임무를 수행해야 한다. 그러나 너무나 많은 장애가 그를 기다리고

있다.

혈족의 잇따른 피살, 배신, 음모, 탐욕, 술수…….

그래서 위지불급은 자신의 운명을 한탄한다.

불행한 천재보다 행복한 범재가 그립다고!

계속된 열대야로 잠 못 이루는 밤입니다.

전작 『마왕출사』의 성원에 감사드리며 천재가 되지 못한 둔재의 입장에서 신작 『천재가문』을 독자제현께 바칩니다. 그리고 폭염의 더위 속에서도 작품의 교열과 제작에 애써주신 청어람 가족들께 깊은 감사를 드립니다.

청산 배상.

序
사라진 천재가문

　광마(狂魔)의 혈겁은 사십구 일 동안 계속되었다.

　이는 고금에 다시없는 끔찍한 연쇄 살인이었다. 광마 이전
의 그 어떤 포악한 살인마왕도 사십구 일 동안 쉴 새 없이 피
바람을 일으킨 적은 없었던 것이다.

　광마로 인해 천하가 공포에 잠기자 무림계의 협사들은 물
론이며 각파의 장문인과 은거기인들까지 출동해 광마 척살에
나섰다.

　한데 광마의 살행에는 어떤 일관성도 없어 추적하기가 쉽
지 않았다.

　광마는 무림인이든 양민이든 구별하지 않았고, 무림계의

정사(正邪)에 대한 구분도 없었다. 세상에 대해 어떤 한 맺힌 복수심이 있었는지 몰라도 그의 목적은 철저한 말살 그 자체였다.

그래도 모든 살인이 해가 저문 밤에만 이루어진다는 것은 다소나마 다행일 수 있었다. 광마의 살행이 벌어진 곳 수백 리 이내는 밤이면 모두가 문을 걸어 잠갔고, 일부는 외부와 차단된 비밀스런 은신처로 피신하기도 했다.

혈겁이 진행되는 동안 수많은 무림고수들이 광마와 겨루다 목숨을 잃었다.

단심대협, 중추쌍절, 화북오의, 공동의 운중자, 소림의 자하 선사, 무당의 현백 도장 등등…….

당시 쟁쟁한 절정고수들이 광마에 의해 희생돼 무림 열사로 기록되었다. 이에 천하인들은 광마를 무림공적으로 규정하고 정사의 최강 고수들로 구성된 척살단을 조직해 사십구일째 밤 광마를 포위하는 데 성공했다.

광마와 정사 백팔 영웅들의 대격돌!

한밤중에 시작된 엄청난 혈전은 여명이 밝아오자 광마가 포위망을 뚫고 달아나면서 종결되었다. 백팔 영웅 중 무려 절반이 죽고 다치는 참상이 전개된 무서운 혈투였다.

이런 혈전 속에 광마도 치명적인 부상을 입었는지 이후 종적을 감추었다.

한 달, 두 달, 석 달, 반년…….

그렇게 일 년이 흘러서야 천하인들은 비로소 광마의 혈겁이 종식되었음을 확신하며 공포에서 헤어 나올 수 있었다.

광마에 의해 피해를 당한 무림세가는 십여 곳에 달했다. 그중 일부는 가주를 비롯한 장로급 대다수가 죽는 바람에 아예 와해된 곳도 있었다. 무림세가 외에도 몇 곳의 장원과 가문이 현판을 내린 채 해체되기도 했다.

강남 양양에 위치한 한 세가도 광마의 피바람 속에 사라진 가문 중 하나였다.

위지세가(尉遲世家)!

이 세가는 외부와 거의 교류가 없는 지극히 폐쇄적인 가문이었다. 무공을 수련하는 자도 몇 명 되지 않기에 사실 무림세가로 불리기에는 다소 무리일 수 있었다.

하지만 모두 합쳐 칠십여 명에 불과한 대가족으로 구성된 위지세가가 지닌 명성은 실로 대단했다.

천재가문(天才家門)!

단 한 마디로 대변될 만큼 위지세가 사람들은 하나같이 명석한 두뇌의 소유자였다.

위지세가의 아이들은 이미 십 세 이전에 제자백가와 삼교구류의 모든 학문을 완벽하게 섭렵한다고 알려져 있었다. 만일 그들 중 누구와 일각 이상만 논쟁할 수 있어도 천하의 석학으로 인정받을 수 있다는 것이 모두의 정평이었다.

그런 뛰어난 학식과 경륜을 지니고도 위지세가 사람들은

단 한 명도 벼슬자리에 오르지 않는 고고함을 과시하였다.

그러하기에 위지세가가 무(武)를 추구했다면 당당히 중원 제일가로 성장했을 것이며, 상계(商界)로 진출했다면 천하에서 가장 부유한 가문이 되었을 것이라는 찬사에는 누구도 이의를 제기하지 못했다.

한데 그런 천재가문이 갑작스럽게 세상에서 종적을 감추었다.

왜?

위지세가는 광마에 의해 전혀 피해를 입지 않았기에 많은 사람들은 위지세가의 소멸에 크나큰 의혹을 금치 못했다.

하지만 당시 워낙 많은 문파, 세가, 가문들이 몰락을 면치 못했기에 위대한 천재가문의 소멸은 한때의 놀라움과 아쉬움만 남긴 채 사람들의 뇌리 속에서 잊혀지게 되었다.

항간에는 위지세가의 소멸이 광마와 연관이 있다는 풍문이 떠돌기는 했지만 어떠한 물증이나 증언조차 없기에 유유한 세월의 흐름 속에 묻혀 버리고 말았다.

위대한 천재가문인 위지세가의 존재는 그저 잠시 불꽃을 발하다 사라진 유성처럼 여겨진 것이다.

그렇게 구십 년이 흘렀다.

第一章 천재가문의 천덕꾸러기

1

딱, 딱, 딱……!

오랜 세월의 냄새가 물씬 풍기는 비자나무 바둑판 위로 바둑돌을 내려놓은 손길이 날렵하다.

대국을 벌이고 있는 두 사람은 신선 풍모의 노인과 청수한 면모의 장년인이었다. 한데 그들이 벌이는 대국은 실로 독특했다.

바둑판에는 온통 하얀색 바둑돌만 깔려 있었다.

바둑은 본래 검고 흰 두 가지 색깔의 바둑돌로 구분되는 게 원칙이다. 만일 희거나 검은 바둑돌 한 가지만으로 바둑을 둔다면 승패는 물론이고 어디에 돌을 두어야 할지 막막해진다.

　물론 극히 뛰어난 기억력을 지닌 사람들이라면 자신의 바둑돌을 정확히 기억하면서 대국을 진행할 수 있겠지만 이것도 이, 삼십여 수가 한계다. 자신의 바둑돌과 상대의 바둑돌이 뒤엉키다 보면 나중에는 대국 자체가 형성되지 않는다.

　그러나 지금 바둑을 두는 두 사람은 하얀색 바둑돌로만 진행되는 단색 대국을 벌이면서도 이맛살 한번 찌푸리지 않았다.

　이름하여 단색 바둑.

　아마도 그들의 눈에는 하얀색 바둑돌이 흰색과 검은색으로 구분돼 보이는 것으로 생각되었다.

　그렇지 않다면 두 사람은 초인적 두뇌의 소유자임에 틀림없었다. 그들은 각기 자신의 착수뿐 아니라 상대의 착수까지 정확히 기억하면서 대국을 벌이고 있으니 말이다.

　이때 신선풍의 노인이 차를 한 모금 마시고는 물었다.

　"아범아, 불급(不及)이가 요즘은 어떤 책을 읽고 있더냐?"

　청수한 면모의 장년인은 아주 송구스런 표정을 지었다.

　"이제야 겨우 노장을 접하고 있습니다."

　노장(老莊)이란 아득한 춘추시대의 대학자 노자(老子)와 장자(莊子)를 의미하며, 이들의 남긴 저서가 또한 노자와 장자이다.

　노장의 학문은 워낙 심오해 유학을 공부하는 대학자들도 한 줄의 문구를 해석하고 이해하는 데 골머리를 앓을 정도이다. 하기에 근 이천 년 이래 수많은 석학들이 노자와 장자에 대한 주해(註解)를 남겼지만 그 어떤 저술도 노장의 깊은 뜻을 명쾌하게 설명하지 못했다.

그만큼 난해한 학문이 노장이었다.

노인은 마뜩찮은 표정으로 고개를 설레설레 저었다.

"이미 열 살이나 된 녀석이 이제야 노장이라니……."

그는 한쪽에 앉아 기보를 작성하고 있는 아이에게 시선을 돌렸다.

"문현아, 넌 언제 노장을 떼었느냐?"

일견해도 총명함이 느껴지는 곱상한 사내아이였다. 대략 아홉 살쯤 되어 보이는 아이가 해맑은 미소를 지었다.

"노장에 대한 공부는 지난해에 마쳤습니다."

"넌 지금 무엇을 배우고 있느냐?"

"하도낙서(河圖洛書)와 육도삼략을 공부하는 중입니다."

노인은 흡족한 표정을 지으면서도 오히려 가볍게 꾸지람을 내렸다.

"네 성취가 늦은 편이 아니다만 그렇다고 빠르지도 않구나. 보다 학업에 매진하여라."

"예, 할아버님."

곱상한 아이가 공손하게 손을 모았다.

노인은 다시 반상 위에 바둑돌을 올려놓았다.

"문현아, 네 누이는 이미 열 살 이전에 모든 학업을 마치고

악학(樂學)과 기예를 익혔다. 너희 형제가 사내자식으로서 누이에 미치지 못한다면 우리 가문의 수치이다. 이 점을 명심하여라."

"예, 할아버님. 마음속에 각별히 새겨두겠습니다."

노인은 손에 쥔 바둑돌을 내리면서 가볍게 이맛살을 찌푸렸다.

"흐음, 어쨌거나 불급이 녀석 때문에 골치가 아파. 명색이 가문의 직계 장손인데 배움은 뒷전이고 게으름만 피우니 말이다. 우리 가문에 그런 둔재(鈍才)가 태어날 줄은 생각도 못했다."

노인이 혀를 차며 개탄하자 장년인이 조심스럽게 위로를 올렸다.

"아버님, 너무 심려치 마십시오. 불급이가 비록 배움은 더디지만 그래도 범재 수준은 됩니다. 부단히 가르친다면 가업을 계승할 재목으로 충분합니다."

"범재라니? 우리 가문의 장손이 고작 범재라니 이게 어디 있을 수 있는 말이더냐? 아범은 왜 그렇게 불급이를 감싸고도는 것이냐? 녀석에게는 회초리와 엄한 꾸지람이 더 필요한데 말이다."

"불급이는 성현의 가르침보다 자신이 직접 세상을 둘러보기를 원하고 있습니다. 다른 아이들보다 생각하는 바가 다소 다릅니다. 지나치게 학업을 강요할 경우 자칫 집을 떠날 수 있기에 소자도 함부로 회초리를 들 수가 없었습니다."

노인의 표정이 딱딱하게 굳어졌다.

"그 정도란 말이냐?"

"아직 심각한 수준은 아닙니다. 소자에게 맡겨주시면 우리 가문의 장손답게 키워보겠습니다."

"알겠다. 모처럼 아이들의 성취를 보고 싶구나. 십사 세 이하의 아이들을 모두 별채로 불러들여라."

"예, 아버님."

장년인은 바둑돌을 내려놓고 자리에서 일어섰다.

노인은 대국을 마저 끝내기 위해 기보를 작성하던 아이를 대신 불러 앉혔다.

"문현아, 네가 아버지 대신 둘 수 있겠느냐?"

"부족한 기력이지만 해보겠습니다."

아이는 잠시 반상을 살펴보고는 우변에 바둑돌을 내려놓았다.

아이의 이름은 위지문현(尉遲文賢).

올해 나이 아홉 살로 같은 항렬의 형제자매 중에서도 단연 독보적인 학식과 두뇌의 소유자이다.

위지세가의 아이들은 첫돌을 맞이해서야 비로소 공식적인 이름을 갖게 되는데, 이름 속에 그 아이의 특성이 담기게 된다.

위지문현은 문현(文賢)이란 이름을 통해 이미 학문적인 대성이 예견되었다고 할 수 있었다.

어린 손자와 단색 대국을 벌이는 노인은 위지세가의 노가주이다.

위지업(尉遲業).

그는 이십오여 년간 가주로서 위지세가를 이끌어오다가 근자에 들어 큰아들에게 가주 직을 승계하고 노가주로 물러나 별채에서 지내고 있었다.

그의 유일한 바람은 십 년만 더 생존해 위지세가의 백 년 숙원을 해소하는 감격을 맞이하는 것이었다. 그러나 위지세가 창건 이래 회갑을 넘긴 장수자가 없는 것이 그의 고민이었다.

그의 나이 오십육 세.

회갑을 넘기고도 몇 년을 더 살아야 가문의 백 년 약조를 이행할 수 있기에 어쩌면 요원한 바람일 수 있다. 그러나 설사 자신이 앞서 눈을 감는다 해도 자신의 후대에서 가문의 숙원이 해소될 수 있기에 아쉬움은 없을 것 같았다.

다만 향후 십 년이 앞서 흘러왔던 구십 년의 세월처럼 커다란 변고가 없기만을 바랄 뿐이었다.

위지업은 부친을 대신해 바둑을 이어 두면서도 조금의 실수가 없는 어린 손자를 바라보면서 빙그레 미소를 띠었다.

'대견한 녀석이야. 배움은 물론이고 심성 또한 맑고 깨끗하다. 배움에 대한 욕심이 지나치게 많은 게 오히려 흠일 정도이지. 차라리 문현이가 형으로 태어났어야 했는데…….'

이때 장년인이 난감한 표정이 되어 별채로 들어섰다.

바로 위지세가의 현 가주로서 이름은 위지명(尉遲明). 뛰어난 의술의 소유자로 성격은 비교적 냉정했다.

"아버님, 다소 문제가 생겼습니다."

"문제라니?"

노가주가 가볍게 미간을 찌푸리며 그를 돌아보았다.

위지명은 노가주 앞에 조용히 무릎을 꿇었다.

"불급이가 집 안 어디에도 없습니다."

"무슨 소리냐? 그럼 납치라도 당했단 말이냐?"

"납치는 아닙니다. 본가 주변에 설치된 세 겹의 진세에는 전혀 침입의 흔적이 없었습니다."

노가주는 답답한 듯 대나무 탁자를 내려쳤다.

"그렇다면 불급이가 진세를 파훼하고 나간 것도 아니로군. 한데 불급이가 집 안에 없다니, 대체 이 무슨 해괴한 일이더냐?"

"소자가 추측컨대 죽세공품이 실린 마차를 타고 빠져나간 것 같습니다. 오늘이 미산현 장날이라……."

"알겠다."

노가주가 자리를 박차고 일어섰다.

"아범 말대로 마차를 타고 빠져나간 게 분명하다. 녀석이 집 안에서는 둔재로 취급을 받지만 세상 사람들 눈에는 천재로 보일 것이다. 자칫 우리 가문의 존재가 발각될 수 있으니 어서 사람을 풀어 데려오도록 해라."

"알겠습니다."

"시간상으로 이미 불급이가 사람들과 접촉했을 것이다. 어떻게든 대책을 세워 불급이의 존재를 잊게 만들어야 한다. 어서 서둘러라."

"예, 아버님."

위지명은 죄인의 심정이 되어 별채를 나갔다.

노가주는 초조한 심정을 금치 못하고 섭선을 연신 펼쳤다 접었다 하며 심각한 고민에 젖었다.

이를 본 위지문현이 아이답지 않게 조부를 위로했다.

"너무 걱정하지 마세요, 할아버님. 형이 게을러서 그렇지 사실 둔재는 아닙니다. 형이 세상에 대한 막연한 동경 때문에 무단으로 외부로 나갔지만 별다른 사고는 없을 겁니다. 차분히 앉아 기다리십시오."

노가주는 어린 손자의 위로에 자신의 경망스런 행동을 후회했다.

"허허, 어린 널 보기가 부끄럽구나."

본래의 의연함을 되찾은 노가주가 위지문현의 머리를 쓰다듬어 주었다.

"네 말이 맞다. 우리 가문의 핏줄을 받은 아이라면 절대 멍청한 행동은 하지 않을 것이다. 믿고 기다리자꾸나."

딸랑딸랑……!

나귀 목에 걸린 방울 소리가 경쾌하게 울려 퍼진다.

짐칸 가득히 대나무 죽세공품과 두루마리 종이를 실은 마차가 천천히 미산현 시장으로 들어서고 있었다. 어자석에는 두 사람의 장한이 나란히 앉아 있었다.

두 장한은 시장의 부산함 속에서도 전혀 한눈을 팔지 않고 평소 거래하던 공예점으로 나귀를 몰아갔다.

한데 이때였다.

수북한 공예품이 흔들리면서 좌우로 벌어졌다. 한 뼘 크기의 틈새가 벌어지자 한 아이가 공예품 사이에서 모습을 드러냈다.

아이는 눈썹이 유난히 짙었고 눈썹 끝이 귀에까지 이르는 검미(劍眉)의 소유자였다. 선명한 눈썹과 달리 눈빛은 아이답지 않게 다소 나른한 편이었다.

아이는 고작 십여 살에 불과했기에 공예품 사이의 좁은 틈새 속에서 몸을 웅크린 채 숨길 수 있었다. 아이는 바깥 상황을 살피다가 마차가 상점 사이의 골목으로 들어서자 얼른 마차에서 뛰어내렸다.

아이는 구겨진 옷을 잡아당겨 펴고는 싱긋 미소를 지었다.

'훗, 마침내 바깥세상을 볼 수 있게 되었군. 어떻게 열다섯 살이 될 때까지 기다릴 수 있겠어?

아이는 공예품이 실린 마차가 멈춰 선 미산상회의 위치를 확인해 두었다.

그가 입수한 정보에 의하면 공예품이 거래된 후 두 숙부는 양곡과 부식, 그리고 생필품을 사기 위해 두루 장터를 다닌다. 최소 두 시진 이상이 걸리는 일이기에 그로서는 적당히 시장을 구경하다가 시각에 맞춰 짐칸으로 숨어들어 가면 된다.

마차는 당연히 집으로 향할 것이고, 세 겹의 진세를 통과하는 즉시 마차에서 내려 서고로 달려가 있으면 자신의 외출을 감쪽같이 숨길 수 있다.

아침나절에는 자신을 찾지 않도록 주방을 담당하는 숙모에게 미리 만두 도시락을 받아두었기에 아버지한테 발각될 우려도 없다.

어른들 중 누군가 갑자기 자신을 찾지 않는 한 그의 외출은 혼자만의 비밀로 간직할 수 있는 것이다.

'훗, 누가 날 찾겠어? 다들 내가 눈에 띄지 않기를 바라는 눈치인데 말이야.'

아이는 자신의 치밀한 계획을 자신하고는 느긋하게 시장 구경에 나섰다.

아이의 이름은 위지불급(尉遲不及).

그는 위지세가의 장손으로 올해 나이 열 살이다. 그는 가문을 계승해야 할 직계 장손의 신분이지만 위지세가 내에서는 모두가 손을 내젓는 천덕꾸러기 신세였다.

위지세가의 가풍은 아주 엄격해 존장의 지시에 절대복종해야 하며 어떤 의혹도 제기할 수 없다. 또한 아무리 힘든 과제가 주어져도 군말없이 수행해야 하며 이를 거부해서는 안 된다.

한데 위지불급은 이런 전통적인 가풍을 따르지 않는 이단아였다.

또래의 사촌, 육촌 형제들이 밤을 새워 시문을 공부할 때도 그는 몰래 서고를 나가 잠을 자거나 낚시를 즐겼다. 또한 죽세공품 제작 기술은 위지세가의 남녀 모두가 반드시 익혀야 하지만 그는 대바구니를 하나 짜는 데도 하루 이상을 허비했다.

이런 연유로 그는 아주 어릴 적부터 수없이 많은 회초리를 맞았고 벌을 받았지만 그의 천성은 크게 변하지 않았다. 그나마 나이가 조금 들면서 최소한의 서책을 들여다본 것이 다행일 정도였다.

위지세가 사람들은 십오 세가 넘어야 비로소 가문의 경계 밖을 나설 수 있는 자격이 주어진다. 그리고 세상 밖으로 나선다 해도 절대 자신의 신분과 이름을 밝힐 수 없다.

대체 왜?

당연히 그런 의문을 품을 수 있지만 가문의 존장들은 그 연유를 알려주지 않았으며 묻는 것조차 금기로 정해놓았다.

위지불급은 어릴 적부터 남다른 호기심을 지녔기에 무수한 의혹과 의문으로 머리가 터질 지경이었다. 그가 가문의 천덕꾸러기로 냉대를 받게 된 것도 금기를 무시하는 질문과 끝없는 반발 때문이었던 것이다.

그러다 그가 생각해 낸 것이 은밀한 외출이었다.

의문은 어른들의 입을 통해서만 해소될 수 있지만 은밀한 외출은 그의 두뇌로 얼마든지 가능하다고 판단하였다. 그의 이번 외출은 반년에 걸친 치밀한 계획 덕분이었고, 모든 것이 그의 계획대로 진행되었다.

지금쯤 그의 무단 외출이 탄로났을 수도 있겠지만 그는 조금도 우려하지 않았다. 집으로 돌아가서 받을 벌보다 눈앞에 펼쳐진 외부 세상을 마음껏 감상할 수 있다는 것이 신기하고 즐거웠던 것이다.

외부 세상을 둘러보는 순간 그의 나른한 눈빛이 놀랄 만큼 빛을 발했다. 칠흑 밤에 빛나는 두 줄기 별빛처럼 밝고 선명한 눈빛.

그것이 나른함 뒤에 숨겨진 그 본래의 눈빛이었던 것이다.

사천성 미산현의 장날은 한 달에 두 번 열리는데, 현 내 열일곱 개 향(鄕)과 다섯 개 진(鎭) 사람들이 모두 참가하기에 축제와도 같다. 장날은 사흘에 걸쳐 이어지며 각 마을의 특산물이 교환되고 매매되면서 숱한 거래가 이어진다.

　사람들이 몰리는 곳에는 반드시 먹거리 장터가 개설되고 순박한 양민들의 주머니를 털어내기 위한 소규모 도박판이 열리는 것이 일반적이다.

　"자자, 동전 백 문만 걸면 은자 세 냥을 손에 쥘 수 있소! 그저 주사위 한 번만 던지면 되는 일이오!"

　"이 그림 한번 보시겠소? 용이 지닌 여의주가 몇 개인지 알아맞히면 열 배를 지불하겠소. 아주 쉬운 문제외다!"

　"바둑에 자신있는 분들만 오시구려! 간단한 묘수 풀이로 은자를 벌어가시오!"

　도박꾼들은 호객꾼까지 동원해 귀가 솔깃한 말로 양민들을 불러 모으고 있었다.

　가져온 특산물을 팔아 전대가 두둑해진 사람들은 돈에 대한 욕심과 재미 삼아 도박판에 뛰어들어 한두 푼을 건다. 그러다 지닌 돈을 몽땅 잃고 대성통곡을 하는 것은 흔히 있는 일이다.

　위지불급은 지닌 동전으로 오리고기 구이 꼬치와 빙과를 사서 맛있게 먹었다.

　"흐음, 역시 특별해. 집에서는 이런 맛을 볼 수가 없지."

　그는 장터를 두루 다니며 각양각색의 특산품을 구경하고 사기와 다름없는 도박판을 잠시 기웃거리기도 했다. 그러다 주사위 도박판이 벌어지고 있는 천막 뒤편에서 들려오는 다

틈에 절로 발길이 끌리게 되었다.

농부로 보이는 중년인이 두 장한에게 심한 핍박을 당하고 있었다.

"이놈아, 네가 우리 돈 먹자고 덤벼든 것이지 우리가 언제 강제로 네 돈을 뺏었냐?"

"여비나 조금 줄 테니 조용히 꺼져. 만일 깽판을 부렸다가는 내 손에 죽을 줄 알아. 알겠냐?"

애꾸눈 장한은 농부의 멱살을 쥐며 무섭게 위협을 주었다.

한 냥의 은자를 손에 쥔 농부가 눈물을 글썽이며 통사정을 했다.

"아이고, 내가 잃은 돈이 자그마치 은자 이십 냥이오! 이 년 동안 애써 키운 소를 판 소중한 돈이란 말이오! 제발 절반이라도 돌려주시오!"

그러자 험상궂은 용모의 장한이 비수를 꺼내 들고 농부의 심장에 들이댔다.

"이 새끼, 네놈 돈만 소중하고 우리 돈은 소중하지 않단 말이냐? 마지막 경고다. 한 번 더 장사를 훼방 놓으면 네놈 심장에 구멍이 뚫릴 것이다."

날이 시퍼렇게 선 비수를 보게 되자 농부는 그만 좌절의 표정이 되어 털썩 주저앉았다.

두 장한은 신경질적으로 침을 뱉고는 주사위 도박장으로 돌아갔다.

농부는 머리를 쥐어뜯으며 심하게 자책했다.

"크으, 내가 미쳤지, 미쳤어. 어쩌자고 도박판에 끼어들어서……. 그 돈이 어떤 돈인데. 큰 딸년 시집보낼 돈이건만……."

햇볕에 검붉게 그을린 볼을 타고 북받친 설움의 눈물이 흘러내렸다.

이때 물끄러미 농부를 바라보던 위지불급이 가까이 다가섰다.

"아저씨, 잃은 돈만 되찾으면 되는 거죠?"

"응……?"

농부는 행여 돈을 되찾을 수 있다는 기대감에 고개를 쳐들었다가 어린아이임을 확인하고는 짜증스럽게 손을 내저었다.

"꺼져라, 이 녀석아! 너 같은 꼬마가 나설 일이 아니다."

"저도 얘기 다 들었어요. 사실 아저씨가 돈 욕심에 먼저 도박판에 뛰어들었으니 누구를 탓할 입장은 아닙니다. 하지만 따님을 시집보낼 돈을 잃었다 하니 가슴이 조금 아프군요. 제게도 누님이 있거든요. 예물도 없이 따님을 시집보낼 수는 없지 않겠어요?"

"……."

나이는 어려도 언변이 유창했고 의연한 위지불급의 태도에 농부는 한가닥 희망을 품었다.

"뉘 댁 도련님이시오? 정말 내가 잃은 돈을 되찾게 해주실 수 있소?"

"그래요. 내가 시키는 대로만 하면 됩니다."

농부는 털썩 무릎을 꿇으며 위지불급의 손을 덥석 쥐었다.

"하, 하겠네. 돈만 되찾을 수 있다면 뭐든 하겠네."

장터에서는 다양한 도박이 놀이를 빙자 삼아 벌어지고 있었다.

닭싸움인 투계(鬪鷄)와 개싸움인 투견(鬪犬)은 전문 도박사들이 큰돈을 걸기에 웬만한 사람들은 그저 구경꾼이 되어 지켜보는 게 고작이다.

위지불급은 농부와 함께 장터를 다니다가 그림을 파는 화방(畵房) 앞에 잠시 걸음을 멈추었다.

화방 주인은 커다란 그림을 걸어놓고 사람들을 불러 모으고 있었다.

"이 그림은 전 예조상서께서 직접 그리신 청풍호접도(靑風胡蝶圖)요. 특별히 은자 열 냥에 드리겠소. 아, 관심이 있는데 돈이 부족한 분에게는 특별한 기회를 드리겠소. 은자 한 냥을 걸고 그림 속 나비가 몇 마리인지 맞히면 청풍호접도를 드리도록 하겠소. 이것은 도박이 아니라 그림에 대한 안목의 문제이니 오해없기를 바라겠소."

화방 주인의 그럴듯한 말솜씨에 문사 둘이 각기 은자를 걸고 나비의 숫자를 불렀다.

"아홉 마리."

"난 열두 마리요."

화방 주인은 아쉽다는 표정을 지으며 두 사람이 내건 은자를 챙겼다.

"유감이오. 그보다는 조금 더 많소."

이번에는 세 사람이 나서서 은자를 걸고 나비 숫자를 불렀다.

"열다섯 마리."

"아니, 난 열일곱 마리요."

"무슨 소리요. 내가 확실하게 세어보았소. 열아홉 마리가 틀림없소."

화방 주인은 이번에도 그들의 은자를 즐겁게 챙기며 고개를 흔들었다.

"아쉽소. 많이 접근했지만 정답은 아니오."

정답에 접근했다는 말에 다섯 사람이 연이어 은자를 걸고 외쳤지만 화방 주인은 여전히 아쉽다는 표정을 지었다.

"달리 없으시오? 앞으로 세 분만 더 받겠소. 그런 후 여기 적어놓은 정답을 공개하겠소. 그래야 내가 사기꾼이 아님을 입증할 수 있지 않겠소?"

위지불급은 사람들 사이에 섞여 그림을 직시했다.

청풍호접도에는 멀리 대나무 숲을 배경으로 들꽃 사이를

너울거리는 나비 떼가 빼곡하게 그려져 있었다. 웬만한 사람은 나비를 한 마리씩 헤아리기도 어지러울 정도였다.

하지만 위지불급은 놀라운 관찰력으로 대번에 나비 숫자를 알아냈다.

'모두 스물일곱 마리로군.'

그가 비록 집안 내에서는 학식과 재주가 가장 뒤떨어지지만 그도 한 가지 뛰어난 재능을 지니고 있었다.

초인적인 관찰력!

그것은 단순히 멀리 볼 수 있는 시력의 문제가 아니다. 그가 지닌 관찰력은 지극히 뛰어나 정신을 집중하면 쏟아져 내리는 우박의 크기와 형태까지 정확히 알아맞힐 정도다. 또한 빛살처럼 날아가는 제비의 부리에 물려 있는 것이 지렁이인지 지푸라기인지 대번에 간파할 수 있다.

물론 이런 초인적인 관찰력이 아니더라도 그는 가문의 경계를 벗어나면 천재로서 행세할 수 있는 안목과 학식은 충분히 지니고 있었다.

대번에 그림 속 나비를 헤아린 위지불급은 농부에게 나비 숫자를 전하려다 잠시 흠칫했다.

'가만, 그림 속에 숨겨진 그림이 있잖아?

그는 다시 정신을 집중해 청풍호접도를 직시했다. 그가 간파한 대로 그림 속에는 몇 마리의 나비가 더 숨겨져 있었다.

바로 은화(隱畵)였던 것이다.

은화는 교묘하게 그려진 그림으로 일반인들은 절대 숨겨진 그림을 찾아낼 수 없다. 이런 은화는 기밀을 요구하는 첩보를 전할 때나 비밀을 기록할 때 사용되는데 화방 주인은 이것을 도박 도구로 사용한 것이다.

은화를 간파한 위지불급은 농부의 귀에 대고 숫자를 일러주었다.

"나비는 모두 서른세 마리입니다. 하지만 그림은 조잡한 모조품이니 돈으로 받으세요. 은자 닷 냥 정도면 흥정이 될 겁니다."

농부는 스무 냥이나 되는 거금을 잃었기에 자포자기의 심정으로 숫자를 불렀다.

"서른세 마리!"

그가 은자 한 냥을 내려놓자 화방 주인의 표정이 묘하게 일그러졌다.

"어, 어떻게……?"

화방 주인의 표정으로 정답임을 확신한 구경꾼들 모두가 탄복했다.

"허어, 서른세 마리였단 말인가?"

"어떻게 된 거야? 난 아무리 세어봐도 스무 마리를 넘지 않는 것 같은데?"

"대단한 안목일세그려."

화방 주인은 잔뜩 미간을 찌푸리며 농부를 직시했다.

‘믿을 수가 없군. 이 무지렁이가 어떻게 은화를 간파했단 말인가?’

그는 다소 냉랭한 어조로 물었다.

“어떻게 맞히었소?”

농부는 머리를 긁적거리며 둘러댔다.

“헤헤, 내가 맞히기는 한 거요? 그냥 불러봤을 뿐인데?”

“헛, 그렇다면 소가 뒷걸음질하다가 쥐를 잡은 격이군.”

화방 주인은 청풍호접도를 내리고 용 그림을 내걸었다.

“이분 손님께서 정확히 맞히셨소. 청풍호접도의 나비는 분명 서른세 마리였소. 자, 한 번 더 도전해 보시오. 이 그림은 등천비룡도(登天飛龍圖)로 최하 은하 스무 냥 이상의 가치가 있소.”

은자 스무 냥이란 말에 농부는 귀가 솔깃해 힐끗 위지불급 쪽을 살폈다.

위지불급은 복잡한 용 그림을 직시하는 순간 역시 은화임을 알아차렸다. 언뜻 보이는 용은 예순네 마리. 하지만 숨겨진 용까지 합하면 일흔두 마리나 되었다.

‘농부 아저씨가 이번에도 정확히 맞히면 크게 의심을 사게 되고 추궁을 받을 것이다. 공연히 내 존재가 노출될 수도 있어.’

위지불급은 희미하게 고개를 젓고는 사람들 뒤편으로 빠져나갔다.

농부는 자신의 능력으로는 그림을 헤아릴 수 없기에 화방 주인과 흥정을 벌였다.

"난 그림은 필요없으니 돈으로 주시오."

화방 주인은 정색을 지으며 청풍호접도를 말아 그에게 건넸다.

"돈으로 보상해 준다는 말은 한 적이 없으니 그림이나 가져가시오."

"주인장, 그림 값이 열 냥이지만 난 닷 냥만 받겠소. 그 정도면 적당한 거래가 아니겠소?"

"닷 냥은 무슨 닷 냥⋯⋯."

화방 주인은 신경질적으로 내뱉다가 주변의 분위기를 의식하고는 얼른 말을 바꾸었다.

"하하, 좋소. 닷 냥이라면 흥정이 가능하군."

그로서는 지켜보는 구경꾼들의 눈초리를 의식하지 않을 수 없었다. 열 냥짜리 그림을 닷 냥만 받겠다는데 이를 무시한다면 자신의 그림이 가짜임을 인정하는 꼴이 되기 때문이다. 순박한 촌사람들에게 앞으로 거둬들일 이익을 감안하면 약간의 손해는 감수할 필요가 있었다.

그는 은자 닷 냥을 농부의 손에 쥐어주고는 은근하게 위협을 가했다.

"다시는 나서지 말고 썩 꺼지시오. 공연히 다치는 수가 있으니까."

"아이고, 고맙소."

농부는 은자 닷 냥을 손에 쥐고는 부리나케 화방을 빠져나왔다. 그는 노리개를 파는 좌판 앞에서 물건을 감상하고 있는 위지불급을 발견하고는 허겁지겁 달려왔다.

"아이고, 도련님. 여기 계셨군요."

그는 위지불급을 골목 어귀로 잡아끌었다. 주변을 확인한 그는 은자를 내보이며 간곡하게 청했다.

"고맙네, 도령. 덕분에 은자 닷 냥으로 불렸네. 도령을 절대적으로 믿겠으니 제발 나머지 돈도 찾게 해주게."

"따라오세요."

"한데 말이네, 나비 그림을 대번에 알아보았으면서 왜 용 그림에는 도전하지 않는 것인가?"

"등천비룡도의 용은 모두 일흔두 마리입니다. 하지만 아저씨가 그것마저 맞히면 나비 숫자를 우연히 맞춘 게 아니라는 것이 인정되는 셈입니다. 결국 나를 내세우게 될 텐데 난 그게 싫어요. 그리고 화방 주인도 먹고살아야 하는데 너무 큰 손해를 입히면 안 되죠."

애늙은이 같은 점잖은 충고에 농부는 연신 손을 비비며 동조했다.

"에고, 그 말이 합당하네. 큰 손해를 입히면 날 가만두지 않을 놈들이지. 암, 그렇고말고."

서책과 필기구를 파는 서방에서는 늙은 문사가 한창 필체를 뽐내고 있었다.

그는 한 줄의 시구를 단숨에 써 내렸다.

考槃在陸(고반재륙) 碩人之軸(석인지축).

노문사는 시구를 놓고 사람들에게 물었다.

"혹시 누가 해석할 수 있겠소?"

구경꾼들은 문사로 보이는 몇 사람을 바라보았지만 문사들도 자신이 없는지 이맛살을 찌푸리며 고개를 갸웃거렸다.

"당시(唐詩)는 확실히 아닐세."

"그래, 악부(樂府)나 민가(民歌)도 아닌 것 같군."

"가만, 혹시 시경의 한 대목이 아닐까?"

누군가 시경을 거론하자 노문사가 담담히 웃음을 지었다.

"허허, 그래도 아미현에는 식견이 있는 문사가 있군. 맞소. 이 시는 시경 국풍(國風)편에 실린 한 구절이오. 누가 대련 문구를 쓸 수 있겠소?"

누군가 물었다.

"돈을 걸어야 합니까?"

"아니오. 대련 시구가 정확하지 않으면 그저 책이나 필기구를 하나 구입하면 되는 일이오. 대신 대련 시구가 정확하면 아주 귀한 먹을 하나 선물하겠소."

노문사는 먹을 하나 들어 보였다.

"이것은 먹 중에서도 최상품으로 손꼽히는 휘주의 휘(徽)먹이오. 사천에서는 성도에서나 구할 수 있는 진품 휘먹임을 보증하겠소."

위지불급은 휘먹이라는 말에 귀가 솔깃해졌다.

'와아, 휘먹이라면 천 년이 지나도 글씨가 변색되지 않는다는 최고의 먹이잖아? 저런 먹이라면 예금 누님이나 문현이가 정말 좋아할 텐데.'

그는 노문사가 내건 상품에 현혹돼 사람들 사이를 헤집고 들어가 시구를 살펴보았다.

'고반재륙은 반석 같은 언덕에 거처를 정했다는 의미다. 석인지축은 현자는 수레바퀴 축을 돌리듯 자유로운 의식을 말함이다.'

위지세가의 아이들은 칠 세 이전에 사서삼경을 공부한다.

위지불급은 성취가 다소 늦어 아홉 살이 되어서야 삼경을 접하게 되었는데 그는 시경과 서경은 너무 고리타분해 대충 훑어보았다. 하기에 그가 알고 있는 시서(詩書)는 일부에 불과했다.

사실 웬만한 문사들도 당시나 송사(宋詞)에는 조예가 깊어도 서경에는 큰 의미를 두지 않는다.

문사들은 휘먹이 탐났지만 누구 하나 나서서 대련 시구를 쓰지 못했다.

"허엄, 요즘 누가 시경의 삼백 편 시를 외우고 다니겠는가?"

"그러게. 당송대의 시라면 나도 삼사백 편은 줄줄 꿰고 있는데 말일세."

위지불급은 잠시 기억을 더듬었다.

비록 의미를 몰라도 시문이 그의 눈에 한 번이라도 스쳐 갔다면 그는 글자의 형상으로 기억해 낼 수 있다. 이윽고 그는 찰나지간 스쳐 간 기억의 틈바구니에서 대련 시구를 찾아낼 수 있었다.

'아, 그렇지. 국풍편 중에서 위풍에 수록된 고반(考槃)이라는 시다. 대련 시구는 독매오숙(獨寐寤宿) 영시불고(永矢弗告)야. 홀로 자고 깨어나 다시 자도 이 즐거움을 말하지 않겠다는 의미이지.'

대련 시구를 기억해 냈으니 이제 나가서 쓰기만 하면 휘먹을 차지할 수 있다.

그러나 위지불급은 가문의 엄격한 규범을 떠올리며 아쉬운 발길을 돌려야 했다. 그가 아무리 가법을 어기고 무단으로 가출했지만 가문의 존재만큼은 숨기고 싶었다.

그것은 그의 의무이자 책임이었다.

촌골의 시장에서 어린 나이로 시경의 대련 문구를 써넣는다면 신동(神童)이라는 칭찬을 듣게 될 것이며, 그가 어느 가문 출신인지 알아내려는 사람들로 인해 한바탕 소란이 일게 될 것이다. 적어도 그런 불상사는 없어야 했다.

농부가 위지불급과 나란히 걷다가 넌지시 물었다.

"허허, 영특한 도령도 저 문제는 어려운가 보구먼?"

위지불급이 다소 볼멘소리로 대답했다.

"저런 건 문제도 아니에요. 대련 시구는 독매오숙 영시불고입니다."

"허어, 그렇다면 왜 나서서 쓰지 않는가? 나야 까막눈이라 무슨 말인지 전혀 알지 못하네만……."

"됐습니다."

위지불급은 농부와 함께 사발 도박판으로 향했다.

사발 도박은 하나의 마작 패를 바닥에 놓고 세 개의 사발을 빠르게 움직여 마작 패를 숨기는 도박이다. 아주 단순하면서도 승부가 빠르기에 시장 십여 곳에서 이런 사발 도박이 전개되고 있었다.

잠시 도박판을 지켜본 위지불급은 순간적으로 마작 패를 숨기는 도박사의 손놀림을 정확히 간파할 수 있었다.

위지불급은 머리를 맞대고 농부와 얘기를 맞추었다.

"내가 옷자락을 당기는 것으로 왼쪽, 가운데, 오른쪽에 걸면 됩니다. 한 냥 이상은 걸지 마세요. 그리고 스무 냥을 채우면 중단해야 합니다. 따님을 시집보낼 자금임을 잊지 마세요."

"그래, 도령만 믿겠네."

농부는 간곡히 기원을 하고는 도박판 앞에 섰다.

딸그락딸그락!

도박꾼은 세 개의 사발을 번갈아 열어 보이면서 마작 패를 확인시키고는 빠르게 사발을 뒤섞었다.

"여기다 오백 문!"

"좌측이 확실해. 은자 두 냥!"

농부는 위지불급의 옷자락 지시를 받고 우측에 은자 한 냥을 걸었다. 사발을 열어보니 과연 마작 패가 우측에 들어 있었다.

농부는 감탄에 위지불급을 돌아보았지만 위지불급은 딴청을 부렸다.

계속된 도박에서 농부는 서너 판에 한번 잃었지만 나머지는 모두 땄기에 금세 은자 스무 냥을 채울 수 있었다. 물론 위지불급은 도박사의 손놀림을 정확히 꿰뚫는 관찰력을 지녔지만 농부가 매번 돈을 따면 의심을 살 수 있기에 승패를 적절하게 조절하였다.

농부는 애초에 지녔던 본전을 회수하자 부쩍 욕심이 생겼다.

'도령의 안목이 워낙 정확하니 이번에도 틀림없이 맞을 거다. 한 번에 닷 냥쯤 걸자. 그 정도는 챙겨가도 되겠어.'

그는 은자를 쥐고 위지불급의 신호를 기다렸다. 한데 아무리 기다려도 옷자락을 당겨주는 신호가 전해지지 않았다. 이상하다 싶어 뒤를 돌아본 농부는 위지불급이 전혀 보이지 않자 가슴이 덜컥 내려앉았다.

'아이쿠, 내가 약조를 해놓고 욕심을 부렸군. 보살 도령 말대로 어서 집으로 가야 하는데.'

비로소 도박의 중독에서 벗어난 농부는 숱한 호객꾼들의 유혹을 마다한 채 시장을 떠날 수 있었다.

사람들 속에 숨어 있던 위지불급은 농부가 시장 어귀로 사라지자 싱긋 미소를 지었다.

"아저씨, 정말 재수 좋은 줄 알아. 만일 딸을 시집보낼 돈이 아니었다면 도와주지도 않았을 거야."

그는 장터를 좀 더 둘러보기 위해 몸을 돌렸다.

한데 누군가 앞을 가로막았다. 장년인의 용모는 비범함이 느껴질 만큼 청수했지만 허름한 옷과 다소 늘어뜨린 머리카락으로 빛나는 기품을 가리고 있었다.

"집에 가자, 불급아."

장년인을 대한 위지불급의 입이 절로 벌어졌다.

"아, 아버님……?"

3

짝— 짜악—!

꺾여진 대나무 회초리가 수북했다.

위지불급은 바짓가랑이를 걷은 채 별채 섬돌 위에 서서 종아리를 맞고 있었다. 벌써 삼십여 개의 회초리가 분질러졌지만 노가주의 분노는 풀리지 않았다.

회초리가 분질러지면 위지명은 새로 회초리를 올려야 했고, 노가주는 사정없이 위지불급의 종아리를 때렸다.

외곽을 경계하는 사람들을 제외한 위지세가의 모든 식솔들이 섬돌 아래에 늘어서서 이를 지켜보고 있었다.

가문의 가장 웃어른인 노가주가 이렇듯 분노하기도 처음이기에 누구 하나 나서서 위지불급을 비호할 엄두를 내지 못했다.

짝— 짜악—!

수백 대의 회초리질에 위지불급의 종아리는 이미 터져 피가 흘러내리고 있었다. 하지만 위지불급은 입술을 꾹 깨문 채 신음 소리 한번 흘리지 않았다. 열 살짜리 아이치고는 아주 독한 성깔이며 의지였다.

노가주는 수백 대의 회초리를 맞고도 용서를 빌지 않은 손자가 괘씸했기에 더욱 오기가 치밀었다.

준비된 오십 개의 대나무 회초리가 모두 분질러지자 노가주는 다시 지시를 내렸다.

"회초리를 더 가져오거라! 어서!"

위지명은 부친의 건강이 우려돼 공손히 아뢰었다.

"아버님, 연로하신 몸으로 어찌 무리를 하십니까? 소자가 혹독하게 벌을 내리겠습니다. 그만 고정하십시오."

"아니다. 불급이 녀석은 우리 가문의 수치이자 화근이야. 지금 다스리지 않으면 우리 가문은 끝내 세상 속에 묻히게 될 것이다. 어서 회초리를 가져오거라!"

이때 한 소녀가 나서며 노가주 앞에 무릎을 꿇었다.

"할아버님, 불급의 무단 외출은 소녀가 알고서도 묵인하였습니다. 소녀에게도 벌을 내려주십시오."

청초한 용모의 소녀는 바로 위지불급의 누이인 위지예금(尉遲藝琴)이었다.

아직 방년에도 이르지 못한 십사 세의 나이. 그녀는 보기에도 연약한 소녀였지만 지닌 지식과 빼어난 재예(才藝)는 세상을 덮을 정도다. 특히 음률과 악기에 대한 조예는 일족 중에서도 으뜸이다.

노가주는 어릴 적 그녀의 재기를 한눈에 알아보고 사내로 태어나지 못했음을 통탄하였다. 하기에 그녀에 대한 애정은 각별했다.

"뭐야? 네가… 불급이의 무단 외출을 알고 있었다고?"

이번에는 위지문현이 앞으로 나서며 누이 옆에 나란히 무릎을 꿇었다.

"할아버님, 소손 역시 형의 출타를 짐작하고 있었습니다. 미리 고하지 못했으니 제게도 벌을 내려주십시오."

두 남매가 나서 위지불급을 비호하자 노가주는 열화와 같은 분노를 다소 누그러뜨렸다.

"오냐, 불급의 답변 여하에 따라 너희 남매에 대한 처분을 내리겠다."

노가주는 뒷짐을 진 채 천천히 돌계단을 올랐다.

"불급아, 너는 세상에 나가 무엇을 보았느냐?"

위지불급은 눈을 깜빡이다가 천연덕스럽게 대답했다.

"촌골의 손바닥만 한 장터에서 무엇을 볼 게 있었겠습니까?"

"어리석은 녀석이로다. 조약돌 하나를 들춰내도 그 안에 세상이 담겨 있는 법이다. 그런 좁은 눈으로 무엇을 볼 수 있겠느냐?"

"……."

"다시 묻겠다. 세상이 어떻게 보였더냐?"

"둥그렇습니다."

"세상이 정말 둥그렇더냐?"

"아닙니다. 세상은 네모났습니다."

"세상이 정말 네모났더냐?"

"아닙니다. 세상은 구름과 같았습니다."

"세상이 정말 구름과 같았더냐?"

"아닙니다. 세상은 물과 같았습니다."

"세상이 정말 물과 같았더냐?"

선문선답과 같은 물음과 답변이 계속되었다.

평범한 사람들은 그 심오한 문답을 전혀 이해하지 못하겠지만 위지세가 사람들은 그 의미를 잘 알고 있었다. 그들은 한 번의 답변이 오갈 때마다 위지불급과 노가주를 번갈아 보며 연신 고개를 끄덕였다.

한동안 문답이 계속되었다.

이윽고 위지불급을 응시하는 노가주의 눈빛에 다소 온화함이 감돌았다.

"마지막으로 묻겠다. 그럼 네가 느낀 세상은 어떠했더냐?"

"세상은… 먹을 씻어낸 물과 같았습니다."

"……."

노가주는 잠시 손자를 바라보다가 위지명에게로 시선을 돌렸다.

"불급이가 지식은 부족해도 약간의 지혜는 지닌 것 같구나. 하지만 지엄한 법도를 어겼으니 외부로 출타할 수 있는 시기를 삼 년 늦추겠다. 또한 한 달간 독방에 가둬 자숙토록 해라. 만일 또다시 무단으로 가문의 경계를 벗어나면 두 다리가 잘리거나 기억을 잃은 채 가문에서 축출될 것이다. 이 점을 깊이 숙지시키도록 해라."

노가주의 지시는 절대적으로 감히 반론을 제기할 수 없다.

"명심하겠습니다, 아버님."

노가주가 별당으로 들어가자 위지명은 식솔들에게 해산을 지시했다.

"불급아!"

"형, 괜찮아?"

두 남매가 급히 다가와 위지불급을 부축했다.

비로소 긴장이 풀린 위지불급은 섬돌 위에 주저앉았지만 본연의 미소를 잃지 않았다.

"히이, 내 답변 어땠어?"

위지명은 한심하다는 듯 혀를 찼다.

"불급아, 네 녀석은 아직도 반성을 모른단 말이냐?"

그가 위지불급의 소매를 잡아끌자 위지예금이 청을 올렸다.

"아버님, 불급의 상처가 심합니다. 며칠 치료를 한 후 독방으로 보내세요."

"고작 회초리에 맞았을 뿐이다. 아비가 지어준 약을 한번 바르면 나을 테니 너희도 이제 처소로 물러가라."

위지명은 엄한 표정으로 어린 남매를 꾸짖고는 위지불급을 이끌었다.

위지불급은 심하게 절뚝거리면서 부친의 손에 이끌려 갔다.

"아버님, 웬 회초리를 그렇게 많이 준비해 두셨어요? 하마터면 할아버님께서 기력을 잃고 쓰러지실 뻔했다고요. 부모님의 건강을 살피는 것이 효의 기본이 아닙니까?"

"허어, 이런 고약 녀석! 입 다물지 못할까? 네가 정녕 이 아비의 손에 다리를 부러질 때까지 맞고 싶은 것이냐?"

"헤, 그럴 리가 있겠습니까? 소자는 그저 연로하신 할아버님의 존체가 걱정이 돼서……."

"그런 놈이 무단으로 외출을 해서 집안을 발칵 뒤집어놓았단 말이냐?"

두 부자의 대화가 대나무 정원 저편으로 멀어져 갔다.

위지예금은 그늘진 기색으로 고개를 내저었다.

"아, 불급이는 대체 언제나 철이 들까? 어머님이 돌아가신 이후 더욱 제멋대로야."

누이의 우려와 달리 위지문현은 어린 나이답지 않게 아주 차분했다.

"아니야, 누나. 형은 결코 둔재가 아니야."

"뭐야……."

"형의 불만대로 우리 가문 사람들은 틀에 갇혀 대부분 죽은 학문만을 배우고 있어. 보다 창의적으로 새로운 학문에 대한 연구는 엄격하게 제한돼 있지."

"그렇지만은 않아. 어른들은 우리들의 나이에 맞는 가르침을 준비해 두신 거야. 나이가 들면 그때는 네가 원하는 학문을 배우고 새로운 분야를 연구할 수도 있어."

위지예금은 어린 동생의 어깨에 팔을 둘렀다.

"가자, 문현아. 너까지 아버님의 속을 썩이면 안 돼. 알겠지?"

위지문현은 누이를 올려보며 해맑은 미소를 지었다.

"걱정 마. 적어도 난 형처럼 무단으로 외출하는 일은 없을 테니까."

第二章 칼과 창, 그리고 검

1

"죽순을 먹고 대나무 기와 아래 살며 대바구니를 지고 대나무를 땔감으로 사용하며 대나무로 만든 옷을 걸치고 대나무 종이에 글씨를 쓰고 대나무 신발을 신는다."

이는 송나라 때의 유명한 문장가 소동파가 사천성 사람들을 묘사한 한 대목이다.

그만큼 사천성에는 대나무가 풍부해 대다수의 생필품은 물론이며 집까지 대나무를 이용해 짓는다. 죽음에 이르러서는 대나무 상여에 실려 나가니 요람에서 죽음에 이르기까지 대나무와 함께 산다는 말이 결코 과장은 아니었다.

청풍향(靑風鄕)은 미산현에 속한 부락으로 대나무 숲 속에 군데군데 세워진 민가로 이루어져 있다.

마을 사람들은 농사를 지어 집안에 필요한 농작물을 생산하지만, 주업은 대나무 공예품을 제작하는 죽세공(竹細工)이었다.

사천성 내에서야 널린 게 대나무 공예품이지만 대나무가 자라지 않는 화북 지방에서는 죽세공품이 비싼 값에 팔리기에 만들어놓기만 하면 언제든 돈으로 바꿀 수 있다.

청풍향 대나무 숲에 자리한 한 공방도 죽세공을 전문으로 하는 집안 중 하나였다.

청풍공방(靑風工房).

이곳 사람들은 죽세공품을 제작할 대나무를 구할 때 외에는 외부로 나서는 일이 거의 없다. 하기에 오랫동안 한동네에서 살아온 마을 사람들도 청풍공방 내에 몇 명이 사는지 알지 못한다.

청풍공방이 세워진 지도 오십 년 전이라는 사람도 있고 백 년도 더 되었다는 사람이 있어 그 기원이 분명치 않다. 하지만 상당히 오래전부터 유지돼 온 것은 확실하다.

이렇듯 모호한 부분이 많은 청풍공방이었지만 마을의 경조사 때에는 재물을 아끼지 않는다. 또한 청풍공방 사람들 모두가 쾌활하며 예법에 밝기에 청풍공방에 대한 마을 사람들의 인식은 상당히 우호적이었다.

쩌억—!

예리한 작업 칼에 대나무가 쪼개졌다. 공방에서 죽세품을 만드는 공방 사람들이 부산하게 움직이고 있었다.

대나무를 쪼개는 사람, 쪼갠 대오리를 얇게 다듬는 사람, 바구니와 대자리 같은 생필품을 만드는 사람, 그리고 예술성 높은 공예품을 만드는 사람 등등, 작업에 종사하는 사람의 표정은 하나같이 진지했다.

더욱 놀라운 것은 대오리를 다루는 그들의 손놀림이었다.

나이 어린 아이서부터 나이 든 아낙까지 대오리를 엮는 손길이 예술이었다. 그들의 손에 의해 제작된 죽세공품은 하나같이 명품이었으니 그들 모두가 죽예장인(竹藝匠人)이라 할 수 있었다.

"수고들 했다. 이제 완제품들을 검수해 마차에 실어라."

넓은 제작실로 들어선 위지명이 식솔들에게 지시를 내렸다.

작업을 마친 위지문현이 어깨를 두드리자 누이 위지예금이 그의 어깨를 주물러 주었다.

"힘들지? 물건 싣는 건 숙부들이 할 테니 넌 쉬어도 돼."

"이번 공예품은 성도(成都)에 있는 상단까지 직접 가져간다면서? 누나도 함께 가는 거야?"

"그래. 아직 성도까지는 가보지 못했는데 새로운 구경이 될 것 같구나."

"아, 난 언제나 바깥세상을 구경할 수 있을까?"

동생이 입술을 비죽거리자 위지예금이 부드럽게 위로해 주었다.

"너도 이제 열세 살이 됐잖아. 앞으로 이 년만 참으면 돼."

그러면서 그의 귀에 대고 나직이 속삭였다.

"물론 네 형처럼 사고를 치면 더 늦어지겠지만."

위지예금은 완성된 대바구니를 한 아름 안고는 작업실을 나섰다.

위지문현은 작업복을 벗고는 옷에 묻는 댓개비 조각을 털었다. 댓개비 조각은 아주 날카로워 세심하게 떼지 않으면 자칫 살 속으로 파고드는 곤욕을 겪을 우려가 있었다.

이때 부친이 막내의 옷자락에 붙은 댓개비를 떼어주며 물었다.

"불급이는 왜 보이지 않는 것이냐?"

위지문현은 조금도 당황해하지 않고 대답했다.

"좀 전까지 있었어요. 아마 할당된 작업을 다 끝내자 먼저 나간 것 같아요. 형이 뭐 저나 누나처럼 뒤치다꺼리까지 하지는 않잖아요?"

위지명은 막내의 머리를 쓰다듬어 주었다.

"문현아, 아무리 네 형을 비호하기 위한 거짓말이라도 거짓말은 분명 나쁜 행위다. 너희 남매의 비호가 오히려 불급이를 잘못되게 할 수 있단다."

"아버님, 형이 집안의 엄격한 규범을 거역하는 것은 분명 잘못된 행위입니다. 하지만 소자 역시 그렇게 하고 싶은 마음이 간절합니다. 다만… 소자는 용기가 없어 감히 행동에 옮기지 못하는 것이고 형은 과감하게 실천하는 것이지요. 제발 형을 너무 혼내지 마세요."

"너도 거역할 마음이 있다고?"

부친의 표정이 엄하게 굳어지자 위지문현은 얼른 고개를 숙이며 손을 모았다.

"송구합니다, 아버님. 하지만 솔직히 말씀드리면 사실입니다."

"……"

"감히 가문의 규범을 어길 생각을 한다는 것 자체가 무거운 죄이지만… 아무리 마음을 다잡아도 상상까지 억누를 수가 없었습니다."

"네 심정은 이해한다. 아비도 네 나이 때에는 본능적인 호기심과 반발심 때문에 뛰쳐나가고 싶은 마음에 혼자 괴로워한 적이 많았지. 이는 우리 가문의 혈족이면 누구나 겪는 고뇌이다. 문현아, 괴롭더라도 참아야 한다. 세월이 흘러 네가 가문의 내력을 알게 된다면 모든 것이 이해가 될 것이다."

위지명은 몸을 낮춰 막내아들을 따뜻하게 감싸 안았다.

"그리고 그때 넌 비로소 깨닫게 될 것이다. 오히려 몰랐으면 좋았을 거라고 말이다.”

“아버님⋯⋯.”

“네 가슴속 호기심은 마(魔)다. 지금은 올곧은 정신으로 학업에 매진해야 할 때다. 앞으로 이 년 후면 너도 근경의 마을 정도는 둘러볼 수 있지 않겠니? 세월이 모든 것을 해결해 줄 것이다. 그때까지 네 자신을 강하게 만들어야 한다. 알겠느냐?”

위지문현은 한 걸음 물러서서 정중히 예를 올렸다.

“아버님, 소자의 우매함을 깨우쳐 주셔서 고맙습니다.”

“그래, 네 형과 함께 할아버님께 가보아라. 너희가 새로 익힐 분야를 지정해 주실 것이다.”

“알겠습니다.”

위지문현은 한껏 들뜬 심정으로 공방 제작실을 나섰다.

새로운 분야의 배움!

그의 부친이 구체적으로 언급하지 않았지만 그는 그것이 어떤 배움인지 짐작하고 있었다.

위지세가 사람들은 기본적으로 고금의 문헌을 배우며 열세 살이 되어서는 보다 전문적인 분야를 선택할 수 있다. 음률을 좋아하는 그의 누이는 예악(藝樂)을 선택해 수십 가지의 악기 다루는 법과 고금의 악보를 연구하는 중이었다.

‘아, 마침내 내가 배우고 싶어하는 분야를 선택할 수 있게 되었어.’

그가 간절히 원한 배움은 바로 무(武)였던 것이다.

2

거꾸로 보이는 세상은 사물이 거꾸로 서 있는 게 아니라 대나무에 거꾸로 매달려 있는 소년의 눈에 비친 세상의 모습이다.

소년은 두 다리를 대나무 가지에 걸고 거꾸로 매달린 상태에서도 아주 편안해 보였다. 소년의 눈빛은 한껏 풀을 뜯어 배를 든든히 채운 물소의 눈처럼 나른했고, 입가에 조각처럼 새겨져 있는 미소 또한 나른했다.

소년의 입에서 역시 나른한 음성이 흘러나왔다.

"사내대장부로 태어나 공명은 못 이루고 몸은 이미 늙었구나. 삼 년을 굶주려 황량한 산길을 헤매는도다."

당나라 때의 시성 두보의 비가(悲歌) 중 한 대목이었다.

이 시는 불혹의 나이를 훨씬 넘긴 두보가 자신의 불우한 처지를 한탄한 애절한 내용을 담고 있기에 어린 소년이 읊기에는 적절하지 않다. 한데도 소년은 마치 세상 다 산 사람처럼 느릿느릿 계속 시를 읊조렸다.

"도성의 공경대부들은 대개 젊은이들, 부귀는 일찌감치 이루어야 하는가."

이때 대나무 숲 사이로 오솔길을 통해 두보의 시가 이어져 들려왔다.

"산중의 유생은 그런 사실을 진작 알고 있나니, 단지 옛날을 얘기하며 마음 상해할 뿐이라네."

낭랑한 시를 읊으며 냇가에 이른 소년은 위지문현이었다.

"아, 일곱 번째 노래를 마치고 나서 고개 들어 하늘을 보니 해가 빠르기도 하구나."

위지문현은 거꾸로 매달려 있는 소년에게로 다가섰다.

"형, 작업 마감 때에는 잠시 들러야 하잖아? 형 때문에 또 아버님께 거짓말을 하고 말았어."

거꾸로 매달려 있던 소년이 비로소 몸을 뒤집어 바닥으로 내려섰다.

소년은 얼굴도 제대로 씻지 않아 꾀죄죄한 몰골이지만 유난히 짙은 눈썹이 인상적이었다. 아직 아이 티를 벗지 못해 이목구비가 뚜렷하지 않았지만 조각처럼 새겨진 입가의 나른한 미소가 짙은 눈썹과 더불어 묘한 대조를 이루었다.

"동생아, 너도 조금은 나쁜 아이가 되어야 하지 않겠니? 그래야 형제간의 우애가 깊어지니 말이야."

소년은 콧노래를 흥얼거리며 개울가에 세워둔 낚싯대 쪽으로 걸음을 옮겼다.

소년은 다름 아닌 위지세가의 장손인 위지불급이었다.

사 년 전 미산현 장날에 무단으로 외출한 이후 그는 더욱 나태해지고 가족들과 소원해졌다. 가족들과의 단란한 식사는 오랜 가풍이었지만 그는 하루 한 끼 정도만 자리를 함께할 뿐이었다.

그래도 그는 위지세가의 일족으로 해야 할 일은 최소한 감수했다.

위기세가 사람들은 하루 세 시진 이내의 취침만 허락되며 나머지 시간은 학업과 가업에 종사해야 한다. 칠 세 이상부터 죽세공품 제작에 참여해야 하며, 십 세 이상이면 밭일을 하면서 소 먹일 꼴을 베어 와야 한다.

청풍공방 최고의 상품이랄 수 있는 국화지(國畵紙) 제작은 워낙 작업 공정이 어려워 십팔 세 이상 중에서만 선별된다.

위지불급은 학업이나 죽세공품 제작은 등한시했지만 체력적으로 힘든 밭일을 즐겨했고, 죽세공품에 쓰일 대나무를 베어오는 작업은 마다하지 않았다.

그가 그나마 노가주나 부친에게 더 이상 구박을 받지 않는 이유도 다른 사람들이 하기 싫어하는 일을 군말없이 수행하기 때문이었다.

"이야, 제법 큰 놈이 잡혔어."

위지불급은 대오리 낚싯줄을 끌어당겨 팔뚝만 한 물고기를 개울가로 끄집어냈다. 낚싯바늘에 걸린 물고기가 벗어나기 위해 연신 펄떡거렸지만 그럴수록 낚싯바늘은 주둥이 안쪽으로 더 깊이 파고들었다.

위지문현이 측은한 표정을 지었다.

"불쌍하다. 놔줘, 형."

위지불급은 물고기를 풀로 감싼 후 대나무 망태 안에 넣었다.

"뭐가 불쌍해? 그냥 맛있는 음식일 뿐인데."

그는 낚싯바늘에 이끼를 꿰어 다시 개울 속으로 던졌다.

"이 형의 낚시 솜씨 좋지? 남들처럼 죽치고 앉아 낚싯대를 드리울 필요가 없어. 물고기들이 오가는 물살을 잘 찾아서 낚싯바늘을 띄워놓으면 물고기들이 알아서 물거든. 나야 가끔 낚싯줄을 당겨 물고기만 챙기면 되지."

위지문현이 피식 실소를 지었다.

"어른들 말씀에 낚시도 기다림의 도(道)라 하셨어. 평생 주인을 못 만난 강태공이 마침내 칠십 년 만에 주 문왕을 잡아올려 그 이름을 천세에 남긴 것처럼 말이야. 한데 형의 낚시는 성격대로 너무 게을러. 그것은 올바른 낚시라 할 수 없어. 그저 어부일 뿐이지."

"하하, 그래서 이 낚시법이 나간(懶竿) 낚시다. 네 말대로 게으름뱅이 낚시란 뜻이지. 가르쳐 줄까?"

"생각없어. 그럴 시간이 있으면 책 한 줄이라도 더 봐야 돼."

위지불급은 대나무 망태를 한쪽 어깨에 멨다.

"문현아, 사람한테 중요한 것은 얼마나 많은 지식을 쌓느냐가 아니야. 지식보다는 생각하는 지혜가 더 중요하지. 공맹(孔孟:공자와 맹자)과 노장의 저술이 위대하기는 해도 이미 이천

년이나 묵은 유물이야. 원리만 이해하면 되지 문구까지 외울
필요는 없잖아?"

"성현의 말씀은 지혜의 씨앗이야. 풍부한 지식이 사람을
더 지혜롭게 만들지. 논리와 이치가 반영되지 않은 주장은 그
저 망상일 뿐이야."

위지문현은 아주 조리있게 반박하고는 앞서 걸음을 옮겼
다.

"할아버님께 가야 돼. 아버님의 지시야."

"왜……?"

"새로운 배움이 있을 거라 하셨어."

위지불급의 표정이 시큰둥해졌다.

"쳇, 또 새로운 과제가 물벼락처럼 쏟아지겠군."

그는 따분한 강좌보다 자연을 관찰하는 느긋한 사색을 더
즐겼던 것이다.

슥… 스슥……!

붓이 한 번 그어질 때마다 대나무가 세월을 뛰어넘어 단숨
에 자라난다. 대나무 사이로 간간이 댓잎만 보일 뿐 길게 펼
쳐진 국화지에는 대나무만 가득히 피어오른다.

언뜻 보기에는 단조로운 대나무 그림이지만 국화지에 빼
곡하게 대나무가 채워지자 화폭 안에 거대한 대나무 숲이 통
째로 담긴 듯 신운(神韻)이 감돌았다.

붓을 내려놓은 노가주가 천천히 차를 한 모금 음미했다.

"올라오너라."

별당 아래 대기해 있던 위지불급 형제가 조심스럽게 별당 안으로 올라섰다.

"할아버님을 뵙습니다."

두 아이는 노가주를 향해 공손하게 절을 올렸다.

노가주는 대부분 별채에서 혼자 지내기에 손자들과는 한 달에 두세 번 정도 만나는 게 고작이었다.

노가주는 손자들을 일어날 것을 명하고는 자신이 그린 대나무 그림을 보여주었다.

"조금 부족한 듯하니 너희가 채워보아라."

"예에?"

두 형제는 난감한 표정으로 서로를 바라보았다.

그들의 조부는 평생 글씨와 그림을 연구한 서화(書畵)의 명인이다.

그들 누이의 말에 의하면 조부의 필체와 그림을 본 당대 최고의 서예가며 화가들이 모두 붓을 꺾었다고 하였다. 아마 조부의 그림이라면 세상 어디를 가도 수백 금은 받을 수 있을 것이다.

그런 그림에 과연 그들 형제가 어떻게 붓 한 점 댈 수 있단 말인가?

위지문현이 한 걸음 물러서며 허리를 굽혔다.

"할아버님께서 붓을 대면 그 자체로 완벽한 그림이 탄생됩니다. 어찌 소손이 댓잎 하나를 덧그릴 수 있겠습니까?"

노가주는 붓에다 먹을 듬뿍 묻혔다.

"괜찮다. 너희의 기량을 시험해 보기 위해 버릴 생각으로 대충 그린 것이니 마음에 둘 것 없다. 누가 먼저 그림을 첨가해 보겠느냐?"

위지문현은 형에게 눈짓을 보냈다.

"장유유서잖아. 형이 먼저 해."

위지불급은 떨떠름한 표정으로 붓을 받아 쥐었다.

"그럼 죄를 짓겠습니다, 할아버님."

그는 잠시 그림을 살피다가 하늘로 여길 수 있는 여백에 몇 덩어리 구름 그림을 그려 넣었다. 그로서는 조부가 그린 그림을 최대한 손상하지 않으려는 의도였다.

"흐음, 다음은 문현이 차례다."

노가주가 붓을 건네자 위지문현은 아래쪽 여백에 바위와 개울을 그려 넣었다.

구름과 바위, 물이 덧그려지면서 노가주가 본래 그린 대나무 숲의 그림은 태고의 신비로움을 상실한 채 현실적인 풍경화로 퇴색되었다.

두 형제도 그것을 느꼈기에 송구하기만 했다.

노가주는 다시 붓을 들고는 구름 사이로 비월하는 학을 은은하게 덧그렸다. 이어 수면 위로 뛰어오르는 물고기를 그려

넣자 그림의 분위기가 다시 바뀌었다. 현실적인 풍경화가 마치 신비로운 선경(仙境)으로 변모한 것이다.

위지불급은 한 번의 붓놀림으로 세상을 바꾸는 조부의 높은 조예에 감복하지 않을 수 없었다.

'화폭이 크든 작든 그 안에 세상을 담을 수 있는 사람은 오직 할아버님뿐이야.'

위지문현은 노가주 앞에 무릎을 꿇고는 공손히 절을 올렸다.

"감히 가르침을 청합니다, 할아버님."

"너희가 본 그대로이다. 구름이 너무 유유해 학을 몇 마리 그렸고 흐르는 물이 너무 고적해 수면 위로 튀어 오르는 물고기를 그렸을 뿐이다. 그저 붓 가는 대로 그렸을 뿐인데 무슨 설명이 필요하겠느냐?"

노가주는 차를 한 모금 마시고는 오히려 손자에게 되물었다.

"문현아, 너는 왜 바위와 물을 그려 넣었느냐?"

"대나무가 물과 바위와 잘 어울릴 거라는 생각이 들었습니다. 제가 보아온 그림도 대부분 물이 흐르는 바위 계곡과 함께 대나무가 그려져 있었습니다."

"흐음, 그러했더냐?"

노가주는 위지불급에게로 시선을 돌렸다.

"너는 왜 구름을 그려 넣은 것이냐?"

"별생각없었습니다."

"……."

"그냥 그리기가 쉬워서요."

다소 무책임한 답변에 노가주는 준엄한 눈빛으로 그를 직시했다.

"불급아, 세상살이가 그렇게 만만한 것은 아니다. 한 걸음을 내디딜 때도 조심해야 하고 말 한마디를 내뱉을 때도 깊이 생각해야 하는 법이다."

노가주의 표정이 엄하게 굳어졌다.

"할아비가 들으니 네가 요즘 선인의 흉내를 낸다고 하더구나. 그게 사실이냐?"

"그냥… 자연과의 동화를 느낄 뿐입니다."

"아마도 네가 노장에 심취했나 보구나. 네가 배운 노자의 무위자연(無爲自然)은 인간이 이룰 수 있는 가장 높은 경지이다. 너는 어쭙잖게 노자의 흉내를 내고 있지만 아직 발끝에도 미치지 못하고 있다. 넌 아직 부단히 배워야 할 때이다. 설익은 배움은 자칫 네 자신만 망치게 될 것이다."

한마디 한마디가 금과옥조와 같은 가르침이었지만 위지불급의 귀에는 잔소리로 들릴 뿐이었다. 그렇다고 감히 조부와 논쟁을 할 수는 없었다.

"명심하겠습니다."

위지불급이 허리를 굽히자 노가주는 마뜩찮은 듯 혀를

찼다.

"쯧쯧, 세상을 조롱하는 듯한 그놈의 웃음이나 거두어라. 정작 조롱을 받아야 할 대상은 세상이 아니라 바로 너 자신이니까."

노가주가 소맷자락을 떨치고는 앞서 별당을 나갔다.

"따르거라."

위지세가는 세 겹의 경계 지역으로 둘러싸여 있다.

가장 멀리 설치된 외곽 경계망은 대나무 숲을 통한 외부인의 침입을 막기 위함이었다. 더불어 위지세가의 아이들이 무단으로 경계를 벗어나지 못하도록 독특한 진세가 펼쳐져 있다.

위지세가에서 창안된 이 진법은 최대한 자연적인 조형물을 이용하기에 진법의 대가라 해도 그 존재를 알아채기 힘들다. 외부인으로 진법에 빠져든 사람은 잠시 대나무 숲을 헤매다 숲 밖으로 나가게 된다. 반면 위지세가 내부에서 진법으로 뛰어든 사람은 제자리로 돌아오도록 설치돼 있다.

두 번째 경계는 대나무 담장으로 둘러진 위지세가 전체를 감싸고 있다.

이 진법은 낮에는 개방되지만 밤에는 철저하게 외부의 침범을 통제한다. 한번 진법에 빠져든 자는 절대 빠져나가지 못하며 심한 정신적 혼란으로 인해 신지를 상실하게 된다.

물론 위지세가가 청풍향에 세워진 이후 두 번째 경계에 이른 사람은 아예 없었다.

세 번째 경계는 위지세가 내부에 설치돼 있다.

위지세가는 외부에서 본다면 대가족이 모여 사는 올망졸망한 대나무 집에 불과하지만 사실 그 규모는 상당히 넓다. 노가주가 지내는 별채 뒤의 대나무 숲 안쪽에는 실로 상당한 규모의 비밀 장원이 형성돼 있었다.

무술 수련을 위한 연무장 가까이 병기고가 세워져 있었고, 고금의 서책이 비치된 거대한 서고는 수십 채나 되었다. 이 외에도 고대의 유물과 민간의 풍물, 복식 등등, 귀한 사료들이 철저한 관리 속에 소장돼 있었던 것이다.

이 비밀스런 장원은 위지세가의 자부심이며 막중한 사명이었다.

위지세가의 아이들은 어려서부터 숱한 의혹을 가슴에 담고 살아야 한다. 하지만 그 의문에 대해 질문을 해서도 안 되고 앞서 의혹을 해소하려 해도 안 된다.

의문은 아이들이 자라면서 조금씩 밝혀지기에 성년이 되면 대부분의 의혹을 해결할 수 있다.

그래도 해소할 수 없는 의혹은 사십대 이후에 가입할 수 있는 문중회(門中會)이 일원이 되어야만 알 수 있다. 한데 위지세가 사람들은 대부분 단명하기에 사십 세를 넘기는 사람이 많지 않다.

결국 상당수 사람들은 가문의 최고 기밀을 접하지 못한 채 묻히게 되는데 어쩌면 이것은 그들에게 있어 다행일 수 있다.

그만큼 위지세가의 최고 기밀은 충격적이었던 것이다.

노가주는 두 손자를 대동해 비밀 장원으로 들어섰다.

위지불급은 배움에 대해 별반 탐탁지 않은 표정이었지만 위지문현은 다소 들뜬 심정이 되어 발갛게 상기돼 있었다. 새로운 배움은 그에게 있어서 언제나 희열이며 행복이었던 것이다.

위지세가의 병기고는 아주 특별했다.

진열대마다 다양한 종류의 병기가 비치돼 있었지만 쇠 냄새가 전혀 풍기지 않았다. 그것은 모든 병기가 금속이 아니라 나무로 제작돼 있기 때문이었다.

그중 눈에 띄는 것이 돌도끼였다.

세상에서 가장 지혜로운 가문의 사람들이 가장 미개한 야만족들이나 사용하는 돌도끼를 사용한다는 것은 어딘가 걸맞지 않은 불합리였다.

위지문현은 수백 종의 병기를 둘러보며 감탄을 금치 못했다.

"아, 정말 신기해요. 서책으로 본 것보다 훨씬 많군요."

그는 두 자루의 대나무 칼을 양손에 쥐었다.

여느 대나무와 달리 대나무 색깔이 먹물처럼 시꺼멨다. 칼

끝이 뽀족하지 않고 칼날도 예리하지 않아 그저 장식품으로
생각되는 병기였다.

위지문현은 두 자루 대나무 칼을 서로 부딪쳐 보았다.

창… 차앙……!

나무끼리 부딪쳤는데도 마치 쇠로 만들 칼이 부딪친 것처
럼 날카로운 금속성이 들려왔다.

"할아버님, 이게 오금죽(烏金竹)인가요?"

"그렇다. 오금죽은 세상에 드문 대나무로 무게는 아주 가
볍지만 보검으로도 벨 수 없을 만큼 단단하지. 만일 그 오금
죽도가 뛰어난 도객의 손에 쥐어지면 천하십대병기 반열에
오를 수 있을 것이다."

"한데 칼 하나에도 왜 이렇게 다양한 종류가 있지요?"

"인(仁)을 논하는 성현들의 서책이 어찌 하나만 있겠느냐?
수백, 수천의 현자들이 인에 대한 글을 남겼듯이 칼 또한 그
크기와 길이에 따라 사용 방법이 다르다."

노가주는 병기대 사이를 걸으며 칼에 대한 논리를 설파했
다.

"백정에게는 짐승의 가죽을 벗기고 살을 발라내는 백정의
칼이 있고, 사람의 목을 참수하는 망나니에게는 역시 망나니
의 칼이 있다. 목각품을 조각하는 목공에게는 목공의 칼이 있
으며 병사들을 호령하는 장군에게는 장군의 칼이 있다. 강호
무림의 무사 태반이 칼을 사용하는데 그들이 지닌 칼의 형태

가 제각각이다."

위지문현은 눈빛을 반짝이며 조부의 강론에 귀를 기울였지만 위지불급은 한번 입을 열면 청산유수와 같은 조부의 강론에 벌써부터 숨이 막혔다.

'에고, 그냥 간단히 설명하실 수는 없나? 하여간 비유가 너무 장황해.'

노가주는 진열된 칼을 어루만지며 말을 이었다.

"칼은 한 뼘의 길이만 달라도 그 도법이 달라지며 한 근의 무게만 달라도 도법이 다시 바뀌는 법이다. 도법은 그 형식에 따라 쾌도, 둔도, 패도, 비도, 참도 등등 수백 가지나 되며 변종까지 합치면 칠천 가지에 이른다. 평생토록 도법 한 가지를 연구해도 모든 도법을 다 터득할 수는 없을 것이다."

"칼이 모든 병기 중 으뜸이라 할 수 있나요?"

"아니다. 병기의 으뜸은 창이다. 그래서 창을 병중지왕(兵中之王)이라 하지."

노가주는 진열대에서 목창을 하나 뽑아 들었다.

"창은 아주 오래전부터 사냥과 전쟁 도구로 사용되어 왔다. 창은 창날의 형태에 따라 과(戈), 모(矛), 극(戟) 등으로 분류되는데 창술 또한 헤아릴 수 없이 많다. 창은 그 자체가 위력적인 병기라 단순한 창술만으로도 여느 병기에 비해 강력한 효과를 발휘할 수 있지. 창은 일 대 일의 대결은 물론이며 다수의 적과 맞서 싸울 때나 여럿이서 한 사람을 포위할 때도 적합하기에 병사들에게 필수적인 병기로 주어졌다. 강호에서도 도검 다음으로 많이 사용되는 병기가 창이다."

위지문현은 목창을 손에 쥐고는 두어 번 휘둘러 보았다.

"창이 병중지왕이라 하셨는데 왜 강호인들은 도검을 더 즐겨 사용하는 겁니까?"

"간편함 때문이다. 창은 길이가 구 척은 넘어야 제 위력을 발휘할 수 있는데 일반 무사들이 그런 장병기를 휴대하는 것은 아주 불편한 일이지. 또한 창은 예리한 창날이 그대로 드러나 있기에 품위를 중시하는 사람들은 창을 가까이 하지 않는다."

"할아버님 말씀을 들으니 왠지 창술은 배우고 싶지 않군요."

위지문현은 목검을 만지작거리고 있는 형을 힐끗 보았다.

"검은 어떤 병기라 할 수 있습니까?"

노가주는 뽀얗게 먼지가 앉은 목검을 한 자루 뽑아 들었다. 약간 푸른빛이 감도는 목검은 마치 청동으로 제작된 검처럼 고색창연한 빛을 발했다.

"검은 병중지상(兵中之上)으로서 모든 병기의 으뜸이라 할 수 있다. 칼은 누구나 휘두를 수 있지만 검은 조금 어렵다. 검은 예로부터 의식용으로 사용되다가 도문의 도인들에 의해 병기로서 강호에 선보이게 되었다. 검법이 도법에 비해 다소 심오한 것도 도문에 비롯되었기 때문이지."

푸른 목검을 받아 든 위지문현이 환한 표정을 지었다.

"소손은 심오한 학문을 좋아합니다. 검법에 그런 심오함이 담겨 있다면 소손은 검법을 배우겠습니다."

"무(武)는 심신 단련과 자신을 보호하기 위함이니 너무 깊이 매료돼서는 안 된다. 네가 검법을 학문으로 연구하는 것은 용인하겠지만 상승검법은 절대 터득해서는 안 된다. 이 점을 깊이 명심해야 한다. 알겠느냐?"

위지세가 사람들은 상승무공의 수련이 제한되었다. 이 또한 커다란 의혹이었지만 위지문현은 무공을 배울 수 있다는 사실만으로 기뻐했다.

"예, 할아버님."

노가주는 한쪽에 멀거니 걸터앉아 있는 위지불급에게 다가섰다.

"너도 마음에 드는 병기를 골라보아라."

"별로 없습니다."

"그래도 골라야 한다. 무공 또한 배움의 하나다. 무공 입문은 가문에서 정한 수련 과정 중에 해당된다."

노가주의 엄한 표정에 위지불급은 마지못한 듯 주변을 두리번거리다가 진열대에서 시커먼 대나무 지팡이를 하나 뽑아 쥐었다.

"저는 이것으로 하겠습니다."

노가주는 다소 의외로운 눈빛으로 대나무 지팡이와 손자

를 번갈아 보았다.

"왜 그 검을 선택했느냐?"

"예에? 이것도 검이라고요?"

위지불급은 지팡이를 이리저리 살펴보았다.

"그냥… 대나무 지팡이일 뿐인데요?"

"겉으로 보기에는 그저 오금죽장이지. 하지만 그 안에 검이 숨겨져 있다. 그 검의 이름은 은천비검(隱天秘劍)이다."

"은천비검이오?"

위지불급은 호기심에 오금죽장을 쥐고 비틀어보았지만 회전되는 부분은 전혀 없었다.

"이상하네? 안에 검이 숨겨져 있다면 돌려서 뽑거나 그냥 당기면 뽑혀져 나와야 하는데……."

위지문현이 지팡이를 손에 쥐었다.

"내가 한번 뽑아볼까?"

"네가?"

"대신 내가 검을 뽑으면 나한테 줘야 돼? 괜찮지?"

"마음대로 해라. 내가 뭐 검에 욕심이 있어 오금죽장을 선택한 것은 아니니까."

"좋아, 약속한 거다?"

위지문현은 오금죽장을 창가로 가져가서 세심하게 살폈다.

오금죽장 표면에는 기이한 문양이 새겨져 있었다. 어찌 보

면 고대의 과두문(蝌蚪文) 같기도 했고 다시 보면 그림 같기도
했다.

위지문현은 한동안 문양을 살피다가 노가주에게 물었다.

"할아버님, 여기 새겨진 문양이 검을 뽑는 것과 연관이 있
나요?"

"그것은 네가 해결해야 할 문제이다."

답변을 회피한 노가주는 두 손자를 데리고 병기고를 나섰
다.

그들이 들어선 곳은 붉은 대나무 기와를 얹은 무고(武庫)였
다. 비밀 장원의 서고는 기와 색깔로 구분돼 서책이 분류돼
있는데 대나무 기와 색깔이 붉다는 것은 피를 의미한다고 볼
수 있었다.

넓은 무고 안에는 수천 권에 달하는 무서가 빼곡하게 비치
돼 있었다.

무서의 종류도 다양해 돌에 새겨진 석편, 철판에 글을 새긴
철편(鐵片)을 비롯해 고대의 죽간과 갑골 등도 있었다. 강호
에서 가장 많은 무서가 소장돼 있다는 소림의 장경각에도 이
처럼 많은 무서가 소장돼 있지는 않을 것이다.

위지불급은 다양한 형태의 무서를 접하자 일반적인 서고
의 경전과 다른 색다른 분위기에 휩싸였다.

'왠지 힘이 느껴지는군. 그리고 두려움도 함께 느껴진다.'

위지문현은 병기고를 방문했을 때보다 더욱 들뜬 모습으

로 무서를 이것저것 들춰보았다.

"할아버님, 이 모든 것이 무서인가요? 이 많은 것을 언제 다 터득하죠?"

노가주가 엄숙한 모습으로 나무랐다.

"문현아, 배움도 지나치면 과욕이 된다. 배움은 그릇에 물을 담는 것과 마찬가지로 욕심이 지나치면 자신이 통제할 수 없는 상태에 이르게 된다. 그것은 아주 위험한 상황이며 자칫 과도한 배움으로 인해 몸을 망치게 된다. 네 역량에 맞을 만큼 배우고 익히는 것이 중요함을 잊지 말아라."

"알겠습니다, 할아버님."

위지문현은 다소 주눅이 들어 공손히 머리를 숙였다.

노가주는 멀뚱하게 서 있는 위지불급에게 다가섰다.

"불급아, 넌 무서에도 관심이 없느냐?"

"고리타분한 경전보다는 재미가 있을 것 같습니다. 한데 무공 수련에 대한 성취도 시험을 보나요?"

"물론이다. 약관(弱冠)에 이를 때까지는 시험을 거쳐 부족함을 보완해야 한다."

약관은 성인을 의미하는 나이 이십 세를 말한다. 위지불급은 손가락으로 세월을 꼽아보고는 고개를 내저었다.

"이십 세가 되려면 아직도 한참 남았군요."

노가주는 한심하다는 듯 나직이 혀를 찼다.

"어찌 세월을 덧없이 흘려보내려 하는 것이냐? 그렇게 배움이 싫으냐?"

"싫어서가 아니라 제게 주어진 과제가 너무 과중해서 그렇습니다."

노가주는 긴 탄식과 함께 몸을 돌렸다.

"어찌 한 뱃속에서 나온 형제가 이리도 다를 수가 있단 말이냐? 형은 그릇을 채우기도 전에 넘칠 것을 우려하고 동생은 자신의 그릇을 생각지 않고 채우려고만 하는구나. 우리 가문이 세워진 이래 너희와 같은 형제는 존재한 적이 없었다. 참으로 기이하고도 안타깝도다."

노가주는 앞서 무고를 나가며 지침을 내렸다.

"입문편부터 차근차근 익히도록 해라."

"예, 할아버님."

위지문현은 즐거운 표정으로 대답했지만 위지불급은 따분한 눈빛으로 무고 안을 둘러보았다.

"젠장, 칼 쓰는 법은 요리사한테나 필요할 텐데 왜 칠천 가지나 된단 말인가?"

第三章　삐짱이와 아귀

1

다시 이 년이 흘렀다.

위지세가의 아이들은 십오 세가 되어야 가문의 경계를 넘어서 외부 세상으로 나갈 자격이 주어지며, 나이로만 따진다면 위지불급이 이에 해당된다. 하지만 위지불급은 이미 십 세 때 무단으로 외출을 했기에 십팔 세가 되어야만 외부 출입이 가능하다.

숙부들이며 나이 어린 동생들이 이를 안타깝게 생각해 위로했지만 당사자인 위지불급은 오히려 지나칠 만큼 무심했다. 오히려 십사 세 이전의 아이들 모두가 지니는 외부 세상에 대한 막연한 동경을 다분히 조롱했다.

"난 이미 열 살 때 경계를 넘어 나가봤어. 외부인도 우리와 똑같이 생겼어. 먹고 입고 사는 것도 마찬가지야. 집 안보다 부대끼며 살아야 한다는 게 다를 뿐이지."

위지불급은 최소한의 학업만으로 매번 위태롭게 문중회의 시험을 통과했다. 한두 번은 기준 미달로 재시험을 거쳐 겨우 통과한 적도 있었다.

노가주의 말을 빌리면 위지세가의 혈족 중에서 재시험은 위지불급이 유일하다고 하였다. 그 말은 위지불급이 위지세가 창건 이래 최악의 둔재임을 의미한다.

위지세가의 아이들은 첫돌이 될 때 비로소 정식으로 이름을 부여받게 되는데, 위지불급이 '불급'이라는 이름을 받게 된 데에는 그만한 내력이 있었다.

아기가 첫돌을 맞게 되면 음식상 위에 다양한 물건을 진열해 둔다.

서책, 붓, 종이 두루마리, 피리, 거울, 목검, 실 꾸러미…….

아기가 어떤 물건을 집느냐에 따라 아이의 재능에 맞는 교습 방법이 정해지고 그에 걸맞는 이름이 주어진다.

위지불급의 누나는 피리를 집어 예금이라는 이름이 주어졌으며 역시 타고난 재능대로 음률에 밝아 수십 종의 악기를 다루는 달인이 되었다.

한데 돌상 앞에 선 위지불급은 상 위에 진열된 물건을 둘러보고는 크게 하품을 하고 그대로 누워 자버렸다. 어른들의 기대를 저버린 채 어떤 물건도 고르지 않은 것이다.

이런 예는 위지세가 창건 이래 없는 일이었기에 가문 내에서 한동안 화제가 되기도 했다.

특히 가문의 최고 어른인 노가주의 고민은 컸다.

과연 아무것도 선택하지 않은 아기에게 어떤 이름을 지어줄 것인가? 어쨌거나 이름 없이 키울 수는 없기에 노가주는 고심 끝에 하나의 이름을 지어주었다.

불급(不及)!

기준에 미치지 못하다는 뜻이다.

두 마리 소가 개울가에서 한가하게 풀을 뜯고 있었다. 다른 한 마리는 그늘가에 앉아 되새김질을 하며 등짝에 달라붙은 파리 떼를 쫓기 위해 꼬리를 휘젓고 있었다.

여름날 오후의 나른한 정경이었다.

위지불급은 두 발을 개울물 속에 담근 채 평석 위에 팔베개를 하고 누워 있었다. 십육 세가 되었으니 소년으로는 꼭 찬 나이다.

그의 체격은 마른 편이며 입가에 조각처럼 새겨진 나른한 미소와 모호한 눈빛 때문인지 인상은 강렬하지 않았다. 얼굴에서 유난히 돋보이는 부분은 숯처럼 검은 눈썹이라 언뜻 그를 보면 보이는 것은 검은 눈썹뿐이었다.

위지불급은 오금죽장을 어루만지며 나직이 중얼거렸다.

"도를 터득한 사람은 말이 없고, 말을 하는 사람은 도를 터득하지 못한다. 함부로 입을 놀리지 말고 욕심의 문을 닫으며, 날카로움을 무디게 하고 흐트러진 마음을 풀어라. 빛을 드러내지 말고 세상과 함께 어울리면 그것이 바로 현동(玄同)이다."

노자의 도덕경 중 한 대목이었다.

유문의 경전 중에서 가장 난해한 학문이 노자였지만 위지세가의 아이들은 이미 어릴 적부터 오천 자의 도덕경을 전부 암송할 만큼 배움이 깊었다. 세상에서는 어린아이들이 노자를 거론하는 것만으로 경이로운 일이겠지만 위지세가 내에서는 노자의 경전도 그저 소학처럼 취급되었다.

위지불급은 오금죽장을 집어 들고 겉에 새겨진 문양을 손끝으로 더듬어보았다.

"자연과 동화된 은자의 삶이 현동이라 하는데 이 죽장의 문양이 정말 현동만큼 난해하군."

그가 쥐고 있는 오금죽장은 이 년 전 병기고에서 그가 우연히 선택한 병기였다. 그로서는 그저 평범한 대나무 지팡이로 생각했는데 조부는 그것이 검임을 일러주었다.

은천비검…….

굳이 풀이하자면 하늘에 숨겨둔 신비로운 검이라는 뜻이다.

위지불급이 선택한 병기였지만 배움에 지나칠 만큼 욕심이 많은 동생 위지문현이 오금죽장을 잠시 가져갔다. 자신이 비밀을 해결해 검을 뽑아보겠다는 의도였다. 하지만 영특한 위지문현조차 결국 검을 뽑지 못하고 그에게 되돌려주었다.

"만일 형이 오금죽장에서 검을 찾아내면 진심으로 형을 존경할게."

한 살 터울에 불과하기에 위지문현은 나이가 들면서 배움이 부족한 위지불급을 은근하게 무시하며 조소하기도 하였다. 한데 나름대로 자신의 지식을 자부하던 그가 오금죽장의 비밀을 알아내지 못하자 자존심이 상해 한 소리였다.

위지불급은 이미 동생의 공언을 잊었다.

다만 여러 가지의 쓸모로 오금죽장을 지니고 다닐 뿐 은천비검에 대한 비밀에는 큰 관심이 없었다. 그저 가끔씩 오금죽장의 문양을 보면서 무료함을 달랠 뿐이었다.

천천히 몸을 일으켜 앉은 위지불급은 발을 담그고 있는 개울물 속을 들여다보았다.

개울물은 맑았지만 개울 가운데로 흐르는 물은 바닥이 깊어 다소 푸른빛을 띠었다. 물속으로 크고 작은 물고기들이 먹이를 찾아 부산하게 헤엄을 치고 있었다.

위지불급은 오금죽장을 손에 쥔 채 수면을 들여다보고 있다가 가볍게 내려쳤다.

보기에는 아주 간단한 일타(一打)였지만 그 안에는 일초 검식이 담겨 있었다.

모든 병기에는 그 형태와 무게와 맞는 다양한 수법이 있다는 것이 조부의 가르침이었다. 그래서 위지세가에서 수집해 놓은 도법만도 칠천 가지나 되었다.

위지불급은 무학에도 별다른 관심이 없었기에 무고의 방대한 무공비급을 그저 건성으로 들춰보기만 했다. 그래도 문중회에 불려가 시험을 치러야 하기에 필수적인 부문은 어쩔 수 없이 기억해 두어야 했다.

무공에 대한 그의 개념은 남달랐다.

그는 수십 종의 병기와 수만 가지의 병기술, 수백 종의 내공 수법과 수천 가지의 외공 기술이 왜 필요한지 이해가 되지 않았다.

그가 쥐고 있는 오금죽장은 아직 지팡이에 불과하다. 그렇다면 지팡이로써 구사할 수 있는 장법(杖法)에 따라 지팡이를 휘둘러야 마땅하다. 하지만 오금죽장이 지팡이 형태의 검임을 감안한다면 검법에 맞춰야 옳을 것이다.

위지불급은 이런 상충되는 조건을 통해 병기와 무공에 대해 나름대로 정의를 내렸다.

완벽한 병기와 무공은 존재하지 않는다!

겨우 십육 세의 나이, 그것도 무공에 대해 이 년밖에 공부하지 않은 아이가 내린 정의치고는 다분히 작위적이면서도 당돌한 결론이었다.

이런 정의를 내린 이후 위지불급은 오금죽장을 검이나 칼, 창, 봉은 물론이며 도끼로도 규정 지을 수 있었다. 병기는 형태로 결정되는 게 아니라 자신의 의지로 바꿀 수 있다는 것이 그의 깨달음이었던 것이다.

팟……!

오금죽에 찍힌 수면으로 무수한 동심원이 형성되었다. 이어 팔뚝만 한 아어(雅魚)가 허연 배를 드러내며 둥실 떠올랐다.

그가 방금 펼친 수법은 비응낙추(飛鷹落抽)라는 초식이었다. 이 수법은 봉으로 펼치면 봉법, 검으로 펼치면 검법이 되고, 칼로 펼치면 도법이 되기에 어떤 병기술이라 규정 지을 수가 없다.

그것은 그가 창안한 이 수법이 본래 병기를 위해 만들어진 것이 아니었기 때문이다.

그는 소에게 풀을 뜯기기 위해 개울로 나섰다가 대나무 숲에 보금자리를 틀고 있는 산새를 사냥하는 매의 공격을 자주 보게 되었다.

유유히 허공을 비월하다가 벼락처럼 백 장 높이에서 내리꽂히는 매의 사냥술은 하나의 경이였다. 아마 살아 있는 생명

체로서 그보다 빠른 비월은 존재하지 않을 것이다.

위지불급이 창안한 비응낙추라는 초식은 바로 매의 사냥술에서 착안한 수법이었다.

물론 수백 장 높이에서 추락하듯 내리꽂히는 매의 사냥술을 흉내 내려면 보다 빠른 쾌초로 발전되어야 하겠지만 그는 최고 수준까지 연마하는 데에는 관심이 없었다.

그는 비응낙추 일식을 전개하면서 잠시 한 마리 매가 되었다는 쾌감으로 충분했던 것이다.

"이 녀석아, 엄살 부리지 말고 어서 정신 차려."

그가 오금죽으로 아어의 머리를 툭툭 건드리자 비로소 충격에서 깨어난 아어가 몸을 뒤집어 쏜살같이 물속으로 스며들었다.

이때 등 뒤에서 시원한 음성이 들려왔다.

"어마, 이제 보니 불급이가 특별한 재주를 숨기고 있었구나?"

망태 가득 약초를 채운 여인이 단아한 미소를 지으며 개울가로 다가섰다.

위지불급은 평석 위로 올라앉으며 소맷자락으로 발의 물기를 닦아냈다.

"여자가 조신하지 못하게 도둑고양이처럼 남의 고기잡이를 훔쳐봐도 되는 거요?"

"난 훔쳐본 적 없어. 네가 미처 내가 온 줄을 몰랐을 뿐이지."

“그러면 인기척이라도 냈어야지? 내가 놀라서 누님을 찔렀으면 어쩔 뻔했소?”

“훗, 물고기 한 마리도 낚지 못한 솜씨로 날 어쩌겠어?”

여인은 개울가에 앉아 약초를 다듬기 시작했다.

드러난 얼굴과 목덜미며 손이 병적으로 희었다. 체구도 지나치게 가냘파 마치 한 포기 풀잎과 같은 여인으로 보였다.

바로 위지불급의 손위 누이인 위지예금이었다.

그녀는 머리 장식 하나 없는 수수한 옷차림이지만 타고난 미모는 숨길 수가 없었다. 다만 몸매가 너무 빈약해 완숙한 여인의 향기와는 거리가 멀었다.

그녀는 위지불급과 네 살 터울이기에 어릴 적 모친이 타계한 이후 그녀가 두 동생을 키우다시피 했다.

삼남매는 그런대로 우애가 깊었지만 위지예금은 뛰어난 총명을 지닌 위지문현보다 가문의 천덕꾸러기로 자라온 위지불급에게 보다 많은 정을 쏟았다.

위지불급이 숱한 의혹을 해소하지 못한 불만을 가슴에 품고도 그나마 가문에 적응하며 사는 이유는 누이에 대한 미안함 때문이었다.

그가 사고를 치고 나면 그보다는 그의 누이가 조부에게 불려가 동생을 잘못 가르쳤다는 더 호된 꾸지람을 듣기에 그로서도 항상 마음이 부담되었다.

결국 그는 누이를 위해서라도 가문의 엄격한 규범에 적응할 수밖에 없었던 것이다.

위지예금은 잘 다듬은 약초를 말리기 위해 평석 위로 늘어놓고는 동생과 나란히 앉았다.

"이번에는 장안과 화산을 둘러보고 왔어."

"좋겠소."

"요즘은 왜 물어보지 않는 거니? 예전에는 누나가 외부 탐방을 다녀오면 무엇을 보았는지 꼬치꼬치 캐물었잖아?"

"내가 아직도 애인 줄 아시오?"

"호호, 물론 애이지. 네가 아무리 우리 가문의 장손이라 해도 아직은 관례도 올리지 못한 애일 뿐이야. 네가 장가를 가야 누나도 널 어른으로 대접해 줄 수 있어."

위지불급은 오금죽장을 가볍게 휘두르며 시큰둥하게 응수했다.

"내 나이 고작 십육 세인데 무슨 장가요? 노처녀 소리 듣기 싫으면 누님이나 어서 시집을 가시오. 가문의 규범상 여자는 이십 세 이전에 시집을 가게 돼 있지 않소? 그동안 수년 동안 강호를 둘러보았을 텐데 아직 마음에 드는 신랑감 하나 찾지 못한 거요?"

위지예금은 노을에 물든 자줏빛 하늘을 올려보았다.

"어디 불급이만 한 사내가 있어야 말이지?"

"그러니까 눈을 조금 낮춰야지 세상에 어디 나만 한 사내가 있겠소?"

"에그, 이 녀석. 조금 올려주니까 못하는 소리가 없어."

위지예금은 동생을 가볍게 쥐어박고는 살짝 볼을 붉혔다.

"사실… 혼례일이 정해졌다."

"뭐요? 저… 정말?"

"그래, 내달 오 일이다."

위지불급은 놀랍기도 하고 한편으로는 섭섭하기도 했다.

"이런, 열흘도 채 남지 않았군. 한데… 자형 될 사람은 어떤 사람이오?"

"이름은 연남건(燕南乾). 멀리 산동성 사람이야. 초야에 묻혀 살아온 유문 출신이라 들었어."

"아직 얼굴도 못 봤겠네?"

"당연하잖아. 우리 가문의 여자들은 모두 중매를 통해서만 혼례를……."

위지불급이 정색을 지으며 그녀의 말허리를 잘랐다.

"왜 그래야 하오? 누님은 사랑하지도 않는 사내와 혼례를 맺어 살 수 있다고 생각하시오?"

"불급아, 그것이 우리 가문의 전통이야. 네 고모들도 모두 중매로 맺어져 잘 지내고 있지 않니?"

"그래도 난 누님은 다를 줄 알았소. 누님만큼은 자신이 선택한 사내와 혼례를 올릴 것으로 생각했단 말이오."

"불급아."

위지예금은 동생의 어깨에 손을 얹고는 서글픈 미소를 지었다.

"위지세가 사람들에게 있어 사랑은 사치일 뿐이야. 사내든 계집이든 누군가를 사랑할 시간도 없고 그런 행복을 누릴 자격도 없어. 우리는 그렇게 배웠잖아?"

위지불급은 왜냐고 반박하고 싶었지만 입을 꾹 다물었다. 그의 누이 역시 아직 진정한 이유를 모르고 있으며 또한 알고 있다고 해도 절대 발설할 수가 없기 때문이다.

가문의 의혹과 비밀은 나이와 의식 수준에 맞춰 조금씩 밝혀지며, 사전에 누설하는 것은 중대한 위법이기에 엄중한 벌을 받게 된다.

"들어가자. 저녁 먹어야지?"

위지예금은 평석 위에 널어두었던 약초를 거둬 망태에 담았다.

위지불급은 개울물을 바라보며 나직이 중얼거렸다.

"사랑이 사치라고? 남녀가 만나 서로의 마음을 떠보는 것이 왜 사치가 되지? 그것은 사람이 살아가는 아주 기본적인 삶이 아닌가?"

위지예금은 잠시 그를 바라보다가 넌지시 한마디를 흘렸다.

"네 나이 스무 살 때면 뭔가 바뀌지 않을까?"

"……?"

위지예금이 대나무 숲 사이로 사라지자 위지불급의 나른한 눈빛에 이채가 감돌았다.

'내 나이 스무 살?'

그는 오금죽 지팡이를 어깨에 걸치며 자리에서 일어섰다.

'앞으로 사 년! 대체 어떤 변화를 의미하는 것일까?'

2

혼례는 단지 두 남녀의 결합뿐 아니라 두 가문이 결속을 다지는 중요한 행사이다. 하기에 혼례는 신랑신부 양측의 식솔 모두가 참가해 서로가 경하를 보내는 축제의 마당이다.

그러나 위지세가의 혼례는 남다르다.

위지세가의 딸들은 시댁으로 출가를 하지 않는다. 모두 데릴사위를 들여 가문에서 함께 지내기에 위지세가의 혈족이 외부로 빠져나가는 경우는 없다.

위지세가의 혼례는 오직 위지세가 사람들만이 하객으로 참석할 뿐이기에 동네 사람들도 언제 혼례가 치러졌는지 아무도 모른다.

외부의 하객이 없는 혼례.

이는 단지 신랑을 데릴사위로 맞이할 때뿐만이 아니라 며느리를 맞이할 때도 마찬가지이다. 일반적인 관점에서 본다면 아주 유별날 수 있지만 내막을 알고 보면 당연히 그럴 수밖에 없다.

위지세가에 시집온 며느리나 데릴사위로 들어온 사위는 모두가 천애 고아이다. 이들은 팔 촌 이내의 혈족이 전혀 없거나 또는 있다 해도 행방을 전혀 모르기에 위지세가 사람들만이 입회한 가운데 혼례를 치를 수밖에 없다.

위지세가는 이들 며느리와 데릴사위들에게 가문의 기밀을 엄수한다는 서약을 받고 일족으로 삼는다.

물론 이들에 대한 선택은 문중회에서 오랜 세월에 걸쳐 은밀하게 이루어지기에 여태껏 며느리나 데릴사위가 불상사를 일으킨 적은 한 번도 없었다.

그들은 오히려 위지세가 혈족들보다 더 위지세가 사람들이 되기 위해 노력해 완벽한 동화를 이루었기에 가문은 오랜 세월 평온을 유지할 수 있었던 것이다.

칠현금과 선율과 고즈넉한 피리 소리가 혼례의 분위기를 한껏 돋아주었다.

위지세가 사람들은 십 년 만에 처음 있는 혼례이기에 모두들 풍성한 음식을 장만하였고, 대오리로 만든 수백 마리의 원앙을 허공에 띄워 혼례를 축하했다.

주례는 노가주가 섰으며 나이 어린 화동(花童)들이 신랑신부의 들러리를 섰다.

신랑신부가 혼례 서약을 마친 후 일족들에게 절을 올리자 모두가 박수를 치며 축하해 주었다.

"호호, 예금이가 이런 미인인 줄 몰랐어요."

"그러게 말이오. 예금 처제는 그야말로 완벽한 요조숙녀요."

"신랑은 또 어떤가? 유문 출신이라 글만 읽은 허약한 유생인 줄 알았는데 이제 보니 풍채가 준수하군. 혹시 풍류공자가 아닌지 모르겠어. 하하."

새신랑 연남건은 초야를 치르기에 앞서 신부의 친동생인 위지불급과 위지문현을 신방으로 불렀다.

"어서들 오게, 처남들. 모두가 한 가족이지만 그래도 두 처남이 부인의 친동생이기에 자리를 함께하고 싶었네."

연남건은 말쑥한 용모의 청년으로 유생의 냄새가 물씬 풍겼다. 여느 유생과 다른 면이 있다면 고지식한 외골수가 아니라 유연함이 느껴진다는 점이었다.

위지문현은 나이 차이가 많이 나기에 공손하게 절을 올렸다.

"혼례를 축하드립니다, 형님."

연남건이 얼른 그를 잡아 일으켰다.

"하하! 어서 일어나게, 작은처남. 내가 나이를 조금 먹었다지만 같은 배분이 아닌가?"

위지불급은 형식적으로 고개를 숙이고는 자리에 앉았다.

위지예금은 자상한 미소를 지으며 두 동생에게 술을 따라주었다.

"너희가 술을 마시기에는 아직 어린 나이지만 특별한 날이니 건배를 하자꾸나. 아주 약한 술이니 취하지는 않을 거야."

연남건이 술잔을 들어 건배를 외쳤다.

"자, 우리 가족의 평온과 행복을 천지신명께 기원합시다."

술잔을 비운 위지문현이 맛있게 입맛을 다셨다.

"와아, 이건 술이 아니라 새콤한 과일즙이군요?"

그는 안주 삼아 과자를 아삭거리며 물었다.

"형님은 무엇을 공부하셨어요?"

"경전과 시서를 조금 읽었네. 어릴 적 재미 삼아 향시에 한 번 응시한 적이 있지. 하지만 본래 벼슬에는 관심이 없어 경서보다는 다른 분야를 공부했지."

"어떤 분야인데요?"

"주로 병서와 고대의 전략을 연구했네. 고대 전쟁터를 두루 다니면서 어떤 병법과 전략이 어떻게 전개되었는지 집중적으로 공부하였지."

"그럼 세상 많은 곳을 다니셨겠군요?"

"그런 셈일세. 일찍부터 홀몸이 되었기에 구애받을 일이 없어 마음껏 세상을 주유할 수 있었네."

위지문현은 부러운 듯 감탄에 젖었다.

"와아, 저는 아직 세상에 제대로 나가보지 못했어요. 올해

부터 근처의 현과 마을을 둘러볼 자격이 주어졌는데 아직 할아버님의 허락을 받지 못했지요. 형님과 함께 병법을 익히게 되면 세상에 대한 얘기를 많이 들을 수 있겠군요.”

연남건은 첫 대면에서 후한 점수를 받게 되자 기분 좋은 웃음을 터뜨렸다.

“하하, 작은처남과는 잘 통할 것 같군.”

이때 위지불급이 연남건을 직시하다 불쑥 물었다.

“형님은 누님을 사랑하십니까?”

갑작스런 질문에 연남건은 당혹스러운 듯 위지불급과 신부를 번갈아 보았다.

“어, 그거야… 당연히…….”

“혼례를 올려 부부가 되었으니 의무상 사랑할 수밖에 없겠지요. 하지만 저는 형님의 진심을 듣고 싶습니다.”

워낙 당돌한 질문에 위지예금이 오히려 난처해졌다.

“불급아, 어떻게 그런 무례한 질문을 할 수 있는 거니?”

위지문현도 단단히 화가 난 듯 형을 꾸짖었다.

“형은 예법부터 다시 배워야 할 것 같아. 형은 형님과 누님을 난처하게 만들고 있어. 이것은 가족의 화합을 깨는 불손함이야. 어서 사과해!”

한데 오히려 연남건이 손을 내저어 위지불급을 두둔했다.

“작은처남은 진정하게. 큰처남의 물음은 당연할 수 있네. 큰처남은 정말 누님을 걱정하는군. 장인어른께서 큰처남이

별난 질문을 할 것이라 귀띔해 주셨는데 과연 예상대로군."

그는 술잔을 한잔 비우고는 차분하게 대답해 주었다.

"큰처남, 남녀가 서로 얼굴도 모른 채 첫날밤을 치르는 혼례가 일반적이네. 강호의 남녀들은 전통과 예법을 무시하기에 혼례도 치르지 않은 채 깊은 관계까지 맺는다고 하지만 그것은 어디까지나 특수한 상황일세. 내가 자네 누님과는 혼례를 치르기 전 잠시 통성명을 한 것이 전부일세. 하지만 남녀가 반드시 오래 사귀어만 서로를 안다고 말할 수 있는 것은 아닐세. 난 자네 누님을 진심으로 사랑할 것이네. 의무나 책임감이 아니라 진심으로 말일세."

"누님의 어느 점이 마음에 들었습니까?"

"마음에 안 드는 점을 찾아보기가 어렵더군. 미모와 지식, 재예를 두루 갖췄으니 내게는 과분한 반려자이지."

"제가 보기에는 빈약한 몸매가 별로이던데요?"

위지불급의 천연덕스런 질문에 위지예금이 양 볼을 발갛게 물들였다.

"부… 불급아, 이제 그만 해. 한잔 술에 취한 것 같으니 어서 건너가 자라."

"그래, 우리는 이제 나가는 게 낫겠다. 혼례를 치르느라 고생을 한 누님과 형님이 쉬어야 하잖아?"

위지문현이 형을 잡아끌며 은근히 위협을 주었다.

"어서 나와. 계속 행패를 부리면 아버님께 모두 고하겠어."

한데 난처한 질문에도 불구하고 연남건은 호의적으로 위지불급을 상대해 주었다.

"큰처남, 여인에 대한 시각은 모두 다른 법일세. 역사상 전설적인 미인들로 손꼽히는 포사, 서시, 왕소군, 초선, 양귀비 등이 과연 모두 유사한 용모를 지녔을까? 큰처남이 세상을 두루 다니며 다양한 여인들을 접하다 보면 여인을 보는 관점이 달라질 것이네. 자네 누님처럼 늘씬한 몸매를 가진 여인은 흔치 않네. 그것이 매력인데 어찌 흠이라 하는 건가?"

위지불급은 연남건의 답변을 통해 세상에 대한 통찰력과 심성을 충분히 확인할 수 있었다.

그는 자리에서 일어서며 깍듯하게 예를 표했다.

"환영합니다, 형님. 한 가족이 되었음을 축하드립니다."

3

마치 도둑 혼례처럼 동네 사람들 누구도 모르게 치른 위지세가 사람들만의 혼사도 벌써 한 해 전 일이 되었다.

"젠장, 정말 시끄럽군."

위지불급은 새벽부터 깨어나 부산을 떠는 동생 때문에 억지로 침상에서 기어나왔다.

위지문현은 한껏 들뜬 모습으로 동경 앞에 서서 연신 옷매

무새를 바로잡고 문사건을 고쳐 맸다.

"형, 뒷모습을 좀 봐줘. 어색한 데는 없지?"

위지불급은 차갑게 식은 차로 입을 헹구고는 시큰둥하게 대답했다.

"어색한 데는 없다. 다만 네 뒤통수에 위지세가 사람이라고 씌어 있구나."

"농담 마. 어떠한 일이 있더라도 신분 노출을 하면 안 된다는 것이 아버님의 지시 사항이셨어."

"임마, 고작 시골 장터나 둘러볼 텐데 그렇게 차려 입으면 남들 눈에 띄지 않겠냐? 그냥 평상복으로 갈아입어."

"모르는 소리 마. 일부러 촌닭처럼 보여야 이곳저곳을 둘러보아도 의심을 받지 않을 수 있어. 게다가 명색이 위지세가의 작은공자인데 비렁뱅이 차림으로 나설 수는 없잖아?"

위지문현은 싸구려이지만 장식이 요란한 허리띠를 둘렀고, 더운 날씨에 어울리지 않게 가죽신을 신었다.

그가 이렇듯 부산을 떠는 이유는 나이 최초의 외부 나들이가 허락되었기 때문이다. 바깥세상 견학은 십오 세부터 자격이 주어지는데 노가주는 무슨 연유인지 십육 세까지 늦추었다가 비로소 위지문현의 출타를 윤허해 주었다.

장소는 미산현에서 북쪽 칠백 리 정도 떨어진 파중(巴中).

위지세가 사람들은 사천성 일대의 장날을 두루 택해 죽세공품과 국화지를 내다 파는데 마을 사람들과의 교류를 최대한 줄이기 위해 때로는 먼 곳까지 나가 교역을 한다. 이는 아이들에게 세상에 대한 안목을 넓혀주고 경험을 쌓아주기 위함이기도 했다.

위지세가 아이들은 통상 첫 나들이가 현의 장터이거나 아미산 근경이었는데 위지문현의 경우는 아주 각별한 특혜였다.

첫 출타에서 왕복 보름이나 걸리는 파중을 다녀오게 되었으니 나이 어린 숙부들조차 부러워할 정도였다.

위지문현은 옷가지와 기록용 서첩, 붓과 벼루 등 만반의 채비를 갖추고는 비로소 마음을 놓았다.

"형, 정말 떨린다. 보름씩이나 외부 세상을 보게 되다니 믿기지가 않아."

"아마 실망이 클 거다."

"그런 소리 마. 형은 무단으로 출타해 고작 시골 장터를 조금 보았을 뿐이잖아? 파중은 제법 큰 도시라고 했어. 보고 듣고 깨닫는 게 정말 많을 거야. 남건 형님도 백문이 불여일견이라고 했어. 아마 세상에 대한 인식이 달라질 거라고 하더군."

위지문현은 힐끗 형의 표정을 살피고는 미안한 듯 목을 끌어안았다.

"미안해. 사실 형이 먼저 거쳐야 할 여정이었는데……."

"괜찮아. 조금도 부럽지 않으니 마음껏 자랑해도 돼."

“정말?”

“그래, 세상에 대한 환상은 이미 열 살 때 깨졌다. 더불어 내 호기심도 함께 묻혀 버렸지.”

“…….”

위지문현이 포옹을 풀고 한 걸음 뒤로 물러섰다.

“형은 너무 염세적이야. 나는 아직도 많은 것을 배우고 싶어 미칠 지경인데 형은 아무것도 배우려 하지 않아.”

“내 그릇은 너무 작아 더 이상 들어갈 데가 없어.”

“그런 소리 마. 세상에서 가장 지혜로운 할아버님이 뭐라고 하셨는지 알아? 형에 대한 인식이 너무 자주 바뀌어 혼란스럽다고 하셨어. 형이 얼마만한 크기의 그릇인지 종잡을 수 없으시대.”

“내 그릇이 워낙 작아 보이지도 않으신가 보군.”

“그건 할아버님에 대한 모독이야.”

위지문현이 정색을 지었다.

“할아버님의 안목은 절대적이셔. 할아버님의 평가가 틀리지 않는다면 형은 우리 가문의 천덕꾸러기가 아니라 아직 연못 속에 잠자고 있는 용이야.”

“용……?”

“그래, 아직은 잠룡(潛龍)이라 그 형태가 드러나 있지 않은 것을 말하지. 먼 옛날 공자가 노자를 만나 예를 문답하고는 제자들에게 노자가 구름 속의 용과 같은 존재라 평했지. 운룡(雲

龍)이든 잠룡이든 어쨌든 다 같은 용임은 확실해.”

위지불급은 나른한 눈빛을 지으며 하품을 했다.

“그래, 토룡(土龍:지렁이)도 용의 일종이니까 틀린 말은 아니로군. 늦기 전에 어서 가봐라.”

위지문현은 잠시 그를 바라보다가 나직이 한숨을 쉬었다.

“용이 되다 만 이무기를 사룡(蛇龍)이라 칭한다더군. 형이 어떤 용이 되느냐는 노력하기 나름이야. 그럼 다녀올게.”

“생각나면 선물이나 사와.”

위지불급은 난생처음 집을 떠나는 친동생을 배웅 나가지도 않았다.

모두들 그가 시샘을 해서 일부러 배웅을 나오지 않은 것으로 알겠지만 그것은 결코 아니었다. 그는 조금도 부럽거나 아쉬운 마음이 없었다.

사실 그가 정작 알고 싶은 것은 외부 세상의 풍경이 아니라 가문의 숨겨진 내막과 비밀이었다. 한데 어릴 적부터 그의 의혹은 철저하게 말살돼 버렸다.

칠 년 전 불과 열 살의 나이로 가문의 엄한 규범을 어기고 무단으로 출타를 한 것은 단지 세상을 둘러보기 위함이 아니었다. 가문의 경계를 벗어나 위지세가를 바라보면 가문이 어떻게 보일까 하는 생각에서였다.

그러나 그에 눈에 비친 위지세가는 대나무 숲에 둘러싸여 있는 죽예공방일 뿐이었다.

이후 그는 세상에 대한 동경을 접었다. 더불어 오랜 세월이 흐르지 않고서는 결코 알아낼 수 없는 가문의 비밀에 대해서도 더는 고민하지 않기로 마음먹었다.

의욕이 사라지면서 그는 더욱 나태해졌다.

다행히 그의 나이가 십칠 세에 이르자 문중회의 엄격한 시험에서 제외될 수 있었다. 이는 현 가주인 그의 부친의 간곡한 청원 덕분이었는데, 노가주가 어쩐 일인지 윤허해 주었다.

시험의 부담에서 벗어난 위지불급은 가문의 공동 작업인 죽세공품 제작만 약간 거들면 나머지는 자유롭게 지낼 수 있었다.

그러하기에 최근 수개월은 그가 아무 일도 하지 않는 자유를 누릴 수 있는 가장 행복한 한때였다.

"문현이 녀석마저 없으니 당분간 잔소리 들을 일도 없겠군."

정원으로 나선 위지불급은 오금죽장을 질질 끌면서 느릿느릿 아침 산책을 즐겼다.

어린 대나무 사이를 흔들면서 스쳐 가는 바람 소리가 경쾌하다. 흰 구름은 아침부터 졸음에 겨운 듯 두둥실 흐르고 마치 합창을 하듯 일제히 울어대는 풀벌레 소리가 요란하다.

서책을 멀리한 이후 사색은 그의 유일한 취미였다.

그의 동생 위지문현이 하루에도 수백 권의 무서와 경전을 탐독하는 것과 달리 그는 바람이 솔솔 불어오는 그늘에 누워 사색에 잠겼다.

위지문현은 그를 베짱이에 비유했지만 그는 팔자 좋게 콧노래나 흥얼거리는 베짱이는 아니었다.

현동(玄同)!

그의 사색은 노자가 도덕경에서 언급한 자연과의 동화였으며 그것을 몸으로 체득하는 것이 그의 목표였던 것이다.

이때 대나무 정자 쪽에서 누군가 그를 불렀다.

"베짱이 처남, 아침이나 같이하세."

고개를 돌려보니 자형인 연남건이었다.

그는 위지문현과 아주 각별한 사이다 보니 위지문현이 형을 놀릴 때 쓰는 별명을 그대로 사용했다.

연남건은 아침 식사에 어울리지 않게 화과(火鍋)를 준비하고 있었다.

화과는 사천성 특유의 음식으로 화덕에 작은 솥을 걸고 잘 저민 생선이나 고기를 채소와 함께 살짝 데쳐 먹는 음식을 말한다.

다른 지방에서는 추운 겨울날에나 가끔 화과를 즐기지만 사천 사람들은 한여름에도 화덕을 피워놓고 땀을 뻘뻘 흘리며 화과를 먹는다. 그렇게 땀을 흘리고 나면 무더위를 잠시 잊을 수 있기 때문이다.

대나무 정자로 들어선 위지불급은 화덕 위에서 펄펄 끓고 있는 솥을 보고는 어처구니없는 표정을 지었다.

"아침부터 웬 화과요?"

"이렇게 미리 땀을 빼두어야 한낮의 더위를 견딜 수 있지 않겠는가? 어서 앉게나."

연남건은 끓는 솥에 먼저 채소와 넣었다.

위지불급은 얇게 저민 생선살을 끓는 물에 담가 살짝 데치고는 채소와 함께 먹었다.

"문현은 떠났소?"

"잠시 전에 떠났네. 자네 누이가 눈물을 펑펑 쏟더군."

"누이는 문현이를 유난히 예뻐했소. 어머님이 일찍 작고하신 바람에 누이가 어머님이 되어 키웠으니 말이오."

"작은처남이 없으니 왠지 허전하더군. 그동안 귀찮을 정도로 세상에 대해 많이 물었으니 말일세. 하지만 이제 보름 동안이나 직접 세상을 보고 올 테니 예전처럼 날 들볶지는 않을 것 같네."

위지불급은 흐르는 땀을 소매로 훔치고는 천천히 부채를 저었다.

"아마 형님을 더 못살게 굴 거요."

"왜?"

"녀석은 아귀와 같소. 배움에 대한 욕망 때문에 항상 배가 고파 있소. 세상을 잠시 둘러보고 왔으니 더 많은 곳을 가보고 싶어 안달이 날 거요."

"하하, 아귀라. 재미있는 표현이군. 큰처남은 베짱이, 작은

처남은 아귀. 정말 재미있어."

연남건은 베짱이와 아귀를 되뇌며 연신 웃음을 터뜨렸다.

위지불급은 화과를 먹으면서 무심하게 물었다.

"행복하시오?"

"불행하네."

"불행하시오?"

"행복하네."

"누님을 사랑하시오?"

"존경하네."

"만족하시오?"

"조금은 배가 고프네."

뜬금없는 문답이었지만 위지불급은 싱긋 미소를 지으며 엄지를 세워 보였다.

"벌써 우리 가문의 화법에 통달하셨으니 위지세가 사람이 다 되었소."

"하하, 베짱이 처남의 인정을 받게 되었으니 믿어도 되겠군. 자네 누이의 말에 의하면 미래의 가주인 자네의 평가가 가장 짜다고 하더군."

"형님은 왜 위지세가의 사위가 되셨소?"

연남건은 앞자락을 열고 연신 부채질을 했다.

"그야 자네 누이를 사랑하기 때문이지."

"사실 누님을 만나기도 전에 혼례를 결정한 것이 아니오?"

"솔직히 말해 고대의 병서와 전략을 보다 깊이 연구하기 위해서일세. 노가주 어르신과 장인어른을 만나뵙고 난 두 분의 학문과 식견에 그만 감복하고 말았지. 이런 가문의 사위가 될 수 있다면 천하의 추녀라도 아내로 삼을 용의가 있었네. 한데 뜻밖에도 재색을 겸비한 아내를 얻었지 뭔가? 난 너무 행복하기만 하네."

위지불급은 너무 더워 웃통을 벗어젖혔다.

"내가 만일 형님 입장이었으면 절대 혼례를 올리지 않았을 거요. 우리 가문이 지니고 있는 숱한 의혹과 비밀이 답답하지도 않소?"

"흥미롭지 않은가? 깊이 숨겨진 비밀이 하나씩 개봉된다는 것은 설사 그것이 비극이라 할지라도 즐거움일 수 있네."

"심각한 비극이라도 말이오?"

"아무리 심각한 비극이라도 이미 오래전의 과거사가 아닌가? 노가주 어르신께서 나이에 맞게 의혹을 순차적으로 밝히는 연유는 충격을 최소화시키기 위함일세. 이 얼마나 현명하신 방안이 아니겠는가?"

위지불급은 충분히 배를 채웠기에 화덕에서 물러나 앉았다.

"이제 누님에 대해서는 안심할 수 있겠소. 불과 일 년 만에 나보다 더 위지세가 사람이 된 형님이 존경스럽소. 만일 형님이 현동에 심취했다면 최고의 경지에 이르렀을 거요."

"현동이라……."

연남건은 잠시 기억을 더듬다가 부채로 무릎을 쳤다.

"아, 노자의 덕경편에 나오는 한 대목이 아닌가?"

"그렇소."

"노자는 너무 난해한 학문일세. 난 상편인 도경(道經)만 잠시 공부하다가 포기했네. 하편인 덕경(德經)에서는 현동 한 대목만 기억할 뿐이지."

연남건은 부러움에 찬 눈빛으로 위지불급을 바라보았다.

"위지세가 사람들은 정말 천재들일세. 십 세 이전에 대부분의 학문을 깨우치니 말일세."

"나는 아니오. 나는 가문에서 수치로 생각할 만큼 둔재요."

"그런 소리 말게. 자네 역시 열 살 이전에 노장을 공부하지 않았던가. 위지세가 내에서는 조금 늦은 성취일지 몰라도 바깥세상에서는 천재의 수준일세."

위지불급은 자조적인 미소를 지었다.

"위지세가 아이들의 학식이 뛰어난 것은 독특한 교습 방법 때문이오. 약간 명석한 아이라도 우리 가문에서 공부하면 비슷한 성취를 볼 수 있을 거요. 우리 가문 사람 모두가 천재는 아니오. 다만 독특한 최면에 빠져 천재로 착각하며 살 뿐이오."

"……."

연남건은 잠시 그를 바라보다가 신중한 표정을 지었다.

"큰처남, 지난해 신혼 첫날 처음 만났을 때부터 자네는 나를 당혹스럽게 만드는군. 내가 자네의 말을 인정하면 위지세가 전체를 부인하게 되는 것일세."

"신경 쓰지 마시오. 이래서 내가 천덕꾸러기로 취급받는 게 아니겠소? 나를 가까이하면 형님도 자칫 미움을 살 수도 있으니 자주 만나지 않는 게 좋겠소."

위지불급은 윗옷을 어깨에 걸치고는 자리에서 일어섰다.

이때 누군가 대나무 계단을 밟고 정자로 올라섰다.

"장인어른!"

깜짝 놀란 연남건이 황급히 옷고름을 여미고는 예를 올렸다.

"송구합니다."

위지불급도 서둘러 옷을 걸쳐 입었다. 위지세가의 가풍은 워낙 엄격해 웃어른 앞에서 맨몸을 드러내는 것은 커다란 결례로 취급되었다.

위지불급은 문득 대나무 정자 아래 서 있는 한 소녀를 보고는 눈을 휘둥그레 떴다.

외부인!

위지세가의 일족이 아니니 분명 외부인이다. 그가 알기로도 외부인이 위지세가 안채까지 들어오기는 처음이었다.

아주 가끔 소문을 듣고 죽세공품과 국화지를 직접 구입하기 위해 찾아오는 상인들이 있지만 그들의 방문은 바깥채인 죽예공방에서 그친다. 교묘하게 배치된 가옥 때문에 출입법을 모르면 절대 안채로 들어설 수 없는 것이다.

위지불급의 벗은 상체를 본 소녀는 소매로 얼굴을 가리며 얼른 고개를 돌렸다.

"……?"

옷을 걸쳐 입은 위지불급은 옷고름을 단정히 여미고는 부친에게 예를 올렸다.

"오셨습니까, 아버님."

대나무 정자 안으로 들어선 사람은 청수한 면모의 중년인이었다. 옷차림은 수수했지만 깔끔했고 머리카락 한 올 흘러내리지 않게 문사건을 단정하게 두르고 있었다.

바로 위지세가의 현 가주인 위지명이었다.

위지명은 힐끗 화덕을 보고는 위지불급을 직시했다.

"아침부터 웬 화과냐? 술이라도 마신 게냐?"

연남건은 자신의 잘못이다 싶어 거듭 허리를 굽혔다.

"장인어른, 제가 화과를 차린 후 큰처남을 부른 것입니다. 큰처남은 아무런 잘못도 없습니다. 그리고 술은 입에 대지도 않았습니다. 잠시 후면 작방(作坊)에서 국화지를 생산해야 하는데 어찌 술을 마시겠습니까?"

작방은 종이를 제작하는 작업장을 말한다.

위지명은 대번에 상황을 파악했기에 굳이 두 사람을 나무

라지 않았다.

"아침 식사로 화과는 어울리지 않는다. 물론 더위를 이기기 위해 먹을 수도 있지만 최소한의 예의는 갖추어야 한다."

"명심하겠습니다, 장인어른."

연남건은 위지명의 눈치를 살피고는 급히 화덕을 정리하였다.

위지명은 땀으로 흠뻑 젖은 큰아들의 몰골을 훑어보고는 몸을 돌렸다.

"수욕부터 해야겠구나. 연후 아비의 처소로 찾아오너라."

그가 정자를 내려서자 대기해 있던 소녀가 공손한 자세로 그의 뒤를 따랐다.

위지불급은 난간에 서서 부친과 소녀가 문을 나설 때까지 지켜보았다. 아주 짧은 순간이라 소녀의 용모를 정확히 보지 못했지만 그의 눈길이 스쳐 간 이상 마음만 먹으면 그녀의 용모를 분명히 기억해 낼 수 있다.

하지만 위지불급은 소녀의 용모보다 그 정체가 궁금했다.

부친이 외부인을 직접 안채로 안내했다는 것은 지극히 특별한 경우이다. 더군다나 부친의 처소에서 소개를 시키겠다는 것은 소녀를 위지세가 사람으로 인정한다는 의미였다.

'대체 어떤 계집이기에 아버님이 이런 파격적인 대우를 하는 걸까?

연남건이 소반에 그릇을 담다가 물었다.

"큰처남, 아는 아가씨인가?"
"아니오. 우리 집안 사람 외에 소제가 아는 사람이 있겠
소?"
"하기는… 그렇다면 이건 커다란 사건이로군?"
"사건이라면 사건이랄 수 있소."
위지불급이 정자를 내려서려 하자 등 뒤에서 연남건의 쾌
활한 웃음소리가 들려왔다.
"하하, 이제 알겠네. 큰처남의 색싯감이로군?"
위지불급은 다소 황당한 표정으로 고개를 돌렸다.
"지금 뭐라고 하셨소?"

第四章 그녀의 이름은 설화(雪花)

天才家門

1

청죽헌(靑竹軒).

이곳은 위지세가의 역대 가주들을 위한 처소이다.

노가주도 위지명에게 가주 직을 물려주기 전까지는 청죽헌에서 지냈다. 지금은 별채로 물러났기에 위지명의 처소가 되었다.

위지명은 문서철과 두루마리가 가득히 쌓인 서탁 앞에 앉아 문서를 검토하고 있었다.

그는 뛰어난 의술 외에도 놀라운 독해력을 지니고 있어 빽빽하게 쓰인 문서라도 그저 넘기는 정도로 대번에 내용을 파악한다. 두루마리에 쓰여 있는 글 역시 한 번 펼쳤다가 닫는 것으로 내용 파악을 끝낼 정도이다.

그가 데려온 소녀는 서탁 옆에 서서 조용히 먹을 갈고 있었다.

소녀는 콧날이 반듯하고 입술이 도톰해 앞모습보다는 오히려 옆모습이 더 뛰어나 보였다. 나이에 비해 매서운 눈매가 조금 거슬렸지만 윤곽이 또렷한 용모가 상당히 인상적이었다. 한두 해만 더 성장해 얼굴 형상이 완벽하게 갖춰지면 더욱 아름답게 보일 그런 용모였다.

이때 나직한 인기척과 함께 위지불급이 부친의 집무실로 들어섰다.

"소자입니다, 아버님."

서류를 검토하며 가볍게 손을 들었다.

"앉거라."

위지불급은 창가의 대나무 원탁으로 다가가 서 있었다. 부친보다 먼저 앉을 수 없기에 서서 기다리는 것은 당연한 예의였다.

서류 검토를 마친 위지명이 자리에서 일어섰다.

"차를 준비해 주겠니?"

"예, 가주님."

소녀는 공손히 허리를 굽히고는 보글보글 끓고 있는 찻주전자 쪽으로 걸음을 옮겼다.

위지명이 원탁에 딸린 대나무 의자에 좌정하자 비로소 위지불급도 자리에 앉았다.

위지명은 섭선을 펼쳐 천천히 저으며 물었다.

"오늘 먼 길을 떠난 문현이와 얘기는 나누었느냐?"

"예, 아버님. 형으로서 조언도 해주었습니다."

"당연히 그래야지."

이때 소녀가 위지명 부자 앞에 찻잔을 내려놓았다. 덮개가 덮인 찻잔에서 은은한 차 향기가 풍겨왔다.

위지명은 찻잔을 들어 차 향기를 음미했다.

"흐음, 역시 타차(沱茶)보다는 향이 깊군. 무슨 차인지 알겠느냐?"

"소자는 타차만 마셔봤기에 무슨 차인지 모르겠습니다."

"다경(茶經)을 보았다면 차의 향기와 차의 맛에 대해 상세한 설명을 접했을 것이다. 세상에 널리 알려진 차이기에 알아내기는 어렵지 않을 게다."

"모르겠습니다."

아들의 분명한 답변에 위지명은 씁쓸한 표정을 지었다.

"이것은 강소의 벽루춘차다."

"기억해 두겠습니다."

"아, 먼저 상견례부터 해야겠군. 여기가 내 큰아들이자 우리 가문의 장손인 위지불급이다."

위지명은 아들에게 소녀를 소개해 주었다.

"이 아이의 이름은 설화(雪花)이다. 문현과 또래이니 넌 여동생으로 생각하면 될 것이다. 인사들 나눠라."

설화가 공손하게 예를 올렸다.

"오라버님을 뵈옵니다. 설화라 하옵니다."

몸을 일으킨 위지불급도 얼떨결에 마주 예를 표했다.

"난 위지불급이야. 반갑다, 설화."

위지명은 두 아이를 자리에 앉혔다.

"앉아라. 설화, 너도."

그는 두 아이가 앉기를 기다렸다가 말을 이었다.

"다른 사람들에게는 그저 통보하는 것으로 충분하겠지만 불급이와는 상견례를 치러야 할 것 같기에 자리를 마련한 것이다. 불급이는 설화를 친동생처럼 생각해 각별하게 보살펴 주어라."

"명심하겠습니다."

위지명은 설화의 머리를 쓰다듬어 주었다.

"설화야, 너는 아무런 걱정 말고 네 집처럼 생각하며 지내거라. 넌 우리 가족이나 다름이 없다."

"감사합니다, 가주님."

"네 거처는 향음당(香音堂)으로 정해놓았다. 네 언니 될 사람을 만나 자세한 얘기를 듣도록 해라."

"배려에 감사드립니다, 가주님."

"그래, 먼 길을 오느라 고생이 많았겠구나. 가서 쉬도록 해라."

설화는 정중히 예를 올리고는 앞서 청죽헌을 나갔다.

몸을 일으킨 위지명이 아들에게 지시를 내렸다.

"설화를 향음당으로 데려다 주어라. 네 누이한테는 미리 일러두었으니 잘 보살펴 줄 것이다."

자리에서 일어선 위지불급이 의아한 눈빛을 지으며 물었다.

"설화가 이제부터 우리 가족이 되는 겁니까?"

"그렇다."

"어떤 의미의… 가족입니까?"

"우리 가문은 설화를 돌봐줄 책임이 있다. 조만간 설화에게 더 안정적인 거처가 주어질 테니 우리 가문에는 당분간만 있게 될 게다. 그렇다 하여 소홀히 하면 안 된다. 알겠느냐?"

"그렇다면 가족은 아니로군요?"

위지명의 표정이 다소 굳어졌다.

"아비의 말을 잊었느냐? 가족처럼 대해주라 하지 않았더냐?"

"원칙이 바뀌었기에 드리는 말씀입니다. 혹시 소자가 잘못 들었나 싶어서요."

"세상에 영원한 원칙은 없다. 설화는 가문의 원칙을 깨는 한이 있더라도 돌봐주어야 할 아이다."

"물론 할아버님의 지침이겠지요?"

"물론이다."

"저로서는 대환영입니다. 소자는 가문의 엄격한 규범이 영원한 줄 알았으니까요."

위지불급은 공손히 예를 표하고는 청죽헌을 나섰다. 한데 그의 등 뒤로 부친의 엄한 음성이 들려왔다.

"명심해라. 설화는 가족과 같다."

설화는 한 걸음 뒤처져서 위지불급을 따랐다.

위지불급은 아주 신선한 충격에 젖어 있었다. 설화는 그가 가문 내에서 대면한 최초의 외부인이었다.

오로지 가족으로만 구성돼 철저하게 외부 세상과 격리된 가문의 오랜 전통을 감안한다면 설화의 등장은 위지세가의 근간이 흔들릴 변혁이라 할 수 있었다.

'정말 이해가 안 되는군. 원칙을 준수하시는 고지식한 할아버님께서 왜 이런 파격적인 처사를 내리신 걸까?'

위지불급은 힐끗 설화를 돌아보았다.

'그래, 설화의 신분을 알게 되면 할아버님의 이런 결정을 헤아릴 수 있다.'

그는 행보를 늦춰 설화와 어깨를 나란히 했다.

"설화, 사천성에는 언제 오게 된 거니?"

"어젯밤 늦게 미산현에 당도했어요. 객잔에서 하룻밤을 자고 아침에 이곳에 이른 것입니다."

"네 억양을 들어보니 강남 쪽에서 살았던 것 같구나?"

"예, 오라버님. 호북성 남취현에서 살았어요."

"거기가 고향이야?"

"모르겠어요. 절 키워주신 외숙부님이 제가 아주 어릴 적 돌아가셔서 제가 어디서 태어났는지는 잘 모릅니다. 남취현에서 태어나지 않은 것은 확실해요."

"그랬구나……."

위지불급은 그녀를 심문하는 것 같아 더는 묻지 않았다. 게다가 답변을 분석해 보면 그녀의 내력을 알아내기는 어려울 것 같았다.

'하기는 할아버님과 아버님이 어떤 분이신데 설화의 내력을 알 수 있게 내게 맡기셨겠어?'

그는 설화의 내력에 대한 의혹을 묻어두었다. 부친이 그에게 알려주지 않았다면 그것을 캐내려 하는 것 또한 가법에 어긋난다 할 수 있었다.

향음당은 위지예금 부부가 사는 집으로 그녀의 음률에 대한 조예가 높이 평가돼 조부로부터 향음당이라 편액이 주어졌다.

집 앞에서는 위지예금이 진작부터 기다리고 있었다.

설화를 소개받자 위지예금은 설화를 따뜻하게 포옹하며 환대했다.

"잘 왔어, 설화. 네 소식을 듣고 언니가 너 오기만을 손꼽아 기다리고 있었다."

"아, 예……."

"날도 더운데 먼 길을 오느라 노고가 많았겠구나. 게다가 모든 게 낯설어 무척 힘들고 피곤할 거야. 일단 네 방에서 푹 쉬도록 해라."

위지예금은 향음당 안으로 설화를 데려가면서 동생에게 마당 한쪽에 서 있는 느티나무를 가리켰다.

수십 년 수령의 느티나무는 나뭇가지를 넓게 드리우고 있어 한낮에도 시원한 그늘을 선사해 준다. 그늘 아래에는 대나무 평상과 의자가 놓여 있어 누구라도 휴식을 취할 수 있다.

위지불급은 평상에 누워 달콤한 낮잠을 즐기고 싶었지만 손윗사람들이 늘 다니는 길이기에 유혹을 뿌리쳐야 했다.

잠시 후 향음당을 나선 위지예금은 평상에 걸터앉았다.

"넌 샘이 나서 문현이를 배웅하지 않았다면서?"

"문현이 녀석이 그렇게 말했소?"

"다른 형제들과 숙부들이 모두 그렇게 말하더구나."

"좋을 대로 생각하라고 하시오."

위지불급은 누이의 얼굴을 살피고는 나른한 미소를 지었다.

"울었군. 눈이 퉁퉁 부었어."

"당연하지. 문현이는 아직도 내게는 어리기만 한 동생이다."

"내가 유람을 나서도 울 거요?"

위지예금은 짤막하지만 분명하게 답변했다.

"전혀."

"이럴 때 섭섭하다고 말해야 하나?"

"넌 우리 가문의 장손이다. 너의 출타는 가문의 책무이니 오히려 축하해 주어야지."

"장손이 그렇게 대단하오?"

"당연하지. 넌 관례를 치르고 나면 소가주로서 중요한 책무를 맡게 될 거다. 네 신분은 아버님 다음으로 승격되기에 숙부들도 네 지시에 따라야 하지."

위지불급은 오금죽장을 휘둘러 바닥에 낙서를 썼다.

"거 괜찮은데? 내가 소가주가 되면 숙부들한테 모두 나가서 살라고 해야겠소. 소가주로서 모든 책임은 내가 지면 되니까 말이오."

"녀석, 농담이라도 끔찍하구나."

위지예금은 피식 실소를 짓고는 화제를 돌렸다.

"네가 보기에는 설화가 어때 보이니?"

"계집애요."

"서시로 보이기에는 아직 이른가?"

"계집애일 뿐이오."

"어린 나이인데도 이 누나보다 가슴이 도드라져 보이더구나. 네가 좋아하는 몸매가 아닐까?"

“가족이오.”

“넌 중매보다 네가 선택한 여인과 맺어지기를 원했잖아? 설화라면 어떨까?”

“가족일 뿐이오.”

위지세가 사람들 특유의 화법은 심오하면서도 분명한 의미가 담겨 있다.

위지예금은 그제야 안심이 된 듯 동생의 얼굴을 감싸 쥐고는 장난스럽게 우그러뜨렸다.

“가서 쉬어. 네가 출타하지 못한 괴로운 심정임을 아버님께 말씀드리면 며칠간은 죽예공방에 나오지 않아도 문책하시지 않을 거다.”

위지불급은 흐뭇한 미소를 지으며 누이의 손을 쥐었다.

“여자가 시집을 가면 입술에 침도 바르지 않고 거짓말을 한다던데 사실이로군. 누이한테 이런 면이 있는 줄 몰랐소.”

“위지불급, 나한테는 이곳이 시집이고 친정이야. 위지 가문의 직계 장녀로서 내가 혜택을 베푸는 것이지 아버님을 속이려는 게 아님을 알아야 돼.”

위지불급은 오금죽장을 옆구리에 끼고는 격식을 갖춰 예를 표했다.

“그럼 위지세가 안주인의 지시에 따라 진지한 사색에 잠기러 가겠소.”

위지예금은 동생이 관료들의 우스꽝스런 걸음걸이로 멀어

질 때까지 지켜보면서 손을 흔들어 보였다. 이어 그가 대나무 숲으로 사라지자 그녀는 향음당으로 향했다.

복도로 들어선 그녀는 설화에게 배정된 방을 주시하며 나직이 한숨을 토했다.

'아, 과연 이게 현명한 결정일까?'

2

"하하!"

"호호호!"

요란한 물소리와 함께 어우러진 남녀의 웃음소리가 대나무 숲 위로 울려 퍼졌다.

댓가지로 짠 그물 침대에 누워 한참 낮잠을 즐기던 위지불급이 눈을 게슴츠레 떴다. 아직 잠에서 덜 깬 탓도 있지만 평소에도 나른하기만 한 것이 그의 눈빛이었다.

"하암, 충분히 잔 것 같은데 오늘은 어째 몸이 개운치가 않군."

그는 길게 기지개를 켜고 그물 침대에서 내려섰다.

굵은 대나무 사이에 걸어놓은 그물 침대는 그만을 위한 전용 침대였다. 그물 침대는 대오리로 엮었기에 땀이 배지 않고 비를 맞아도 젖지 않기에 한여름을 보내기에 제격이었다.

그는 오금죽장을 빙글빙글 돌리며 그만의 휴식 공간에서

나섰다.

풀을 뜯기기 위해 데리고 나온 세 마리 소는 한껏 배가 찼는지 개울가에 앉아 한가롭게 되새김질을 하고 있었다.

"어서 몰아! 어서!"

"와아, 물고기가 튀어 올랐어! 놓치면 안 돼, 문현!"

위쪽 개울에서는 두 남녀가 한참 대나무 족대로 물고기를 잡고 있었다. 남녀 모두 십육 세의 나이이기에 아이라고 하기에는 과년하고 성인이라 하기에는 다소 미흡한 연령대였다.

위지문현은 개울가를 훑으며 족대를 쳐들었다. 족대에는 손바닥만 한 물고기 몇 마리가 펄떡거리고 있었다.

"하하, 어때? 잡을 수 있다고 했지?"

설화는 손뼉을 치며 어린아이처럼 즐거워했다.

"와아, 정말 잡았네?"

위지문현은 대나무 바구니에 물고기를 옮겨 담았다.

"이렇게 몇 번만 잡으면 맛있는 어육탕을 끓여 먹을 수 있어."

"먹지 않아도 돼. 이따가 놓아주자."

"애써 잡았는데 왜 놓아줘?"

"재미로 잡은 거잖아? 자, 또 몰아볼게."

설화는 치마를 허벅지까지 끌어 올려 잡아매고는 위쪽서부터 물장구를 치며 물고기를 몰았다.

첨벙첨벙!

위지문현은 개울 아래쪽서부터 족대를 훑으며 달려 올려
갔다.

"물고기들이 옆으로 새잖아? 더 빨리 몰아!"

위지불급은 둘이 어울려 고기 잡는 모습을 물끄러미 바라
보았다.

"……."

설화가 위지세가에 들어온 지도 벌써 두 달이 조금 넘었다.

위지세가 사람들은 모두가 다정하고 호의적이지만 설화는
낯선 사람들과의 교류가 부담스러운 듯 좀처럼 대화도 하지
않았다. 그래도 눈치는 빨라 대나무 장작을 준비해 주방 일을
도왔고, 설거지며 청소도 알아서 했다.

처음에는 죽세공품을 제작하는 기술을 익히지 못해 뒤처
리만 했지만 이내 바구니를 짤 수 있는 수준에 이르렀다. 또
한 위지세가의 어린아이들과 어울려 수업도 받았다.

위지세가의 어린아이들은 말보다 글을 훨씬 빨리 익히기
에 설화는 두세 살짜리 젖먹이 아이들과 함께 소학과 사서를
배워야 했다.

위지불급은 식사도 자주 거르기에 설화를 며칠간 못 볼 때
도 있었다.

어쩌다 누이 부부와 함께 식사를 할 때도 설화는 워낙 긴장
된 모습으로 조심을 하기에 위지불급은 그녀를 위해서라도
일부러 자리를 피해주어야 했다.

나이 차이야 한 살에 불과했지만 위지불급이 소가주의 신분이기 때문인지 설화는 무척 어려워하는 눈치였다.

그나마 설화가 유일한 친구로 생각해 잘 어울리는 사람은 위지문현이었다.

둘은 또래이기에 허물없이 말을 터놓고 지내는 사이가 되었으며 위지문현의 쾌활함은 설화의 다소 경직된 사고를 허물어주기에 충분했다.

"또 잡았다!"

위지문현과 설화는 합창을 하듯 외치고는 족대에 걸린 물고기를 대바구니로 옮겼다.

위지불급은 세수라도 할 요량으로 느릿느릿 개울 상류 쪽으로 걸음을 옮겼다. 두 사람의 즐거운 놀이를 방해할 생각은 없었기에 인기척도 내지 않았다.

한데 위지문현의 눈초리를 따라 고개를 돌린 설화는 위지불급을 보고는 깜짝 놀랐다.

"어머나!"

그녀는 허벅지까지 끌어 올린 치마를 끌어 내리고는 황급히 자리를 떠났다.

위지불급은 얼굴을 씻고는 물을 한 모금 떠서 입 안을 헹구었다. 여름의 끝 무렵이라 그런지 개울물은 비교적 차가웠다.

위지문현이 대바구니를 내려놓고 옆에 앉았다.

"무슨 심보야?"

“그게 무슨 소리냐?”

“설화가 우리 가문에 잘 적응할 수 있도록 귀찮아도 놀아주고 있는데 꼭 훼방을 놓아야겠어?”

“그랬냐?”

“형, 혹시 샘내는 것 아냐?”

위지불급은 대바구니에 든 물고기를 살펴보고는 딴소리를 했다.

“이거 간식거리도 안 되겠구나?”

“설화가 가족인 거 알지?”

“튀길 거냐, 끓일 거냐?”

“후훗, 삼강오륜은 우리 가문 젖먹이 아이도 알고 있지. 맺어져서 가족이 되는 것은 인륜이고, 가족끼리 맺어지는 것은 패륜이야.”

“남건 형님한테 가져가면 화과로 먹자고 하겠구나.”

“솔직히 말해봐, 형. 설화를 좋아하지?”

두 형제의 동문서답은 계속되었다.

“우리도 반주로 술을 한잔 곁들일 나이는 됐다.”

“하기는 형이 설화 외에 만나본 여자가 있어야지. 누나들이나 숙모, 형수들이 어디 여자겠어?”

“네가 고기를 몰아볼래? 모처럼 족대질을 하고 싶구나.”

“설화가 조금 촌스럽기는 해도 그래도 여자이기는 하지. 뭐, 형 취향이 독특하니 잘 어울릴 수도 있겠어.”

"아니다. 역시 족대질은 네가 능숙해. 내가 고기를 몰지."

끝없는 동문서답이 지겨운지 위지문현은 따분한 표정을 지으며 자리에서 일어섰다.

"베짱이 형, 중양절에 시험이 있을 거래. 그만 게으름 피우고 단단히 준비해야 할 거야."

"난 시험 졸업했다."

"그것은 시문에 한해서이겠지. 기예와 무공에 대한 시험은 관례를 올리기 전까지 받아야 돼."

위지문현은 오금죽장을 집어 들고는 훑어보았다.

"이 지팡이는 언제까지 갖고 다닐 거야?"

"지팡이가 아니라 검이다."

"후훗, 일체유심(一體唯心)이라 이건가? 마음에 따라 지팡이도 될 수 있고 검도 될 수 있으며 칼도 될 수 있다고 확신하는 거야? 그 정도 이치야 나도 진작 깨우쳤지."

위지문현은 바닥에 오금죽장을 꽂았다.

"그래도 지팡이는 지팡이일 뿐이야. 송충이가 솔잎을 먹어야지 갈잎을 먹는다고 나방이 매미가 되는 것은 아니지. 그럼 중양절 때 한번 붙어보자고. 하하하."

한바탕 웃음을 터뜨린 위지문현이 개울을 훌쩍 뛰어넘었다.

위지불급은 오금죽장을 손에 쥐고 대바구니를 어깨에 둘러멨다.

"인마, 너도 촌놈이야."

"뭐라고……?"

개울 건너편으로 내려선 위지문현이 형을 향해 돌아섰다. 그의 입가에 묘한 미소가 감돌았다.

"하하, 그냥 농담으로 해본 말인데 걸려들었군. 내가 설화한데 촌스럽다고 한 말이 귀에 거슬렸나 보지?"

"내 여동생이니까."

"그럼 난 뭐야?"

"싸가지없는 아귀 동생."

"하하핫!"

위지문현은 배를 잡고는 한참 동안 웃음을 터뜨렸다. 그는 웃음기를 머금으며 묘한 한마디를 던졌다.

"계집애가 얼굴은 촌스러워도 다리는 제법 희고 미끈하더군. 하하!"

몇 번 걸음을 옮기는 사이 위지문현은 대나무 숲 사이로 사라졌다.

"……."

위지불급은 오금죽장을 빙글빙글 돌리며 걸음을 내디뎠다.

"자식, 바깥바람 두 번 쐬더니 너무 변했어."

그는 위지문현과는 연년생이라 형제라기보다는 쌍둥이처럼 지내온 적이 더 많았다. 그렇다 해도 위지문현이 형인 그

를 이렇듯 노골적으로 무시하거나 놀려대기는 이번이 처음이
었다.

불쾌함, 오히려 안타까움이 느껴지는 순간이었다.

3

가을 초입으로 접어들어서인지 오후 해가 많이 짧아졌다.

모처럼 노가주, 부친과 함께 저녁을 함께한 위지불급은 오
금죽장을 어깨에 걸쳐 메고 비밀 장원 안으로 들어섰다.

위지세가 사람들은 저녁 식사 이후에는 통상 자신의 처소
에서 학업에 매진하거나 몇 사람이 모여 바둑과 장기, 마작을
즐긴다.

위지불급이 늦은 시각에 비밀 장원을 찾은 이유는 일족과
의 대면을 피하기 위해서였다. 그는 누군가 만나 의례적인 인
사를 나누고 서로의 성취를 묻는 것 자체를 싫어했다.

그가 어쩔 수 없이 비밀 장원을 찾은 것은 노가주와 부친의
엄한 지침을 받았기 때문이다.

노가주는 이번 중양절에 치러질 기예와 무공 시험에서 일
정 수준이 확인되면 위지불급에게 외부 출입을 허락해 주겠
다는 조건을 제시했다. 말이 조건이지 반드시 기준 점수를 통
과하라는 엄한 지시였다.

위지불급은 여느 아이들처럼 외부 세상에 대한 동경이 강

렬하지 않았기에 조건이 붙은 시험이라면 차라리 포기하고 싶었다. 하지만 최근 들어 기력이 부쩍 떨어진 노가주의 모습을 보게 되자 생각을 고쳐먹었다. 조부에게 더는 실망을 안겨 드리고 싶지 않았던 것이다.

노가주는 두 해 전 위지세가 혈족으로는 아주 드물게 회갑을 넘겼다.

위지세가 식솔들 모두의 하례를 받으며 즐겁게 회갑연이 치러졌지만 노가주의 몸 상태는 썩 좋지 못했다. 얼굴에 검버섯이 피었고 이도 듬성듬성 빠져 식사도 제대로 하지 못했다.

하지만 노가주는 그런 몸으로도 하루에 네 시진 이상은 꼿꼿한 자세로 책을 읽고 그림을 그리며 정신력을 다지는 데 주력했다.

위지불급은 그런 조부에게 실망을 끼쳐 드릴 수가 없어 중양절에 치러질 시험 과제를 공부하기 위해 서고를 찾게 된 것이다.

'누이가 암시한 기일을 감안하다면 삼 년 후 우리 가문에 중대한 변화가 일어난다. 그것이 어떤 변화인지 몰라도 좋은 상황임에는 분명해. 할아버님이 이렇듯 장수하실 수 있는 것도 당신 눈으로 가문의 변화를 보고 싶어서일 것이다. 그때까지는 사셔야 할 텐데……'

다행히 그의 부친이 뛰어난 의원이기에 조석으로 진맥을 하면서 탕약을 달여 바치고 있다.

사실 천금을 아끼지 않고 천년삼왕이나 천년하수오 같은 절세적 영약을 구해 복용한다면 노가주의 노환이 다소 치료될 수 있을 것이다. 하지만 노가주는 영약의 힘을 빌려 수명을 연장하는 것이 천수를 거스르는 일로 간주해 영약 일체를 거부하였다.

어찌 생각하면 답답할 만큼 고지식한 소신이었다. 그러나 그런 의식이 위지세가를 유지시켜 온 전통이자 가풍이라 할 수 있었다.

비밀 장원에는 드문드문 석등(石燈)이 밝혀져 있어 아주 어둡지는 않았다.

서고마다 입구에 불을 밝힐 수 있는 유등이 준비돼 있었다. 유등은 얇은 비단으로 둘러진 등잔불을 말하는데 위지세가의 유등은 불에 타지 않는 빙잠(氷蠶)으로 짠 비단으로 둘러져 있었다.

빙잠으로 짠 비단은 아주 비싸 보자기 하나의 크기가 황금 열 냥이 넘는다. 가격으로만 논한다면 유등 하나가 황금 열 냥짜리이니 사실 엄청난 사치일 수 있었다.

그러나 내막을 알고 보면 결코 사치가 아니었다.

비밀 장원에 세워진 서고는 대나무로 지어져 있으며, 그 안에 비치된 자료 대부분도 종이와 죽간이기에 불에 아주 취약하다. 자칫 한 점의 불꽃으로 서고 하나가 통째로 타버릴 수 있기에 절대 불을 가까이해서는 안 된다.

그런 연유로 등잔에 빙잠을 씌운 것이지 결코 재물을 과시하기 위한 사치가 아니었다.

위지세가 사람들은 지극히 검소하게 살아가기에 의식용 비단옷 한 벌을 제외하고는 무명옷을 입고 산다.

필요한 자료를 구입하기 위해서라면 수백 금을 아끼지 않지만 정작 자신을 꾸미는 데는 무관심한 사람들이 바로 위지세가 일족들이었다.

위지불급은 유등을 밝히려다가 장원 안쪽에서 언뜻 비춰오는 불빛에 짙은 눈썹을 살짝 찌푸렸다.

'이 늦은 시각에 누구지? 나야 낮잠을 즐기다 보니 밤 도깨비처럼 다니지만 우리 집안 사람들은 대부분 야간 출입을 하지 않는데…….'

그는 유등을 내려놓고 서고 그늘을 따라 조심스럽게 걸음을 옮겼다.

유등 불빛이 어둠 속에서 너울거리고 있었다. 얇은 빙잠에 투영된 불빛은 다소 푸른빛을 띠기에 빙잠 유등을 처음 대하는 사람은 마치 도깨비불로 착각할 수도 있다.

유등을 향해 다가서던 위지불급은 의외로운 표정이 되어 걸음을 멈추었다.

"설화……?"

그러했다. 유등을 밝혀 들고 서가 사이를 배회하고 있는 사람은 뜻밖에도 설화였다.

설화는 인기척에 깜짝 놀라며 허공을 더듬었다.

"누… 누구세요? 혹시… 불급 오라버님……?"

두 사람의 간격은 십 보 정도였기에 유등의 불빛이라면 충분히 위지불급을 알아볼 수 있다. 한데 설화는 밖을 볼 수 없는 장막에 갇힌 듯 위지불급을 전혀 알아보지 못했다.

위지불급은 잠시 그녀를 살피다가 발밑을 보았다.

바닥으로 은은한 운무가 깔려 있었다. 설화는 안개로 그어 놓은 듯한 둥근 원을 벗어나지 못하고 그 안에서 맴돌고 있었다.

'칠성야무진(七星夜霧陣)이로군. 누가 장난을 친 거야?'

위지불급은 오금죽장으로 바닥에 놓인 조약돌과 나뭇가지를 하나씩 쳐냈다.

칠성야무진은 일곱 개의 기물만으로 만들어낼 수 있는 아주 간단한 진세이다.

이 진법은 밤에만 효과를 발휘할 수 있는데, 그 안에 갇힌 사람은 짙은 밤안개에 가려 앞을 볼 수가 없다. 또한 한쪽 방향으로 계속 걸어도 다시 제자리로 돌아오기에 여명이 밝아올 때까지 진세를 벗어날 수 없다.

물론 칠성야무진은 하급진법이기에 기문둔갑에 약간의 조예가 있는 사람이라면 어렵지 않게 해소할 수 있다.

칠성야무진이 해소되면서 위지불급을 대한 설화는 털썩 주저앉으며 오열을 터뜨렸다.

"흑흑……!"

위지불급은 굳이 묻지 않아도 대략의 상황을 알 것 같았다.

비밀 장원은 심오한 진세로 둘러싸여 있기에 설화 혼자서는 절대 들어올 수 없다. 결국 누구와 함께 비밀 장원 내로 들어섰는데 그가 설화를 칠성야무진으로 가둬놓고 달아난 것이다.

위지세가 내에서 설화에게 이런 장난을 걸 사람은 오직 한 명뿐이다.

설화는 가급적 울음소리를 내지 않기 위해 소매로 입을 틀어막은 채 눈물을 흘렸다. 그녀로서는 놀랍고도 두려운 상황이었을 것이다. 그런 와중에도 울며불며 소리를 치지 않았다는 것은 대단한 의지일 수 있었다.

"……."

위지불급은 그녀를 어떻게 위로해 주어야 할지 몰라 물끄러미 지켜보기만 했다.

잠시 후 설화는 다소 안정이 된 듯 소매로 눈물을 닦고는 공손히 예를 표했다.

"송구합니다, 오라버님."

"이제 괜찮아?"

"예……."

"문현이 녀석은 어디 간 거냐?"

"모르겠어요. 제게 필요한 서책을 찾아주겠다고 이리로 데

려와서는… 갑자기 사라졌어요. 혹, 얼마나 두려웠는지 몰라
요."

위지불급은 유등을 집어 들었다.

"아버님한테 허락은 받은 거지?"

"물론입니다."

"공연히 물었군. 설화도 한 가족이니 서고에서 필요한 책
을 찾아볼 자격은 있지."

위지불급은 하얀색 대나무 기와가 얹어진 서고로 걸음을
옮겼다.

"내가 도와주겠다."

설화는 가슴에 손을 얹으며 안도의 한숨을 내쉬었다.

"고맙습니다, 오라버님."

그녀는 종종걸음으로 위지불급의 뒤를 따랐다.

두 사람이 들어선 흰색 기와 서고는 사서(四書)와 소학, 당
시와 송사(宋辭) 등 초급자들을 위한 교본이 비치된 서고이
다. 위지세가의 아이들은 늦어도 오 세 이전에 흰색 기와 서
고를 수료한다.

"설화도 중앙절에 시험을 보는 거야?"

"예, 오라버님. 전 아직 배움이 부족해 소학과 논어, 맹자,
이백과 두보의 시만 공부하면 된다 하셨어요."

"그렇다면 주해서(註解書)가 필요하겠군."

위지불급은 논어와 맹자를 풀이해 놓은 주해서를 한 권씩

뽑아주었다. 그로서는 십삼 년 전에 접한 책이기에 감회가 새로웠다.

설화는 위지불급의 도움으로 한 권씩 책이 쌓일 때마다 감동의 미소를 지었다.

한데 주해서를 열 권가량 골라냈을 때 유등이 갑작스럽게 밝아졌다가 꺼져 버렸다. 설화가 칠성야무진에 갇혀 있는 동안 기름이 거의 소진되었던 것이다.

어둡다.

칠흑 같은 어둠은 아니지만 서책이 빽빽하게 비치된 서가 사이에 있었기에 유등이 꺼지는 순간 두 사람은 잠시 어둠 속에 갇혀 버렸다.

"오… 오라버님……."

칠성야무진에 갇힌 충격 때문인지 설화는 또다시 어둠 속에 홀로 남겨질지도 모른다는 두려움에 몸을 세차게 떨었다.

위지불급은 어둠을 더듬어 설화의 어깨에 팔을 둘렀다.

"당황하지 마. 혼자 버려두지는 않을 테니까."

그는 오금죽장으로 바닥을 짚으며 조심스럽게 걸음을 옮겼다.

"행여 헛디뎌서 넘어지면 안 돼. 자칫 서가 하나가 넘어지면 열 개의 서가가 연쇄적으로 쓰러지게 된다."

"그런 적이… 있었어요?"

"물론이지. 어릴 적 사다리를 타고 맨 위에 비치된 서책을 찾으려 하다가 그만 사다리가 뒤로 넘어지고 말았다. 그 바람에 열일곱 개의 서가가 연쇄적으로 쓰러지면서 서고가 난장판이 되었지.”

“어마, 많이 혼났겠어요?”

“꾸중을 듣고 종아리를 몇 대 맞았지만 정작 고생스런 일은 수천 권의 서책을 본래대로 정리해 놓는 작업이었어. 서가 옆면에 씌어진 분류 목록과 똑같이 정리해야 하기에 정말 힘들었지.”

미로와 같은 좁은 서가 사이를 나서자 창살을 통해 스며든 달빛 때문에 조금은 시야가 확보되었다. 하지만 위지불급은 여전히 설화의 어깨를 감싼 채 걸음을 옮겼다.

“지금 생각해도 내가 어떻게 그 일을 해냈는지 몰라.”

“그게 몇 살 때 일이었어요?”

“일곱 살.”

“맙소사!”

설화는 눈을 동그랗게 뜨며 혀를 내둘렀다.

“그 나이에 수천 권의 책을 혼자서 정리했다고요?”

“당연히 혼자서 해야지. 누이가 몰래 도와주었는데도 열흘쯤 걸린 것 같았어. 그래서 더 혼났지. 이레면 끝날 일을 열흘씩이나 걸렸다고 말이야.”

얘기를 나누는 동안 서고 입구에 이르자 설화가 한 걸음 앞서 나섰다. 그 바람에 위지불급은 자연스럽게 설화의 어깨에서 손을 뗄 수 있었다.

일순간의 허전함과 아쉬움…….

위지불급은 설화가 여자임을 새삼 깨닫게 되었다.

위지불급은 무고에서 몇 권의 무서를 골라 챙겼다. 시험 과제는 병기술뿐만 아니라 다양한 무공 지식도 포함돼 있기에 내키지 않아도 관련 서적을 읽어두어야 했다.

그는 몇 권의 서책을 옆구리에 끼고 무고를 나섰다.

설화는 혼자서 비밀 장원을 나갈 수 없기에 석등 옆에서 기다리고 있었다.

위지불급은 설화 옆을 지나치며 재촉했다.

"어서 가자. 누님이 공연히 걱정하겠군."

설화는 잠시 망설이다가 수줍게 고개를 숙였다.

"오라버님께 사과드립니다."

"사과라니……?"

"제가 잘못 생각했어요. 이렇게 다정하신 오라버님이신데 첫 대면 때 너무 두려워 저를 하찮게 여기는 줄 알았습니다."

"……."

"오라버님은 첫 대면 이후 저한테 말 한마디 먼저 건네지 않으셨지요. 제가 인사를 드려도 별 반응이 없어 속상한 적도 많았어요. 제가 위지세가와 어울리지 않는 계집이기에… 한 가족이 되는 것을 싫어하시는 것으로 알았습니다. 그래서…

오라버님을 뵙게 되면 두려운 마음에 자꾸 피하게 되었던 겁
니다.”

위지불급은 미안하면서도 설화가 가여웠다. 낯선 집안에
홀로 발을 들여놓은 계집의 입장이라면 충분히 무시를 당했
다고 생각할 소지가 있었다.

‘그건 오해야, 설화. 난 널 조금도 싫어하거나 미워하지 않
아. 오히려 네가 한 가족이 되어 정말 반가웠다.’

그러나 답변은 머릿속에서만 뱅뱅 돌 뿐 입 밖으로 나오지
않았다. 즉시 말해야 했는데 잠시 망설이는 사이 낯 뜨거운
변명처럼 생각되자 입술이 굳어버렸다.

그는 마음과는 달리 멋대가리없는 한마디를 내뱉었다.

“설화는 살 좀 쪄야겠다.”

4

중양절(重陽節)은 숫자 중에서 가장 큰 아홉[九]이 두 번 겹
치는 구월 구일을 말한다.

중양절에는 등고(登高)라 하여 높은 곳에 오르는 것이 풍습
이지만 위지세가 사람들은 산수유 나뭇가지와 국화꽃을 몸에
꽂는 것으로 대신하였다. 이는 역병을 피하고 사악한 기운을
몰아낸다는 다분히 미신적인 풍습이었다.

위지세가 사람들은 주로 명절을 택해 아이들에게 시험 과

제를 내고 이를 심사한다. 즉 시험을 부담스런 과정이 아니라 함께 어울리는 축제로 생각하는 것이다.

하기에 위지세가 아이들은 시험에 탈락했다 하여 상심하거나 울지 않는다. 자신의 부족함을 깨닫고 보완할 수 있는 자기 반성의 기회로 여길 뿐이다.

오 세 이하의 유아들은 아직 발음이 분명치 않았지만 사서오경과 역사, 악부 등을 유창하게 낭송해 박수갈채를 받았다.

설화는 자신보다 열 살이나 어린 유아들과 함께 시험을 치렀고, 예상외로 좋은 평가를 받았다.

십 세 이하의 아이들은 보다 심오한 학문을 대해 논쟁을 벌였고, 십사 세 이하의 아이들은 나름대로 글씨와 그림, 바둑과 악기, 진법과 의술 등을 과시하며 칭찬과 지적을 동시에 받기도 했다.

이날 시험의 최연장자는 위지불급과 위지문헌이었다.

아침부터 치러진 시험은 그들 두 형제만 남긴 채 모두 마무리되었다.

비밀 장원 연무장 주변은 가족 소풍을 나온 듯 가까운 혈족들이 술과 음식을 벌여놓고 즐거운 시간을 보내고 있었다. 사실 가장 먼 촌수가 십이촌이니 이들 모두가 한 가족일 수 있었다.

노가주와 가주를 비롯한 문중회 일원들은 그늘막이 드리워진 상석에 앉아 있었다.

노가주는 대나무처럼 바싹 여윈 몸을 의자 등받이에 기댔다. 회갑을 넘긴 이후 그의 노환은 더욱 심해져 한쪽 눈은 거의 실명 상태였다.

그는 절로 진물이 흐르는 눈가를 수건으로 닦으며 나직이 지시했다.

"쿨럭쿨럭! 불급과 문현을… 호명해라."

"예, 아버님."

위지명이 그늘막을 나서며 두 아들을 연무장 중앙으로 불러냈다.

위지불급 형제는 설화, 누이 부부와 함께 명절 음식인 중양고를 먹고 있다가 자리에서 일어섰다. 연남건은 두 처남의 등을 동시에 다독여 주었다.

"하하, 이거 누구를 응원해야 할지 모르겠군. 하여간 멋진 대결을 기대하겠네."

위지문현은 푸른 목검을 허리춤에 차며 연남건에게 다짐을 받았다.

"형님, 만일 제가 이기면 지난번에 한 약속을 지켜주서야 합니다?"

"좋아, 약속하지."

연남건이 흔쾌하게 고개를 끄덕이자 위지문현은 설화를 돌아보며 눈을 찡긋해 보였다.

"설화, 날 응원해야 돼, 알았지?"

"그, 그래."

그가 앞서 연무장으로 나서자 위지예금이 오금죽장을 위지불급에게 챙겨주었다.

"불급, 그저 한판의 유흥으로 생각해라. 부담 가질 것은 없어."

"형제간의 논검일 뿐인데 부담 가질 게 뭐 있겠소?"

위지불급은 연남건 옆을 지나며 슬쩍 물어보았다.

"문현이와 무슨 약속을 한 거요?"

"아, 그건 말일세……."

연남건이 어색한 표정을 지으며 말을 더듬자 위지예금이 차분한 어조로 대신 말해주었다.

"아마 기루(妓樓)에 데리고 가달라는 약속일 게다. 하지만 어림도 없지. 문현이 나이 십팔 세가 되기 전에는 내가 허락할 수 없어."

연남건은 떨떠름한 표정을 지으며 순순히 시인했다.

"허어, 역시 부인의 눈을 속일 수 없구려. 작은처남은 어떻게든 내가 달래보리다."

위지불급은 오금죽장을 짚으며 걸음을 옮겼다.

"그런 내기라면 반드시 이겨야겠군. 그 약조는 내게도 지켜주시오, 형님."

연남건은 황당한 표정이 되어 아내와 설화를 번갈아 보았다.

"이것참, 농담이야, 진담이야? 농담이라도 사건이로군. 큰 처남이 이런 농담을 다 하니 말이야."

위지예금은 자리에 앉으면 국화주를 한잔 따랐다.

"불급이라면 허락하겠어요."

"부인……?"

"편애라고 생각지 마세요. 불급은 우리 가문의 장손이에요. 나이보다는 신분에 맞는 대접을 해주어야 합니다."

그녀는 향긋한 국화주를 한 모금 마시고는 연무장 중앙으로 시선을 돌렸다.

위지불급 형제는 삼 보 간격을 둔 채 나란히 서 있었다.

가주 위지명이 두 아들 앞에 서며 과제를 내주었다.

"화산의 매화검법에 대해 논해보아라."

과제가 주어지자 위지문현이 먼저 논했다.

"화산의 매화검법은 험한 산세로 유명한 화산의 다섯 개 봉우리에서 비롯되었습니다. 바위로 이루어진 다섯 개 봉우리가 마치 다섯 개 꽃받침을 가진 한 송이 매화처럼 보이기에 화산의 검법 중 대표적인 이름을 지니게 된 것이지요. 매화검법은 십삼 초로 이루어져 있으며 각 초식마다 여덟 가지의 변화를 담고 있기에 모두 백사 변(變)에 달합니다. 하지만 첫 번째 초식인 동천개화(冬天開花)는 기수식이기에 네 가지 변화만 담겨 있습니다. 그래서 매화검법을 달리 매향백변(梅香百變)이라 하지요. 기수식 이후 십이 초는 전 육 초와 후 육 초로 분류되며……."

청산유수와 같은 논평에 문중회 장로들도 나직이 탄성을 발하며 흐뭇한 표정을 지었다.

위지문현의 논평은 무서에 기록된 내용만 말하는 것이 아니라 나름대로 분석까지 첨가되었기에 또 다른 주해서로 기록될 만큼 뛰어났다.

반 시진에 걸친 작은아들의 논평이 끝나자 위지명은 큰아들에게 시선을 돌렸다.

"이번에는 불급이가 말해보아라."

"매화검법은 아름답습니다. 하지만 변화가 많아 터득하기가 쉽지 않습니다. 보다 단순해질 필요가 있습니다."

위지불급의 논평은 너무도 짧고 단순했다.

좀처럼 감정을 드러내지 않는 위지명이었지만 자식의 무성의한 논평에 심각하게 얼굴을 굳혔다.

"그게 전부냐?"

"예, 아버님."

위지불급은 조금도 부끄러워하는 기색을 띠지 않았다.

위지명은 난감한 표정을 짓다가 그늘막 안으로 들어섰다.

"송구합니다, 아버님. 불급이 녀석에게 단단히 일러두었는데 이번에도 제대로 공부를 하지 않은 것 같습니다."

노가주는 예상외로 위지불급의 무성의한 답변을 전혀 문제 삼지 않았다.

“아니다. 논평이 반드시 길어야 하는 법은 없다. 자신이 공부한 바를 평했으니… 그것으로 충분하다. 쿨럭쿨럭.”

노가주는 술 대신 국화차를 한 모금 마시고는 허연 수염을 내리쓸었다.

“논평은 됐으니 이제 비무를 보겠다.”

“예, 아버님.”

위지명은 다시 연무장으로 나섰다.

“비무를 펼쳐라.”

부친의 지시가 떨어지자 두 형제는 서로를 향해 마주 보고는 세 걸음씩 뒤로 물러섰다.

위지문현은 청목검을 뽑아 들었다. 그가 살짝 손목을 틀자 허공에 다섯 개의 검화가 새겨졌다. 매화검법의 표식이었다.

위지문현은 공식적인 자리이기에 평소와 달리 경어를 썼다.

“형님에게 선공을 양보하겠소. 내가 먼저 공격하면 형님에게 기회가 없을 테니 말이오.”

위지불급은 오금죽장을 검으로 삼아 천천히 치켜들었다.

“문현, 이 형이 조금 게으르잖아? 걸음을 떼기도 귀찮으니 네가 먼저 다가와라.”

“알겠소.”

위지문현은 오만의 미소를 머금고는 한 걸음을 앞으로 내디뎠다. 잠종미리보법을 펼친 그는 순식간에 신형을 감추며 청목검을 휘둘렀다.

"차앗!"

허공 가득 검화가 피어오르며 위지불급을 일시에 에워쌌다.

흐드러지게 핀 수백, 수천의 매화가 봄바람을 타고 떨어진다. 그 형상이 너무나 아름다워 넋을 잃고 매료되기에 자신이 처한 위기를 미처 깨닫지 못한다. 그러다 흩뿌려졌던 검화가 폭발적으로 쏟아져 내릴 때 비로소 매화검법이 펼쳐졌음을 인지하게 된다.

무수한 변화를 담고 있는 화려한 검초는 매화검법 제칠초인 한매낙지(寒梅落池)였다.

위지불급은 나른한 눈빛으로 검화를 바라보고 있다가 불쑥 오금죽장을 내질렀다. 기합성도 없었고 어떤 변화도 깃들지 않은 아주 단순한 수법이었다.

그것은 매화검법의 기수식인 동천개화였다. 하지만 훨씬 간소화되었기에 도저히 동천개화 초식으로 생각되지 않았다.

차앙……!

쇠처럼 단단한 나무였기에 두 자루 병기가 교차하면서 금속성이 터져 나왔다.

위지불급이 내지른 오금죽장은 위지문현의 어깨 위에 걸쳐 있었다. 반면 위지문현의 청목검은 위지불급의 가슴을 겨누고 있었다. 누가 보아도 위지문현의 승리임을 확신할 수 있는 일 초 대결이었다.

위지문현은 싱긋 미소를 지으며 먼저 청목검을 거두었다.

"하하, 이것 뜻밖인걸? 솔직히 형님이 내 검초를 막아내리라고는 생각지 못했소. 게으른 줄로만 알았는데 제법 수련을 했구려."

"매화검법은 확실히 화려하구나. 아마 네 검에 의해 펼쳐졌기에 그런 것 같다."

위지불급은 패배를 자인하며 오금죽장을 회수했다.

위지명이 노가주에게 판정을 물었다.

"아버님께서 승부를 결정해 주십시오."

노가주는 국화차로 입술을 적시고는 비무를 평했다.

"문현이 펼친 수법이라면 화산의 제자라 해도 미치지 못할 것이다. 검화를 만들어내는 수법이며 몸의 움직임 또한 날렵했다. 역시 우리 가문의 최고 기재답구나."

그는 밭은기침을 토하고는 힘겹게 말을 이었다.

"불급의 기수식 또한 의외였다. 동천개화가 그렇듯 단조롭게 전개될 수 있었다니 기특한 발견이다."

노가주는 두 손자가 전개한 검법만 평할 뿐 승패에 대해서는 전혀 언급하지 않았다. 그러자 위지문현이 그늘막 안으로 들어서며 한쪽 무릎을 꿇었다.

"할아버님, 판정을 내려주십시오."

"쿨럭쿨럭, 너희 둘 모두 과제를 완수했다. 그것으로 충분
하지 않겠느냐?"

"그래도 비무가 아닙니까? 승패를 가릴 수 없다면 무승부
라는 판정도 내리실 수 있지 않습니까?"

위지문현이 따지듯 묻자 위지명이 호되게 질책했다.

"네 이놈! 감히 할아버님께 대드는 것이냐? 너희에게 요구
한 것은 시험 과제이지 승패가 아니었다. 이제 됐으니 그만
물러가라."

존장의 지시에 절대 복종하는 것은 위지세가의 전통적인
가풍이다. 위지문현은 승패를 유보하는 노가주의 처사가 답
답했지만 감히 더는 요구할 수가 없었다.

"예, 아버님."

위지문현은 노가주와 부친에게 예를 표하고는 뒷걸음으로
물러섰다.

한데 그의 고막으로 노가주의 늙수레한 음성이 흘러들어
왔다. 음성은 들릴 듯 말 듯 나직했지만 그에게는 천둥 같은
의미를 담고 있었다.

"문현아, 형만 한 아우가 없다는 말이 가히 틀리지 않는구
나."

第五章

열흘 밤의 공포, 십야 헐루드웅

1

수수수……!

바람에 실려 날아드는 단풍잎을 대하지 못하면 온통 대나무 숲으로 둘러싸인 위지세가 사람들은 가을의 맛을 미처 느끼지 못한다.

멀리 보이는 낙산(樂山)의 산정은 꽃보다 붉은 단풍으로 울긋불긋 수놓아져 있었다.

사천성 동부 지역은 겨울이 짧은 대신 가을이 상대적으로 길어 오래도록 단풍을 감상할 수 있다. 물론 대나무 숲에는 단풍이 들지 않기에 높은 산과 깊은 계곡을 찾아가야만 가을의 짙은 향취를 만끽할 수 있다.

위지불급은 땔감으로 쓸 마른 대나무를 지게에 하나 가득 올리고 있었다.

대나무는 집 주변에도 지천으로 널려 있지만 땔감으로 쓸 대나무는 외곽 경계까지 나가 이미 말라 죽은 대나무를 찾아내 가져오는 게 위지세가의 관습이었다.

질 좋은 대나무는 국화지와 죽세공품을 제작하는 데 사용해야 하기에 위지세가 사람들은 대나무를 관리하는 데 있어서도 아주 세심했다.

위지불급은 공방에 처박혀 죽세공품을 제작하는 작업 대신 땔감 조달을 선택했다. 몸은 약간 고될지 몰라도 답답한 공방보다는 훨씬 마음이 편했던 것이다.

그는 지게 가득히 대나무 땔감을 엎고는 바위에 걸터앉아 잠시 휴식을 취했다.

서둘러 집으로 돌아갈 필요는 없었다.

톱니바퀴처럼 맞물려 생활하는 위지세가의 규정상 집 안으로 발을 들여놓으면 다시 밭작물을 거둬들이거나 서고를 손질하는 작업에 참여해야 했기 때문이다. 해 질 무렵쯤 슬슬 돌아가면 저녁 식사 시간이기에 그 후부터는 보다 자유로울 수 있었다.

수수수……!

댓잎을 스치며 불어오는 가을바람이 차다.

위지불급은 습관적으로 오금죽장의 문양을 살펴보았다.

십사 세 때 처음 손에 쥔 이후 삼 년 동안 줄곧 보았기에 이제
는 눈을 감고도 문양 전체를 그릴 수 있을 정도다.

'사람에게 생각할 수 있는 문제가 있다는 것은 즐거운 일
이야. 아마 이 문양은 내 평생의 화두(話頭)가 될 것 같군.'

대부분의 사람들은 해결하지 못하는 문제 때문에 고민하
지만 지혜로운 사람은 오히려 문제 자체를 즐긴다. 문제를 해
결하려는 욕심보다 문제를 생각할 수 있는 시간이 행복하기
때문이다.

하늘과 구름, 물소리, 새소리, 바람 소리…….

위지불급은 한동안 사색에 잠겨 있다가 바위 위에서 내려
섰다.

"슬슬 가봐야겠군. 남건 형님이 모처럼 화과를 준비했다고
하니 장작이 많이 필요할 거야."

지게를 짊어 멘 그는 오솔길을 따라 야산을 내려왔다.

그는 개울을 따라 집으로 향하다가 징검다리를 막아서고
있는 사람을 보고는 걸음을 멈추었다.

"후훗, 역시 베짱이 형답군. 한 짐 땔감을 구하는 데 하루
종일 걸렸으니 말이야."

동생 위지문현이었다. 셋째 당숙과 함께 호북성으로 출타
한 것으로 알고 있는데 오늘 돌아온 듯싶었다.

"술 마셨냐?"

위지불급이 무심히 묻자 위지문현은 눈을 게슴츠레 뜨며

키득거렸다.

"꼭 술을 마셔야 취하나? 한 모금의 차에도 취할 수 있잖아?"

"차 마셨냐?"

"취하는 것은 몸이 아니라 마음이야."

"향기를 마셨냐?"

"슬픔이 날 취하게 만들었어."

"소리를 마셨냐?"

"사실 슬픔보다는 분노 때문에 취했어."

위지문현은 가소롭다는 눈빛으로 형을 직시했다.

"정말 몰랐어. 베짱이 형이 무도(武道)에 입문했는지 정말 몰랐단 말이야!"

"녀석, 정말 취했구나?"

"말 돌리지 마. 할아버님이 한눈에 형의 무도를 알아보았듯 나도 느꼈으니까."

위지문현은 징검다리를 건너 형에게로 다가섰다.

"한데 말이야, 난 인정하고 싶지가 않더라고. 무도라니? 심하게 표현하자면 우리 가문의 수치라고 불리는 둔재가 무도를 배우려 한다는 것이 과연 가당키나 해?"

"난 네가 무엇을 말하는지 모르겠다."

"그 말은 내가 헛소리나 하고 있다는 뜻이야? 난 형이 추구하는 무도를 시기하는 게 아니야. 내 형이기에 충고를 해주려는 것이지. 형은 지금 하늘을 오르려 하고 바다를 건너려 하고 있어. 포부야 좋지. 하지만 이룰 수 없는 도전은 무모함이야. 형의 지나친 망상이 빚어낸 착각일 뿐이지.”

위지불급은 나른한 눈빛으로 동생을 바라보았다.

“무엇이 무도이고 무엇이 착각이냐?”

“지금 나와 노자를 논하자는 거야? 노자는 도를 설파하면서 도광(韜光)의 이치를 강조했지. 빛을 갈무리하여 밖으로 드러나지 않게 함이 바로 도광이지. 인정하고 싶지는 않지만 형은 도광의 이치는 조금 깨우친 것 같았어. 할아버님도 그것을 간파하고 형이 무도에 입문했음을 추정하셨지. 하지만 무도는 형이 생각하는 그런 길이 아니야. 그래서 내가 착각하지 말라고 충고하는 거야. 많은 사람들이 잘못된 길을 걸으면서도 그 길이 옳다고 생각하지. 형도 그런 사람 중 하나일 뿐이야.”

“배고프다. 그만 가야겠다.”

“도는 무애와 무욕의 경지를 말함이야. 무도 역시 같은 수준의 정신세계를 요구하지.”

위지문현은 개울가로 훌쩍 뛰어내렸다.

“과연 형이 그런 경지에 이르렀는지 한번 지켜보겠어.”

위지불급은 느릿느릿 징검다리를 건넜다.

“넌 할 일이 많잖아? 나한테 신경 쓸 겨를이나 있겠냐?”

“이번만 지켜보면 돼. 설화가 곧 떠나거든. 과연 형이 설화를 어떻게 보낼지 궁금하군."

"……!"

징검다리 위에 멈춰 선 위지불급이 천천히 고개를 돌렸다.

"설화가… 떠난다고?"

"어차피 우리 가족이 아니었잖아? 몇 달간 돌봐준 것도 정말 전례에 없는 호의였지. 나도 그 연유가 정말 궁금했지만 말씀해 주시지 않는 한 캐낼 수 없는 게 우리 가문의 규범이 잖아?"

"언제 떠나냐?"

"내일."

"섭섭하겠구나."

"내가 왜? 오히려 형이 가슴 아파해야 하는 것 아니야?"

"설화는 너와 더 친했잖아? 너한테 좋은 친구였는데… 아쉽겠구나."

"하하핫!"

위지문현은 어처구니가 없는 듯 한바탕 웃음을 터뜨렸다.

"야심한 시각에 설화와 함께 단둘이 서고에 있었던 사람이 누구야? 유등마저 끄고 은밀하게 있었던 사람이 누구였을까? 설화의 어깨에 팔을 두르고 다정하게 걸어나온 사람이 누구지?"

"……."

"그날 이후 형을 대하는 설화의 눈빛이 달라졌다는 것을 난 알아. 나뿐만 아니라 누님이나 자형, 그리고 당숙모들도 그것을 느끼고 있지. 만일 몰랐다면 형의 오만이고, 알면서도 내색하지 않았다면 그것은 위선이야. 이제 어떻게 할 거지? 설화가 떠나도록 그냥 내버려 둘 건가?"

위지불급은 이해할 수 없는 표정을 지었다.

"한번 우리 가문에 들어오면 영원히 위지세가 가족이 된다. 한데 왜 설화를 내보내려는 걸까?"

"할아버님의 깊은 심중을 어찌 헤아릴 수 있겠어? 하지만 형의 색싯감으로 데려왔다면 난 반대야. 그런 촌스런 계집을 절대 형수로 부를 수 없으니까."

동생의 거침없는 말투에 위지불급은 미간을 찡그렸다.

쿡!

그는 오금죽장으로 동생의 가슴을 가볍게 찔렀다.

"너도 촌놈이라고 했지? 설화를 모욕하지 마."

위지문현은 싸늘하게 굳은 표정으로 오금죽장을 거머쥐었다.

"후훗, 실망이군. 무도에 입문한 형이 한낱 계집 때문에 동생을 검으로 찔러?"

"……"

"형이 날 찌른 것은 대나무 지팡이가 아니라 은천비검이야. 형태야 어찌 됐던 형은 날 검으로 찔렀어. 그것은 날 죽일 마음도 있다는 거지."

위지문현은 오금죽장을 홱 밀치며 뒤로 물러섰다.

"어서 가보시오, 형님. 설화가 애타게 기다리고 있을 테니까."

위지불급은 잠시 동생을 응시하다가 몸을 돌렸다.

동생의 분노가 충분히 이해되었다. 동생의 말대로 그의 손에 쥐어진 오금죽장은 평범한 지팡이가 아니라 은천비검이라는 검이다. 비록 조금도 의도하지 않았지만 그는 순간적인 감정 때문에 검으로 동생을 찌른 것이다.

"미안하다."

위지불급은 약간의 죄책감을 느끼며 서둘러 걸음을 옮겼다. 그런 그의 등 뒤로 동생의 비웃음이 들려왔다.

"크훗, 오늘 형의 숨겨진 잔혹성을 확실히 보았어. 형이 드러내지 않았던 사악함이 바로 도광(韜光)이었을 줄이야!"

2

슉슉……!

한 번의 붓질마다 난초가 피어오른다.

노가주는 한 폭의 국화지를 펼쳐 놓고 그림을 그리고 있었다. 평소에는 수전증 때문에 손을 떨지만 붓을 쥐면 그런 증상은 이내 사라진다.

그의 붓으로 난을 칠 때마다 신운이 감돈다. 갓 벌어진 난

화에서 그윽한 꽃향기가 피어오른다.

옆에서 먹을 갈고 있던 설화는 난향에 취해 잠시 먹을 갈던 손길을 멈추었다. 그녀의 눈에 보이는 난초는 단순한 그림이 아니라 신속한 이슬을 함빡 머금은 채 향기를 뿜어내는 진짜 난초 그 자체였다.

"쿨럭쿨럭……!"

노가주가 한쪽 눈의 진물을 닦기 위해 잠시 붓을 내려놓았다.

"먹물이 말랐구나."

황홀한 감상에 젖어 있던 설화가 퍼뜩 깨어나 다시 먹을 갈았다.

"송구합니다, 노가주님."

노가주는 다시 붓을 들어 난 그림을 마저 그렸다.

이때 별채 밖에서 인기척이 들려왔다.

"할아버님, 예금이옵니다."

"들어오너라."

노가주는 붓을 내려놓고는 먹물이 마르기를 기다렸다.

별채로 들어선 위지예금이 공손히 예를 올렸다.

"할아버님, 한 가지 소청이 있습니다."

"그래, 말해보아라."

"설화가 한 가족이 될 수 있게 정식으로 우리 가문에 입양시켜 주십시오."

서탁 옆에 서 있던 설화는 흠칫 놀라 위지예금을 바라보았
다.

"큰언니……?"

노가주는 차를 한 모금 마시고는 설화에게 물었다.

"설화야, 우리 가문에서 지내는 동안 무엇을 느꼈느냐?"

"따뜻함입니다."

"그럼 무엇을 갖고 싶으냐?"

설화는 잠시 망설이다가 나직이 대답했다.

"소중한 추억입니다."

"알겠다."

노가주는 그림을 말아 설화에게 건넸다.

"내가 주는 선물이다. 난초의 향기는 은은하면서도 결코
속되지 않다. 쿨럭! 네 심성이 난과 같으나 난의 향기를 탐하
는 무리가 많아 마음고생이 심하겠구나. 이 그림이 널 지켜줄
것이다."

"감읍할 따름입니다."

설화는 아홉 번 절을 올려 최대의 경의를 표했다. 그림을
받아 든 그녀는 감동에 젖어 가슴에 안았다.

"평생 간직하겠습니다."

위지예금이 간곡하게 다시 청했다.

"할아버님, 좋은 인연이 될 수도 있습니다. 누구보다 원칙
을 중시하는 할아버님께서 어찌 가문의 가법을 무시하시려는

겁니까?"

노가주는 대나무 의자에 편히 기대앉으며 눈가의 진물을 닦았다.

"예금아, 설화가 소중한 추억으로 간직하겠다고 하지 않았더냐? 무엇보다 설화의 의사를 존중해야 한다."

별채를 나선 위지예금은 설화를 나무랐다.

"설화야, 왜 그런 답변을 했어? 너만 원한다면 지금처럼 가족으로 살 수 있었어."

"죄송해요, 큰언니. 위지세가 분들은 모두 다정하셨습니다. 저 역시 가족의 일원이 되어 이곳에서 살고 싶습니다."

"한데 왜……?"

"두려움 때문입니다."

"두렵다고? 누구 때문에?"

"누구 때문이 아니에요. 위지세가의 세 살짜리 유아에도 미치지 못하는 저의 아둔함이 두렵습니다. 이해할 수 없는 대화에 끼어들지 못하는 제가 두렵고 아주 간단한 문제도 해결하지 못하는 제가 두렵습니다."

위지예금은 나직이 한숨을 내쉬며 설화의 어깨를 감싸 안았다.

"설화야……."

"저 같은 속물은 결코 현자의 가문에서 지낼 수가 없어요.

전 영원히 현자 가문의 이방인입니다. 정말 송구합니다."

"아니다. 내가 미안하구나. 너를 수용할 수 없는 우리 가문이 네게 미안해해야 옳다."

위지예금은 설화의 등을 어루만지며 소리없는 눈물을 흘렸다.

향음당에서 한창 화과 잔치가 벌어지고 있었다.

연남건은 마당에 세 개의 화로를 지펴놓고 아이들에게 화과를 대접하느라 눈코 뜰 새 없이 바빴다. 설화를 위한 이별 만찬일 수 있었다.

위지불급과 설화는 함께 둘러앉은 어린 동생들을 챙기느라 제대로 먹을 수도 없었다. 아이들이 천진스럽게 화과를 먹는 모습은 바라보는 것만으로도 귀여웠기에 그들은 배가 고픈 줄도 몰랐다.

무엇보다 소란스런 주변 분위기 때문에 이별의 서먹함과 어색감에 젖지 않을 수 있어 좋았다.

연남건이 두 사람에게 술을 조금 따라주었다.

"자, 어린 처남들은 내가 돌보겠네. 큰처남과 처제도 뭐라도 들게."

설화는 자신을 위한 자리를 마련해 준 연남건이 고맙기만 했다.

"고마워요, 형부."

"처제, 이별이라고 생각지 말게. 공부를 위해 잠시 떠나 있는 것으로 생각하면 될 거야. 회자정리요 거자필반이니 만남이 있으면 헤어짐이 있고, 떠난 사람은 반드시 돌아온다는 옛말이 세상의 진리가 아닌가?"

"그렇게 되기를 기원하겠어요."

연남건은 설화와 건배를 하고는 위지불급에게도 술잔을 부딪쳤다.

"한데 왜 작은처남은 보이지 않는가?"

"문현은 오지 않았소?"

"대체 어디 갔을까? 누구보다 설화 처제와의 이별을 아쉬워할 작은처남인데 말일세."

위지불급은 단숨에 술잔을 비우고는 자신의 술잔을 다시 채웠다.

"술은 충분하오?"

"술이야 충분하네. 오히려 마실 시간이 부족해서 아쉬울 뿐이지."

"그럼 마십시다."

위지불급은 설화와 술잔을 부딪쳤다.

"마시자, 설화."

"예, 오라버님."

"내일 배웅을 나가지 않아도 섭섭하게 생각지 마. 내가 아침잠이 많아서 말이야."

“아니에요. 이렇게 오라버님과 함께 자리한 것만으로 감격스러울 정도예요.”

“왜 모든 게 갑작스러운지 모르겠다. 어느 날 문득 네가 우리 집에 왔고, 또 어느 날 문득 떠나는구나.”

위지불급은 평소답지 않게 많은 말을 했다. 그러면서도 그녀가 어디로 가는지는 한마디도 묻지 않았다. 차라리 모르는 편이 마음이 편하기 때문이다.

그날 저녁 위지불급은 난생처음 술에 취했다. 그리고 앞서 밝힌 대로 설화가 떠나는 모습을 보지 않았다. 그녀의 뒷모습을 보면 너무 슬플 것 같기 때문이다.

3

사천성의 겨울은 짧기에 새해가 시작되는 춘절 때는 이미 봄날이다.

위지불급의 나이 십팔 세.

그는 비로소 외부로 출타할 수 있는 자격이 부여되었다. 사실 삼 년 전에 얻을 수 있는 자격이었지만 무단 외출에 대한 죗값을 치르느라 그만큼 늦어진 것이다.

위지불급은 부친과 함께 별채를 찾아가 노가주에게 절을 올렸다.

한 해를 넘기면서 노가주는 더욱 늙어 보였다.

실명에 가까운 한쪽 눈에서는 여전히 진물이 흘러내렸지만 위지불급을 주시하는 다른 눈은 의외로 맑고 또렷해 보였다.

"쿨럭쿨럭, 기분이… 어떠하냐?"

"담담합니다."

"하기는 팔 년 전 이미… 세상을 둘러본 네가 아니더냐? 새삼스러울 것도 없겠지."

노가주는 가슴을 쓸어내리고는 느릿느릿 말을 이었다.

"네 아비한테 이미 주의를 들었겠지만… 한 번 더 얘기하겠다. 우리 가문에 대해 절대 내색해서는 안 된다. 쿨럭! 남의 다툼에 개입하지 말 것이며 위급함에 처하기 전에는 무공을 펼쳐서도 안 된다……."

노가주의 교시는 오래도록 계속되었다.

위지불급은 이미 부친에게 귀에 못이 박히도록 들은 교시였지만 조금도 지겹다는 내색 없이 들었다. 길어야 서너 해를 넘기지 못할 조부의 몸 상태를 감안한다면 하루 종일이라도 훈시를 들을 수 있을 것 같았다.

"네가 당분간 사용할 이름은 이랑(二郞)이다."

노가주는 위지불급이 세상에서 사용할 가명을 일러주는 것으로 교시를 마쳤다.

다음날, 위지불급은 국화지와 죽세공품이 가득 실린 마차를 몰고 위지세가를 나섰다.

물론 그 혼자가 아니다. 위지세가 일족은 관례를 올리기 전에는 절대 단독 출타가 허락되지 않는다. 또한 첫 외출이 시작되는 십오 세부터 십칠 세까지는 사천성을 벗어날 수 없고, 무림세가에 대한 심도 싶은 탐방과 강호인들과의 접촉을 최대한 금한다.

위지불급과 동행한 사람은 셋째 당숙인 위지한(尉遲漢)이었다.

위지한은 위지세가 일족 중에서 비교적 건장한 체구의 소유자였다. 대부분 문사의 면모를 지닌 일족과 달리 그는 얼굴이 다소 험상궂었고 구레나룻이 무성했다.

그런 용모 때문인지 그는 위지세가의 아이들이 외부로 출타할 때 감독하는 역할을 자주 맡았다. 외부 세상에 대한 동경으로 들떠 있던 아이들도 그의 험상궂은 얼굴을 대하면 대부분 주눅이 들곤 하였던 것이다.

다각다각……!

나귀는 허연 콧김을 훅훅 뿜으며 다소 가파른 비탈을 올라갔다.

하늘이 잔뜩 흐려 햇볕이 들지 않기에 날씨는 무척 쌀쌀한 편이었다. 무명옷 사이로 파고드는 바람이 제법 차갑다.

위지한은 허리춤에 찬 호리병을 꺼내 술을 한 모금 마시고는 위지불급에 건넸다.

"한잔하면 추위가 조금 가실 게다."

"좋은 날도 많은데 왜 하필 오늘같이 스산한 날에 길을 떠나는 겁니까?"

"노가주님께서 이미 날짜를 받아두셨기에 바꿀 수가 없었다."

"할아버님이 노쇠하셔서 그런지 점괘가 신통치 않군요."

"하핫, 길일에 날씨까지 좋다면 금상첨화겠지만 네게는 그런 행운이 따르지 않는 것 같구나."

위지한은 육포를 조금 찢어 우물거렸다.

"집을 나선 기분이 어떠냐? 참, 너는 이번이 처음은 아니지?"

"열 살 때는 고작 미산현 장터를 구경하다 아버님한테 잡혔습니다. 사실 출타라고도 할 수 없지요."

"그래도 그 나이에 도박까지 하였다면서?"

"장터 모두가 도박장이더군요. 하다못해 서책과 그림을 파는 데에도 돈이 걸렸어요."

호리병의 술을 한 모금 마신 위지불급은 진저리를 쳤다.

"후아, 독해라!"

아주 독한 술이었다. 어릴 적 냄새로만 맡아보았던 죽엽청이 틀림없었다.

"하핫, 어떠냐? 몸이 후끈 달아오르지? 비교적 독한 죽엽청이라 네가 마시기에는 조금 무리일 게다.”

위지한은 호리병의 술을 벌컥벌컥 들이켜고는 아주 즐거운 표정을 지었다.

“역시 집을 벗어나야 술도 마음껏 마실 수 있어.”

“당숙도 그런 심정이십니까?”

“나도 사람인데 당연하지. 어떨 때는 죽세공품이나 종이 제작이 지겨워 훌쩍 달아나고 싶은 충동이 들기도 한다.”

위지불급이 육포를 씹으며 나른한 미소를 지었다.

“당숙의 위험한 생각을 아버님께 고해야겠군요.”

“하핫, 제발 그래다오. 나도 너처럼 독방에 감금돼 한동안 무위도식을 하며 살고 싶구나.”

“이제 이 년만 참으시면 되잖아요?”

“그래, 이 년만 있으면…….”

무심코 내뱉던 위지한이 갑자기 정색을 지으며 위지불급을 직시했다.

“네가 지금 무슨 소리를 한 것이냐?”

“그 이상은 전혀 모르니 너무 화내지 마세요.”

“…….”

“당숙, 저도 이제 어린애가 아닙니다. 우리 가문이 지켜야 할 비밀이라면 반드시 지킬 것입니다. 그 이 년의 의미가 무엇인지 모르지만요.”

“…….”

잠시 그를 주시하던 위지한이 표정을 다소 풀었다.

"알겠다. 넌 우리 가문의 장손이 아니더냐? 여느 아이와 다른 신분이니 네가 지금 한 말은 잊겠다. 다른 애들한테는 절대 말하지 마라."

"알겠습니다."

위지불급은 한껏 꽃망울이 부풀어 있는 매화를 보고는 화제를 돌렸다.

"성도라면 큰 성시이니 볼 게 많겠군요?"

"당연하지. 미산현 장터 따위와는 비교하지 마라. 성 안팎에 개설된 시장에서 사시사철 거래가 이루어지고 있지. 눈알이 푸른 색목인(色目人)을 보고는 너무 놀라지 마라. 놀랄 볼거리가 너무 많으니 말이다."

"기루도 많겠죠?"

위지한은 깜짝 놀라 조카를 돌아보았다.

"뭐, 뭐야?"

위지불급은 독한 죽엽청을 한 모금 마시고는 다시 진저리를 쳤다.

"아직 기녀를 품을 생각은 없지만 여자의 향기는 맡고 싶습니다."

"너 이 녀석……."

"돈이라면 걱정 마세요. 성도의 도박장 몇 군데만 돌면 전혀 문제를 일으키지 않고 거금을 딸 수 있으니까요."

위지한은 난감한 표정을 지으며 입맛을 다셨다.

"기루에 드는 것은 가법에 어긋난다. 우리 가문은 사치와 향락을 금하고 있지 않느냐?"

"탐방으로 생각하세요. 기루의 행태와 기녀들의 생활을 알아내 기록하는 것도 책무가 아닙니까?"

"물론 세상사를 모두 알아내 기록하는 것이 우리 가문의 임무이다만… 넌 아직 너무 어려."

위지불급은 당숙을 돌아보며 나른한 미소를 지었다.

"당숙, 함께 기루에 가지 않아도 전 당숙모에게 기루에 다녀왔음을 고할 것입니다. 당숙이 아무리 부인해도 당숙모는 제 말을 더 신뢰하겠지요. 물론 함께 기루를 탐방한다면 전 입을 다물겠습니다. 어떻게 하시겠습니까, 당숙?"

4

정월 보름인 원소절을 앞둬서인지 성도는 성황을 이루고 있었다.

원소절은 최고의 명절이기에 이날에 소요되는 식재료와 물품은 엄청나다. 성도의 상회는 대부분 도매상이기에 각 현의 소매상들은 이들로부터 물품을 구입하기 위해 수십 대씩 마차를 세워놓고 있었다.

위지세가에서 생산된 죽세공품과 국화지는 워낙 명품이기

에 어느 상회를 가든 비싼 값에 판매할 수 있었다.

원소절을 맞이해 좋은 가격으로 물품을 판매한 위지한은 조카를 이끌고 주루로 들어섰다.

"이곳은 사천의 명소로 이름 높은 천주미향관(千廚味香館)이다. 다양한 요리와 향기로운 술로 유명하지. 명성에 비해 가격이 비싸지 않은 것도 큰 장점이다."

"기루가 아니군요?"

위지불급이 시큰둥한 표정을 짓자 위지한은 조카를 가볍게 쥐어박았다.

"고얀 녀석, 감히 숙부를 협박해?"

그는 위지불급을 자리에 앉히며 찡긋 눈짓을 보였다.

"일정은 충분하다. 일단 성도의 일상과 명소부터 실컷 즐겨라. 네 적응 여하에 따라 숙부가 결정하겠다. 다시 말해 네 녀석의 위협 때문에 기루를 가는 일은 없을 거란 얘기다. 무슨 말인지 알겠느냐?"

위지불급도 당숙의 체면을 살려주어야 하기에 순순히 응했다.

"알겠습니다. 그럼 사천 요리의 진수부터 먹어보죠. 요리에 관한 보고서를 작성하는 것도 과제이니까요."

"비싼 요리는 안 된다. 그것은 나중에 네가 가주가 된 후 혼자 시켜먹도록 해라."

위지한은 점소이에게 세 가지 요리와 술을 주문했다.

저녁 식사를 하기에 다소 이른 시간인데도 불구하고 천주
미향관의 일, 이층 자리가 거의가 메워져 있었다. 이십여 명
에 달하는 점소이들은 용케도 손님들을 구분해 주문한 요리
를 정확하게 내왔다.

위지한이 주문한 요리는 오향장압과 회과육, 백절계였다.

오향장압은 다섯 가지 향료를 넣어 조리한 오리 요리이고,
회과육은 덩어리째 삶은 돼지고기를 얇게 썰어 기름에 볶은
요리이며, 백절계는 닭을 잘게 토막내 기름에 튀긴 닭 요리
다.

위지불급은 적당한 가격의 죽엽청을 곁들여 세 가지를 번
갈아 먹었다.

사람들은 배를 채우기 위해서, 또는 맛을 즐기기 위한 식도
락으로 음식을 먹지만 위지세가 사람들은 맛과 향, 그리고 식
재료를 기억하면서 음식을 먹는다.

이들에게는 세상의 모든 것이 기록 대상이기에 눈에 보이
는 싸구려 공예품 하나도 소홀히 할 수 없으며, 반점에서 내
오는 요리도 마찬가지였다.

한 병의 죽엽청이 바닥나자 위지불급이 넌지시 물었다.

“술에 대한 감별도 과제가 아닙니까? 원치 않지만 과제를
수행하기 위해서라도 몇 병 더 마셔야겠습니다.”

“허어, 우리 가문의 별종이라더니 정말 골칫덩이구나. 나
중에 너 혼자 강호를 주유할 때 어떤 사고를 칠지 정말 걱정

이다.”

“우려하지 마십시오. 제가 매번 이렇겠습니까? 정식 출타
는 처음이라 기분이 좋아 조금 취하고 싶을 따름입니다.”

위지한은 흔쾌히 고개를 끄덕였다.

“알겠다. 네가 어릴 적부터 애늙은이처럼 행동하는 게 못
마땅했는데 알고 보니 너도 여느 아이들처럼 세상에 대한 그
리움이 컸나 보구나. 오냐, 너의 뒤늦은 출타를 축하하는 의
미에서 오늘은 특별히 네가 마실 만큼 사주겠다.”

그는 점소이를 불러 사천성 일대에서 생산되는 다양한 술
을 다섯 병이나 주문했다. 한데 이때였다.

딸랑딸랑……!

문이 열리며 맑은 방울 소리가 들려왔다.

한쪽 가슴에 바구니를 안은 소녀가 한 맹인 노인을 동반해
반점으로 들어서고 있었다. 노인은 방울이 달린 지팡이를 쥐
고 있어 걸음을 옮길 때마다 방울 소리가 울려 퍼졌다.

위지불급은 음률에 정통한 누이를 두었기에 소리에 대해
비교적 민감했다.

“흐음, 방울 소리가 아주 특별합니다. 요란한 쇳소리는 자
칫 주흥을 방해할 수도 있는데 지금의 방울 소리는 절로 관심
을 쏟게 만드는군요. 누가 방울을 제작했는지도 몰라도 명인
의 솜씨임에 분명합니다.”

그가 나직이 견해를 말하자 위지한도 고개를 끄덕였다.

"정확한 지적이다. 방울 소리가 아주 매력적이다. 악기로 삼아도 손색이 없는 명품이야."

바구니를 안은 소녀가 맹인 노인을 계산대에 있는 주인장에게 인도해 주었다.

주인장은 쏟아지는 주문에 정신이 없었지만 노인의 몇 마디에 감복했는지 힘있게 고개를 끄덕였다. 이어 두 사람을 이끌고 계단으로 향했다.

계단 중간쯤 오른 주인장이 손님들을 향해 포권을 취했다.

"손님들께 잠시 양해를 구합니다. 여기 설서노인(設書老人)은 재담이 아주 뛰어난 이야기꾼입니다. 술과 요리를 드시면서 여홍 삼아 이야기를 들어주십시오. 얘기 값은 제가 냈으니 손님들께서는 전혀 부담을 갖지 마십시오. 혹시 얘기가 재미있다면 동전이라도 몇 푼 보태주십시오."

주인은 다시 예를 표하고는 계단을 내려갔다.

계단 중간에 선 맹인 노인은 공손히 예를 표하고는 자신을 소개했다.

"먼저 귀한 분들의 주홍을 방해한 점을 사과드리외다. 잠시만 귀를 기울여 주시면 나름대로 홍미를 느낄 이야기를 들려드리겠소이다."

전문 재담꾼답게 노인의 음성은 기운이 넘치면서도 듣기에 좋았다.

이때 여러 무사 중 한 명이 외쳤다.

"혹시 공대선생(孔大先生)이 아니시오?"

노인은 무사들 쪽으로 고개를 돌렸다. 노인의 뒤에 선 소녀가 손가락으로 노인의 손등에 대고 수화를 보냈다. 무사들에 대한 정보를 전해준 듯싶었다.

노인은 무사 쪽을 향해 가볍게 포권을 취했다.

"명성 높은 철사보(鐵獅堡)의 무사이시구려. 그렇소이다. 이 늙은이가 바로 공태우(孔太羽)외다. 앞 못 보는 이 늙은이를 인도하는 뒤의 계집아이는 손녀 취취(翠翠)라 하오."

그가 지팡이를 흔들자 맑은 방울 소리가 반점 안에 울려 퍼졌다. 일층 손님들은 모두가 공대선생에게 시선을 고정시켰고, 이층의 손님들도 난간에 모여 섰다.

재담꾼은 주로 다관(茶館)과 반점, 주루를 찾아다니며 이야기를 늘어놓는 사람을 말한다. 직업상 설서인(說書人)으로 분류되지만 통상 재담꾼으로 호칭된다.

이들은 대중적으로 널리 알려진 위, 촉, 오의 삼국시대 역사나 당태종의 비사, 또는 각 지역의 민담과 전설을 재미있게 늘어놓으며 손님들로부터 돈을 받는다.

커다란 객점에서는 아예 주인장이 손님들을 유치하기 위해 뛰어난 재담꾼을 고용하는 경우도 있다. 손님들이 얘기를 즐겨 들으면 자신도 모르게 술병을 비우기에 매상이 자연스레 올라가기 때문이다.

공대선생은 아주 유명한 재담꾼이기에 주인장은 그의 신

분을 알고 즉시 돈을 지불해 이야기를 부탁한 것이다.

공대선생은 자신에게 시선이 집중된 분위기를 감지하고는 이야기를 시작했다.

"이 안에 강호 분들이 얼마나 계시는지 모르겠소만 강호 또한 세상의 한 부분이니 세상사라 할 수 있소이다. 오늘은 옛날이야기보다 최근 강호에서 벌어진 한 가지 두렵고도 신비로운 이야기를 말씀드리겠소이다."

그는 잠시 얘기를 끊어 궁금증을 돋우고는 말을 이었다.

"강호에서는 통상 삼, 사십 년 주기로 커다란 싸움이 전개되는데 이를 혈겁이라 하오이다. 근 백여 년 전에는 광마의 저주, 일 갑 전에는 삼악(三惡)의 혼란, 그리고 삼십여 년 전에는 칠살(七殺)의 행패를 제거하기 위한 무림대전이 전개되었소이다. 한데 칠살의 무림대전 이후 잠잠했던 현 강호에 최근 들어 하나의 두렵고도 신비로운 사건이 발생했소이다."

모두가 숨을 죽이고 있는 가운데 공대선생의 늙수그레한 음성이 잔잔하게 울려 퍼졌다.

"십야혈루등(十夜血淚燈)! 일명 열흘 밤의 공포로 불리는 연쇄 살인 사건이 바로 그것이외다."

第六章 금밀서고의 의혹

1

'열흘 밤의 공포! 그것이 십야혈루등이라고?'

위지불급은 호기심에 가득 찬 눈빛으로 공대선생을 직시하였다.

위지세가는 오랜 세월 강호무림에 대한 사료를 수집 보관해 왔다. 위지세가 내의 비밀 장원에 보관돼 있는 수만 권의 서책 중 절반은 무림사에 대한 상세한 사료이다.

위지세가 사람 중에서 선발된 사관(史官)들은 일 년 중 절반 이상을 강호무림을 주유하며 강호의 동향을 파악하고 사료를 수집해 보고서를 작성한다.

하기에 위지세가가 지닌 강호 정세에 대한 정보력은 비교적 빠르다 할 수 있었다.

비록 일족의 머릿수가 많지 않아 신속한 정보망을 지니고 있지는 못해도 위지세가의 사관들은 워낙 분석력이 뛰어나 작은 단서만으로 사건의 전모를 정확히 파악해 낸다.

그런 위지세가에서 최근 들어 가장 관심이 집중된 사건이 일명 열흘 밤의 공포로 불리는 연쇄 살인 사건이었다.

이미 세 번에 걸쳐 자행된 연쇄 살인 사건은 몇 가지 공통점을 지니고 있었다.

살인은 반드시 밤에 이루어지며 살인 장소에는 붉은 등불이 걸린다. 그리고 한 번 살인이 자행되면 열흘 밤 동안 이어진다.

그 끔찍한 배경과 동기는 물론이고 흉수에 대해서는 아직 밝혀진 바가 없다. 그러나 이미 세 번에 걸친 연쇄 살인 사건에 의해 이미 삼십 명이나 목숨을 잃었다.

열흘 밤 동안 이어지는 의문의 연쇄 살인 사건!

그 끔찍한 사건에 대해 위지세가에서도 이미 사관을 파견해 분석에 들어갔지만 아직 조사 중이라 확실히 밝혀진 바가 없다.

위지한과 위지불급은 재미 삼아 재담꾼의 얘기를 듣다가 당대 최대의 사건이 언급되자 바짝 주의를 기울였다.

"십야혈루등! 정말 끔찍한 사건이지요."

공대선생은 다소 충격적인 애깃거리로 손님들의 관심을

이끌어냈다 확신하고는 천천히 계단을 내려섰다.

그는 비록 앞을 볼 수 없는 맹인이었지만 눈을 대신해 주는 손녀가 있기에 거동에 큰 불편함이 없어 보였다. 할아비의 손을 쥐고 있는 취취가 수시로 수신호를 통해 주변 상황을 전해 주고 있었기 때문이다.

"이미 몇몇 분은 풍문을 통해 그 끔찍한 연쇄 살인에 대해 들었을 것이외다. 살인 현장에 밝혀지는 핏빛 등. 그것은 살인자의 여유이자 자신의 명성을 드높이려는 잔악성을 의미한다고 할 수 있소이다. 그 등불에 십야혈루등이란 이름을 붙인 사람은 바로 이 늙은이외다."

그러자 무사들 몇 명이 찬사를 아끼지 않았다.

"십야혈루등! 아주 걸맞는 호칭이오."

"호오, 십야혈루등이라. 열흘 밤의 공포를 대신할 수 있는 적절한 표현이군."

"그렇다면 그 살인마가 십야혈루등주가 되는 거로군?"

분위기가 한껏 고조되자 여유있는 상인과 강호인들이 취취가 안고 있는 바구니에 다투듯 돈을 넣어주었다. 동전 외에도 은 부스러기가 몇 개 섞여 들어갔다.

"공대선생, 어서 다음 얘기를 말씀해 주시구려."

"하하, 여기 술이라도 한잔 드시오."

"십야혈루등이라! 과연 공대선생이오. 선생이 아니고서 누가 그런 연쇄 살인 사건을 한마디로 표현하겠소?"

술을 한잔 비운 공대선생은 탁자 사이를 천천히 걸으면서 얘기를 이어갔다.

"십야혈루등은 처음 산동성에서 비롯되었소이다. 두 번째는 인접한 강소성에서 다시 모습을 보였는데 세 번째는 갑자기 북상해 산서성에서 등불을 밝혔지요. 그 바람에 다음 행보를 예측할 수 없는 상황이 되었소이다. 십야혈루등은 지난해 동짓달에 살인을 끝내고 사라졌으며 아직 출현하지 않았소이다. 하지만 최근 세 번의 연쇄 살인이 두 달에 한 번 정도 자행된 것을 감안한다면 조마간 어딘가에서 다시 십야혈루등이 밝혀지거나 곧 시작될 것임이 분명하외다."

한 사내가 두려운 표정으로 물었다.

"이곳 사천성에서 말이오?"

공대선생은 침중한 표정을 지으며 고개를 끄덕였다.

"사천성이라고 예외일 수는 없을 것이외다."

그러다 주루 안의 분위기가 너무 가라앉았다 싶자 그는 허연 수염을 내리쓸며 가벼운 웃음을 터뜨렸다.

"허허, 하지만 이곳 성도는 안심해도 좋을 것이외다. 남으로는 아미파가 성스런 불력으로 보호해 주고 북서쪽으로 청성파의 정기가 감싸주고 있소이다. 또한 전통의 명문세가인 사천당문이 성도에 자리 잡고 있지요. 무엇보다 중경에는 팔대가문 중 하나인 백리태보(百里太堡)가 있지 않소? 십야혈루등주가 아무리 무서운 살인마라 해도 용담호혈과 같은 성도에서 어찌 살인을 자행할 수 있겠소이까?"

그러자 여기저기서 박수갈채가 터져 나왔다.

"하하핫, 과연 공대선생다운 입담이오!"

"그렇소. 구대문파 중 두 곳과 사천당문, 팔대가문 중에서
도 명문인 백리태보가 버티고 있는데 살인마가 어찌 성도를
넘보겠소?"

"허허, 이제 안심이 되는구려."

사람들의 간담을 조였다가 풀어주는 공대선생의 능수능란
한 화술은 실로 대단했다. 그가 탁자 사이를 지날 때마다 대
바구니에 계속해서 동전과 은 조각이 채워졌다.

한데 세상 어느 곳에나 발붙이고 사는 불한당이 있기 마련
이다.

"카하핫, 얘기는 잘 들었소. 그까짓 십야혈루등주가 대수
겠소? 행여 성도에서 등불이 밝혀지면 내가 찾아가 요절을 낼
것이오."

건장한 체구의 텁석부리 장한이 취취의 허리춤을 잡아끌
었다.

"취취라 했더냐? 네 할아비가 주둥이 하나로 큰돈을 벌었
으니 이 어르신한테 술을 한잔 따라라."

취취는 자신의 귀와 입을 가리키며 고개를 저었다. 공대선
생이 허공을 더듬어 탁자 앞으로 다가섰다.

"허허, 어르신. 취취는 귀머거리에 벙어리라 예법을 전혀

모르외다. 게다가 어린 계집이 아니오니까? 이 늙은이의 눈을 대신할 뿐 술 따르는 계집이 아니외다.”

“술 한잔 따르는 게 대수인가? 고작 주워들은 이야기로 동냥질이나 하는 주제에 뻣뻣할 것 없잖아?”

장한이 눈짓을 보내자 졸개로 보이는 청년들이 자리에서 일어서며 위협을 가했다.

“늙은이, 이곳에서 빌어먹고 살려면 먼저 우리 형님의 허락을 받았어야지?”

“너희 조손이 모두 병신이기에 형님께서 자비를 베푸신 거다.”

“어서 술 한잔 올리고 사례를 드려라.”

취취는 한마디 하소연도 할 수 없는 벙어리라 할아비의 소매를 쥔 채 눈물을 글썽거렸다.

텁석부리 장한과 졸개들의 행패를 보고도 주루 안의 사람들은 감히 나서질 못했다. 그도 그럴 것이, 이들 불한당들은 성도 일대에서 악명이 자자한 흑사강(黑邪岡)의 제자들이었다.

흑사강은 사천성 일대의 사파인들이 결성한 사도 집단이다. 이들은 상권 보호를 명목으로 성도의 상인들을 갈취하고 부호들을 위협해 경호비를 받아낸다.

이들은 결속이 대단해 누군가 피해를 당하면 강호도의를 무시한 채 집단으로 맞선다.

하기에 소규모 무림세가들은 흑사강의 행패에 눈을 감을 수밖에 없었다. 자칫 무림정의를 내세웠다가는 가문이나 사문이 멸절될 수 있기 때문이다.

이때 보다 못한 철사보의 무사 하나가 중재를 나섰다.

"공대선생, 손녀에게 술 한잔 따르게 하시오. 공연히 흑사강 순찰조장의 미움을 살까 두렵소."

공대선생은 길게 탄식을 지었다.

"이 늙은이가 비록 앞 못 보는 병신이지만 그나마 입은 남아 있어 얘깃거리를 밑천 삼아 겨우 비렁뱅이 신세는 면하고 있소이다. 소인은 손녀딸을 술시중을 들고 웃음이나 파는 계집으로 키우지 않았소이다. 만일 어르신의 허락 없이 돈을 번 것이 문제라면 모두 상납하겠소이다."

그는 손녀가 안고 있는 바구니를 탁자 위에 내려놓았다.

"어르신, 그만 취취를 놓아주십시오."

그러자 흑사강의 순찰조장이 바구니를 바닥으로 내동댕이 쳤다.

"이 늙은이가 죽고 싶으냐?"

바구니가 터지며 안에 든 동전과 은 조각이 바닥에 너저분하게 깔렸다.

순찰조장은 공대선생의 멱살을 덥석 쥐었다.

"내가 네놈의 더러운 동냥 그릇이나 탐내는 소인배로 보이느냐, 이 썩어 문드러질 늙은이야? 당장 네 손녀에게 술을 따르도록 전해라! 벙어리 계집이 뭐 대단하다고 술 한잔 못 따른단 말이냐?”

사태가 악화되자 취취는 도움을 청하기 위해 주변 사람들을 둘러보았다.

하지만 그녀의 눈길을 접한 사람들은 모두 헛기침을 하며 외면해 버렸다. 상대가 악명 높은 흑사강의 순찰조 무사들이기에 공연히 의협심을 발휘했다가는 목숨을 걸어야 하기 때문이다.

위지불급은 물끄러미 상황을 지켜보고 있다가 취취와 눈길이 마주치게 되었다.

유난히 크고 맑은 눈망울이 보석이다.

설움에 찬 눈물을 쏟아내는 그녀의 눈빛은 간절한 도움을 청하고 있었다. 굳이 의인이 아니더라도 사람의 양식을 지녔다면 차마 거부하기 힘든 눈빛이었다.

위지불급은 본능적으로 자리에서 일어서려 했지만 위지한이 그를 제지하며 엄하게 나무랐다.

“가법을 어길 셈이냐?”

“당숙……?”

“네가 수모를 당해도 참아야 하는데 왜 나서려는 것이냐?”

위지한은 억센 힘으로 그를 끌어 앉혔다.

모든 사람의 외면을 받자 취취는 덜덜 떨리는 손으로 술병을 쥐었다. 비록 알아듣지는 못해도 눈에 보이는 상황으로 그녀가 어떻게 해야 할지 인지하고 있었던 것이다.

한데 공대선생은 멱살이 잡혀 두 발이 들린 상황에서도 고집을 부렸다. 그는 손녀의 손등에다 수화를 찍었다.

"안 된다, 취취야. 한번 술을 따르게 되면 자리에 앉히려 할 것이고, 자리에 앉으면 네 몸을 만지려 할 것이다. 네가 청루의 기녀가 아닌 다음에야 그럴 수는 없다."

비록 입으로 먹고사는 재담꾼이지만 소신이 분명했고 기개가 꼿꼿했다.

순찰조장은 계속된 거부에 핏대를 세웠다.

"염병! 네놈의 주둥이를 으스러뜨려 주겠다!"

그는 공대선생의 면상을 향해 커다란 주먹을 내리찍었다.

지켜보던 사람들은 참상을 차마 볼 수가 없어 소매로 눈을 가리거나 고개를 돌려 외면했다. 한데 한줄기 예리한 파공성이 주루 이층에서부터 들려왔다.

피잉―!

날아든 나무젓가락이 순찰조장의 손등을 꿰뚫고 꽂혔다. 여기저기서 놀란 경호성이 터져 나왔지만 정작 나무젓가락이 꽂힌 순찰조장은 신음 소리조차 내뱉지 않았다.

"젠장, 어떤 새끼야?"

그는 공대선생을 집어 던지고는 손등에 박힌 젓가락을 뽑아냈다.

"당장 나서지 않으면 이 안에 있는 놈들 죄다 죽이겠다!"

그러자 주루 이층에서 간드러진 웃음소리가 들려왔다.

"호호호, 흑사강 조무래기 주제에 감히 어디서 설쳐 대는 것이냐? 네놈이 하급신분이라 나서지 않으려 했다만 정말 눈꼴시어서 못 봐주겠구나!"

순찰조장은 졸개가 건넨 칼을 뽑아 들었다.

"큭, 어떤 새끼가 아니라 년이로군? 어디 낯짝이나 보게 당장 내려와라!"

"호호, 정말이지, 관을 봐야 눈물을 흘릴 놈이로군."

한줄기 섬세한 인영이 난간을 넘어 날렵하게 내려서고 있었다.

주루 가장자리로 물러선 손님들은 내려서는 여인을 보는 순간 모두가 입을 딱 벌리고 말았다. 그녀의 복장이 너무도 파격적이었던 것이다.

여인은 은 여우 목도리와 털모자로 한껏 치장을 하고 있었다. 등에 붉은 피풍의를 둘렀는데 바닥으로 내려서면서 피풍의가 활짝 펼쳐져 나부낀다.

아직 바람이 매서운 초봄인데도 불구하고 그녀는 거의 반라의 복장이었다.

상반신에는 아주 짧은 상의만 걸쳐 매끄러운 어깨와 여인의 비밀스런 배꼽까지 모두 드러내고 있었다. 풍만한 젖가슴을 감싼 붉은 상의는 그저 젖가리개에 불과했다.

더욱 대담한 것은 하의였다. 허벅지까지 환히 드러난 치마는 속곳이 보일 만큼 짧았다.

그녀는 붉은색을 선호하는지 짧은 치마며 종아리까지 올라오는 가죽신까지 모두 붉었다.

아무리 강호의 여인이라도 이렇듯 파격적인 복장은 극히 드물다. 요사스런 복장으로만 논한다면 그녀는 사내를 후리는 색녀나 요녀일 수 있었다.

여인은 몸의 대부분을 노출시켰지만 얼굴은 면사로 가려 두 눈만 드러내고 있었다. 절로 눈웃음을 치는 실눈은 요염함과 더불어 섬뜩함을 동시에 지녔다.

순찰조장은 여인의 농염한 몸매에 절로 피가 끓었다. 그녀를 품을 수만 있다면 나무젓가락을 날려 자신의 손을 다치게 한 사소한 과오는 문제 삼고 싶지 않았다.

"크홋, 몸매가 예술이니 네년의 낯짝은 개의치 않겠다. 어차피 돼지를 면상 보고 잡는 것은 아니니까."

그는 칼을 회수하고는 여인의 어깨를 덥석 쥐었다.

"나가자. 네년에게 어울릴 장소는 따로 있으니까."

여인은 요사한 웃음을 머금으며 손가락을 튕겼다.

"악!"

둔탁한 폭음과 함께 텁석부리 장한은 외마디 비명을 토하며 뒤로 날아갔다.

"순찰조장!"

흑사강의 졸개들은 바닥에 쓰러진 장한을 보고는 가슴이

철렁 내려앉았다.

장한은 미간이 관통돼 즉사한 상태였다. 부릅뜬 두 눈은 아직도 자신이 어떻게 죽었는지 모르는 의혹을 담고 있었다.

졸개 하나가 여인을 향해 외쳐 물었다.

"이년, 출신을 밝혀라!"

여인은 목에 두른 은 여우 목도리를 우아하게 쓰다듬었다.

"호홋, 흑사강주라면 내 신분을 알고 있을 것이다. 하지만 우리 가문 백 리 이내에 얼씬도 못하겠지. 너희 같은 쓰레기들은 더 이상 상대하고 싶지 않으니 어서 꺼져라."

흑사강 졸개들은 여인의 등등한 기세에 눌려 급히 텁석부리 장한을 들쳐 메고 주루를 나섰다.

손녀의 수신호를 통해 여인에 대한 인상착의를 들은 공대선생이 공손히 예를 표했다.

"도움에 감사드리외다, 백리 소저."

여인은 도도한 미소를 머금으며 공대선생을 쓸어보았다.

"호호, 앞도 못 보는 주제에 대번에 이 아가씨를 알아보는군? 아무리 풍문으로 먹고사는 재담꾼이라지만 안목이 보통이 아니야."

그녀는 주루의 손님들을 쓸어보며 한껏 오만을 떨었다.

"공대선생, 영감은 정말 운이 좋았어. 십야혈루등으로부터 성도를 수호할 문파로 만일 우리 가문을 거론하지 않았다면 영감이 흑사강 쓰레기들한테 맞아 죽는다 해도 나서지 않았을 테니까. 영감의 안목과 혀가 당신을 살린 거야."

"은혜는 잊지 않겠소이다."

"훗, 자신의 몸 하나 지키지 못하는 늙은 몸으로 무슨 은혜를 갚겠다는 거야?"

여인은 취취의 볼과 턱을 가볍게 어루만졌다.

"예쁘구나. 이렇게 어여쁜 네가 귀머거리에 벙어리라니 정말 안타까운 일이다."

이어 그녀는 붉은 피풍의를 이끌며 문으로 향했다.

"술맛은 떨어졌으니 어디 가서 도박이라도 한판 즐겨야겠군."

한바탕의 소란이 마무리되자 손님들은 비로소 자신의 탁자를 찾아 앉았고 일부는 자리를 옮겼다.

위지불급은 바닥에 흩어져 있던 동전과 은 조각을 주워 취취에게 건네주었다.

"도와주지 못해 미안하오."

돈을 건네받은 취취는 포근한 미소를 지으며 공손히 고개를 숙였다. 사소한 도움이었지만 이런 도움조차 받기도 드문 일이었기 때문이다.

그녀가 고개를 들었을 때 위지불급은 위지한에게 이끌려 주루를 나가고 있었다.

취취는 이런 사실을 조부에게 수신호로 알렸다.

공대선생은 손녀의 어깨를 감싸며 다독여 주었다.

"고마운 사람이로구나. 도움을 주지 못해 미안해하는 사람 역시 의인이다. 요즘 세상에는 그런 의인조차 드물지."

2

다각다각……!

짐도 별로 싣지 않은 마차가 빠른 속도로 성도에서 멀어지고 있었다.

위지한은 딱딱하게 굳은 표정으로 연신 나귀를 채찍질했다. 이미 날이 저물어 길이 잘 보이지 않을 만큼 어두워졌지만 그는 쉬어갈 생각을 하지 않았다.

위지불급이 다소 가라앉은 어조로 물었다.

"당숙, 벙어리 소녀를 대신해 동전을 조금 주워주었을 뿐인데 그것이 이렇듯 큰 잘못입니까?"

"문제는 벙어리 소녀가 아니라 장님 노인이다."

"노인이 저를 직접 볼 수 없기에 나선 것입니다."

"물론 너도 그만한 생각을 하고 벙어리 소녀를 도우려 한 것이겠지. 하지만 이 사소한 사건으로 인해 네가 공대선생의 뇌리에 기억될 수 있다. 그것은 결코 바람직하지 않다."

위지불급은 당숙의 지나친 노파심에 조금 짜증이 났다.

"그들 조손을 다시 만날 일도 없거니와 다시 만난다 해도 그저 지나칠 사이입니다."

"공대선생은 단순한 재담꾼이 아니다. 비록 맹인이라 해도 세상을 꿰뚫는 통찰력을 지닌 사람이다. 열흘 밤의 공포로 불리는 연쇄 살인 사건에 대한 분석은 정말 대단했다. 게다가 십야혈루등이라는 호칭은 작품과도 같은 작명이었다."

위지불급은 요염한 몸매의 면사여인을 떠올리며 화제를 조금 바꾸었다.

"전 오히려 면사여인의 신분을 대번에 알아낸 안목이 놀라웠습니다. 공대선생이 여인을 백리 소저로 호칭하고서야 그녀가 백리태보의 사람임을 알았으니까요."

"그래, 그녀는 분명 혈향요희다."

위지불급은 다소 낙담한 모습으로 죽엽청을 한 모금 들이켰다.

"이제 기루 탐방은 물 건너갔으니… 이번 출타에서 유일한 소득이라면 팔대가문에 속한 그녀를 직접 본 것이라 하겠군요. 이름이 아마… 백리빙인가요?"

그러했다. 면사여인은 현 무림계에서 가장 강력한 영향력을 발휘하는 팔대가문(八大家門) 중 하나인 백리태보의 일족이었던 것이다.

혈향요희(血香妖姬) 백리빙(百里氷).

그녀는 백리태보 가주의 금지옥엽으로 독랄한 손속과 냉혹한 심성으로 유명하다. 평판이 별반 좋지 않은 강호의 풍문을 감안한다면 그녀가 직접 나서 재담꾼 조손을 도와준 것이

오히려 의아할 정도였다.

위지한은 작은 부락으로 이어진 오솔길로 마차를 몰았다.

"불급아, 사실 당숙은 네가 벙어리 소녀를 위해 돈을 주워 준 것을 문제 삼으려는 것이 아니다. 만일 내가 제지하지 않았다면 넌 그들 조손을 도와주기 위해 나섰을 것이 아니더냐? 싸움이 벌어지면 네가 무공으로 저들을 제압할 수밖에 없는데 자칫 너의 존재가 강호에 공개될 수 있다. 이는 가문의 규범을 거역하는 중대한 사건이다. 난 그것이 우려돼 서둘러 성도를 떠나온 것이다."

위지불급도 자신의 과오를 잘 알기에 자조적인 미소를 머금었다.

"제 잘못을 인정합니다. 한데 계집애 눈이 왜 그렇게 슬펐을까요? 그 애의 눈을 접하는 순간 도와주지 않고는 배길 수가 없었습니다."

"그건 네가 다정하기 때문이지. 노가주님도 그것을 우려하셨다."

"제가 다정하다고요?"

"그래. 설화가 떠나는 날 너는 배웅을 나오지 않았다. 노가님께서 그 얘기를 듣고 널 다정한 녀석이라 평하셨다고 들었다."

위지불급은 기억하고 싶지 않은 설화와의 이별을 떠올렸다.

"정말 다정한 녀석이라면… 배웅을 나갔어야 했습니다."

"아니다. 너는 떠나가는 설화의 모습을 차마 볼 수가 없기에 배웅을 나오지 않았다. 그것이 노가주님의 해석이었다."

"훗, 술에 너무 취해 일어나지 못해서 그랬을 뿐인데 할아버님께서 너무 깊이 헤아리셨군요."

위지불급이 애써 부인하자 위지한이 의미심장한 미소를 지었다.

"그래, 노가주님의 지혜가 너무 깊다는 게 문제지."

3

금밀서고(禁密書庫).

위지세가의 모든 서고는 개방돼 있지만 금밀서고만은 노가주와 현 가주인 위지명만 출입할 수 있다. 금밀서고에는 누대로 가주에게만 전해지는 지침과 가보가 보관돼 있기에 출입이 제한된 것으로 알려져 있다.

금밀서고의 외벽은 여느 서고처럼 대나무로 둘러져 있지만 내부는 단단한 돌로 조성돼 아주 견고하다. 또한 겹겹이 기관장치가 되어 있어 출입법을 알지 못하는 한 절대 침투할 수 없다.

이렇듯 견고한 금밀서고이지만 위지명은 매일같이 서고 주변을 둘러보며 훼손된 부분은 없는지 살펴보는 게 일과가 되었다.

금일도 저녁 식사를 마친 위지명은 산책 삼아 금밀서고를 둘러보았다.

교묘하게 엮어진 대나무 지붕이며 대나무 외벽은 오랜 풍상에 약간 변색이 되었을 뿐 아무런 이상이 없었다. 이는 당연한 일이며 만일 이상한 징후가 발견된다면 그것은 천지개벽과 같은 충격이리라.

'향후 이 년… 참으로 기나긴 인고의 세월이었다. 공교롭게도 불급이가 관례를 올리는 해에 우리 가문이 비로소 현판을 내걸 수 있게 된다.'

위지명은 가슴 설레는 기대에 젖으며 걸음을 옮겼다.

비밀 장원은 드문드문 석등이 밝혀져 있어 짙은 어둠 속에서도 그럭저럭 길을 찾아 걸을 수 있다.

이때 하나의 유등이 위지명 쪽으로 다가섰다. 유등을 밝혀든 사람은 큰딸 위지예금이었다. 그녀는 한쪽 손에 대나무 바구니를 들고 있었다.

위지예금이 걸음을 멈추고 예를 표했다.

"산책 중이세요?"

"음, 그래."

위지명은 딸이 들고 있는 대바구니로 시선을 내렸다.

"또 문현이 저녁을 가져다주는 것이냐?"

"어쩌겠어요? 한번 서고에 들어가면 먹지도 않고 몇 날 며칠 동안 공부에만 매진하고 있어 정말 걱정입니다. 학업도 좋지만 건강도 생각해야 하는데……."

"허어, 아비가 그렇게 일렀는데도 고집을 부린단 말이냐?"

"문현이 말로는 서책을 읽다 보면 시간 가는 줄 모른다고 합니다."

위지명은 어둠 저편에서 조용히 잠들어 있는 서고들을 둘러보았다.

"문현이는 웬만한 시험은 수료를 했는데 왜 그렇게 학업에 매진하는 것이냐?"

"승부욕 때문인 듯합니다."

"누구와?"

"제 형인 불급이와 경합을 벌이는 것으로 알고 있습니다."

위지명은 잠시 기억을 더듬다가 고개를 끄덕였다.

"알겠다. 지난 중양절 시험 때 노가주께서 내린 판정 때문이로구나."

"그렇습니다. 우리 가문 최고의 기재로 인정을 받아온 문현이로서는 상당한 충격이었나 봅니다."

"쯧쯧, 못난 녀석. 어찌 모든 방면에서 제 형을 이기려 드는 것이냐?"

위지명이 한심스러운 듯 혀를 차자 위지예금이 조심스럽게 물었다.

"아버님, 불급이가 정말 정신적인 무예라는 무도에 입문한 것입니까?"

"그건 사실이다만 문현이가 부러워할 단계는 아니다. 불급이는 무도에 입문할 수 있는 수많은 과정 중 하나를 밟고 있을 뿐이다. 무도는 교외별전(敎外別傳)과 같아 한 권의 비급도 남겨진 것이 없다. 하기에 무도에 이르는 방법은 스스로 찾아내야만 하지. 무림사 이래 수많은 사람이 입문 과정에서 스스로 좌절하고 말았다. 불급이도 그런 과정을 밟고 있을 때 뭐가 부럽다고 경쟁을 한단 말이냐?"

위지명은 석등의 심지를 살펴보고는 다음 석등으로 걸음을 옮겼다.

"오늘까지만 가져다주고 앞으로는 이런 수고를 하지 마라. 문현이도 이제 청년의 나이다. 언제까지 아이처럼 녀석을 돌봐주려는 것이냐?"

"알겠습니다, 아버님."

위지예금은 위지명이 비밀 장원을 나설 때까지 지켜보다가 서고 사이로 걸음을 옮겼다.

푸른색 대나무 기와.

이 서고는 칠백 권의 악보와 수십 종의 악기가 비치돼 있는 악고(樂庫)다. 은은한 유등이 악고의 선반 사이에서 은은한 빛을 발하고 있다.

"문현아, 나야."

위지예금은 악보가 꽂힌 서가를 지나 악기를 진열해 놓는 공간으로 들어섰다. 한데 유등만 달랑 걸려 있을 뿐 위지문현은 보이지 않았다.

위지문현은 수시로 서고를 옮겨 다니며 다양한 서책을 접하기에 낮에는 어디에 있는지 파악하기가 쉽지 않다.

그나마 저녁때는 유등의 불빛이 흘러나오는 서고에 있음을 알 수 있기에 악고를 찾아온 것인데 뜻밖에도 위지문현이 보이지 않은 것이다.

"응, 유등을 놔두고 어디 갔지?"

위지예금은 동생이 보이지 않자 주변으로 유등을 비추며 나직이 불렀다.

"문현! 문현아! 어디 있는 거니?"

그녀는 유등을 앞세우고 악보가 빽빽하게 꽂힌 사이로 들어섰다.

한데 이때였다. 등 뒤로 다가선 누군가 그녀의 입을 틀어막으며 유등을 빼앗아 들었다.

"……?"

위지예금은 일순 전신의 피가 싸늘하게 식는 충격에 사로잡혔다. 자신이 죽을 수 있다는 두려움 때문이 아니었다. 삼중 경계를 펼치고 있는 위지세가가 누군가에 의해 침투당했다는 사실이 더 두려웠던 것이다.

"하하핫!"

나직한 웃음과 함께 위지예금의 입을 틀어막은 소맷자락

이 풀렸다. 유등을 든 채 짓궂은 웃음을 짓고 있는 사람은 다름 아닌 위지문현이었다.

위지예금은 놀란 가슴을 가라앉히고는 동생을 나무랐다.

"이 녀석, 무슨 장난이 그리 심해?"

"많이 놀랐소?"

"그래. 네게 변이 생겼다는 생각에 더 놀랐다."

"하하, 미안하오."

위지문현은 누이와 함께 악기가 진열돼 있는 공간으로 나왔다.

위지예금은 동생의 이마에 송골송골 맺혀 있는 땀방울을 보고는 의아한 표정으로 물었다.

"웬 땀을 흘리는 거냐? 봄날이라 해도 저녁 무렵은 아직 쌀쌀한데."

"아, 졸음이 쏟아지기에 잠을 좀 깨려고 권법을 조금 수련했소. 제대로 먹지 못해서 그런지 땀이 조금 났소."

그는 누이가 가져온 대바구니의 천을 열어보고는 환한 표정을 지었다.

"와아, 만두로군. 내가 가장 좋아하는 음식이지."

위지문현은 양손에 만두를 쥐고는 허겁지겁 먹었다.

"천천히 먹어. 체하겠다."

위지예금은 차를 한 잔 가득 따라 동생에게 건넸다.

위지문현은 만두 네 개를 순식간에 먹어치우고는 차를 마셨다.

"끅, 이제 조금 살 것 같군."

급한 허기를 메운 위지문현은 느긋하게 만두를 뜯어 먹었다.

위지예금은 악기에 쌓인 먼지를 닦으며 물었다.

"앞으로 식사 배달은 없어."

"아버님의 지시요?"

"그래."

"이래서 둘째는 서럽다니까. 만일 형이 나처럼 서고에 파묻혀 공부를 하고 있다면 매 끼니마다 식사를 가져다 두라고 엄명을 내리셨을 거요."

"네가 지어준 별명대로 베짱이가 그랬다면 당연히 그리 말씀하셨겠지. 하지만 넌 이미 학업을 충분히 익혔잖아? 이제는 세상으로 나가 경험을 쌓아야 할 상황인데 네가 서고에만 틀어박혀 있으니 아버님께서 널 위해 내리신 조치야."

위지문현은 여전히 고집을 부렸다.

"무도에 대한 해답을 찾기 전에는 나가지 않을 것이오."

"문현아, 교외별전을 어떻게 서책에서 찾으려 하는 거냐? 그것은 정말 아둔한 생각이야."

"누님, 아무렴 내가 한갓 글귀에서 무도의 해답을 찾으려 했겠소?"

"그럼……?"

"무도는 음률을 통해서도 입문할 수 있고, 시문을 통해서도 입문할 수 있으며, 의술에 대한 탐구를 통해서도 접근할 수 있소. 내가 원하는 것은 무도마저 제압할 수 있는 새로운 깨달음이오. 아니면 무도로도 격파할 수 없는 초극의 경지에 오르는 것이오."

위지예금은 다섯 살이나 어린 동생이 자신의 의식보다 훨씬 높다는 사실에 기특하면서도 약간의 시샘을 느꼈다.

"의지는 좋다만 욕심이 지나치면 안 돼. 할아버님께서 늘 경계하시는 게 마(魔)잖아? 과욕은 화근이란다. 설사 그것이 배움이라 해도 말이야."

그녀는 동생의 손을 쥐고는 손바닥을 스윽 훑었다.

"……?"

위지문현이 의아한 표정을 짓자 위지예금은 가볍게 아미를 찌푸렸다.

"악기에 흙 묻은 손자국이 남아 있던데 네 손에도 흙이 조금 묻어 있구나? 어찌 된 일이냐?"

"아까 얘기하지 않았소? 권법 수련을 조금 과격하게 했나 보오. 서고 안에도 석판을 깔아두었으면 좋았을 텐데."

"악기는 나무와 금속으로 탄생된 또 하나의 생명이야. 악기를 다룰 때에는 항상 손을 정갈하게 해야 돼."

"명심하겠소, 누님."

위지문현이 아주 정중하게 예를 표하자 위지예금은 피식

실소를 지었다.

"이제 음식 배달은 없으니 배고프면 나와야 돼."

"모르겠소. 버러지나 쥐를 잡아먹는 한이 있더라도 보다 오래 머물 것이오."

"에그머니나!"

위지예금은 귀를 틀어막으며 악고 밖으로 달려갔다. 그녀가 아무리 현명한 여인이라 해도 쥐와 버러지를 싫어하기는 여느 여인과 다를 바 없었다.

"하하핫!"

위지문현은 유쾌한 웃음을 터뜨리고는 차를 마셔 갈증을 씻었다.

그는 환기창을 통해 누이가 비밀 장원을 나서는 모습을 확인하고는 가볍게 입술을 깨물었다. 그는 소매로 땀을 닦고 손에 묻은 흙먼지를 털어냈다.

"관찰력이 너무 뛰어난 것도 문제야."

가늘게 떠진 그의 두 눈에서 예리한 광채가 뿜어져 나왔다.

다소 붉은 빛을 띤 안광. 그것은 위지세가 사람들은 절대 지닐 수 없는 마안(魔眼)이었던 것이다.

4

사천성 사람들은 봄비가 촉촉하게 내린 후 죽순을 따는 사,

오월이 가장 바쁘다.

위지세가의 사람들도 봄에는 죽순을 따기 위해 외곽 경계 넘어서까지 출타하는 경우가 많다. 아직 십오 세에 이르지 못한 아이들은 외곽 경계를 벗어날 수 없기에 경계 지역 내에서 죽순을 따야 한다.

이때는 죽세공품을 제작하는 공방이 쉴 때가 많아 비교적 한가하다. 그래도 가끔 찾아오는 상인들이 있기에 이들을 상대하기 위해 누군가 공방을 지켜야 한다.

위지불급은 죽순을 따는 수고보다는 공방을 지키는 일이 편하다 싶어 자형인 연남건을 꼬드겨 함께 공방에 머물렀다.

위지불급은 대나무 의자에 길게 기대 누워 천천히 부채를 부치고 있었다.

그도 이제는 나이가 들어 대나무 숲에서 혼자 낮잠을 즐기기가 낯 뜨거웠다.

자신에 대해 커다란 기대를 품고 있는 조부를 위해서라도 조금은 가문의 일에 충실할 필요가 있었다. 크게 하는 일은 없지만 그래도 공방을 지키는 일도 임무 수행이기에 체면치레일 수 있었던 것이다.

연남건은 작업 칼로 대나무를 쪼개 죽세공품을 제작하는 데 쓰이는 대오리를 만들고 있었다. 그는 위지세가 사람들보다 더 위지세가를 위해 노력하기에 지켜보는 위지불급이 오히려 미안할 정도였다.

위지불급은 몸을 일으켜 앉으며 연남건을 만류했다.

"형님, 적당히 좀 하시오. 지나친 혹사도 자신의 몸에 대한 모독이오. 부모로부터 받은 신체를 훼손하지 않고 소중히 함도 효도의 시작이라 하지 않았소?"

"하하, 베짱이 처남은 이럴 때는 성현의 말씀을 인용하는군."

"경전이야 이럴 때 쓰려고 읽은 것 아니겠소?"

위지불급은 선반 위에서 바둑판과 바둑돌을 끄집어냈다.

"형님과 저는 오지도 않는 손님을 위해 공방만 지키면 되오. 작업은 나중에 합시다."

그가 탁자 위에 바둑판을 내려놓자 연남건도 작업대에서 일어서며 댓개비를 털어냈다.

"그럼 한 수 둘까?"

"그냥 두면 심심하니 주방에서 술과 안주를 재주껏 훔쳐오기로 합시다."

"공방에서는 술을 못 마시게 돼 있는데……."

"아버님이 잠시 출타 중이신데 무슨 상관이오? 소제가 명색이 소가주가 아니오? 형님은 아무 걱정 마시오."

위지불급은 흑백의 바둑돌을 바둑판 위에 올려놓았다.

세상에서 단색 바둑을 둘 수 있는 사람은 위지세가 일족뿐이지만 위지불급은 유일하게 흑백 바둑을 고집했다. 그가 어릴 적 노가주의 미움을 산 이유가 오랜 훈련에도 불구하고 단색 바둑을 두지 못한 데 있었다.

연남건은 흑색 바둑돌을 보며 신기한 표정을 지었다.

"검은 바둑돌은 오랜만에 보는구먼."

"형님도 단색 바둑을 둘 줄 아시오?"

"자네 누이한테 조금 배우기는 했네만 단색 바둑은 내게 무리야. 십여 수만 넘어가면 머리가 터질 지경일세."

"사실 단색 바둑은 끔찍한 두뇌 훈련이오. 바둑을 두는 것만으로도 골치가 아픈데 상대의 돌까지 기억해야 하니 얼마나 고통스럽겠소?"

연남건은 위지세가 사람들의 놀라운 기력을 감안해 자신이 검은 돌을 쥐었다.

"이래서 베짱이 처남이 편하다니까. 처가에서 유일하게 사람 냄새가 나니 말일세."

"그럼 다른 일족은 사람이 아니란 말이오?"

"하하, 사람은 사람이네만… 재주와 기억력이 거의 귀신에 가깝다고 할 수 있지."

연남건이 먼저 착수를 하면서 바둑이 시작되었다.

그는 위지세가에 데릴사위로 들어오기 전에는 적수가 없을 만큼 뛰어난 기력의 소유자였지만, 위지세가에 들어와서는 일곱 살짜리 아이도 이기기 힘들었다.

딱… 딱딱……!

흑백의 바둑돌은 비교적 잘 어울렸다.

위지불급의 기력은 위지세가 내에서 가장 낮기에 그나마 연남건이 상대할 수 있는 수준이었다.

연남건은 미지근하게 식은 차를 가져와 찻잔에 따랐다.

"참, 어쩐 일로 장인어른께서 몸소 출타를 하신 거지? 혹시 처남은 알고 있나?"

"아버님은 아무런 말씀도 남기시지 않았지만 충분히 짐작은 할 수 있소."

위지불급은 차를 한 모금 마시고는 나른한 미소를 지었다.

"당금 천하의 최대 사건은 십야혈루등이오. 지금은 십야혈루등으로 이름이 정해졌지만 원소절에 출타했을 당시에는 열흘 밤의 공포였소. 그것을 공대선생이라는 재담꾼이 십야혈루등으로 이름을 붙였소."

"나도 그 얘기는 들었네."

"당시 공대선생은 십야혈루등이 두 달에 한 번 출현한다고 하였소. 과연 십야혈루등은 정월에 호남성에서 밝혀졌고, 지난 삼월에는 안휘성에서 출현해 연쇄 살인 사건을 저질렀소. 그렇다면 다음 일정은 언제가 되겠소?"

연남건의 표정이 신중해졌다.

"오월… 지금이 아닌가?"

"아버님은 할아버님의 환우를 돌봐야 하기에 멀리 출타하실 수 없소. 아버님은 아마도 십야혈루등이 사천성이나 호북성에 출현할 것으로 예상하신 것 같소. 그래서 출타하셨을 것이오."

"장인어른의 예상이 맞아도 걱정일세. 십야혈루등주는 당대 최고의 살인마가 아닌가? 붉은 등불 아래 죽은 절정급 고수만도 십수 명이 넘었다고 들었네. 장인어른께서 어떻게 십야혈루등주와 대적할 수 있겠는가?"

위지불급은 몇 점의 사석을 걷어냈다.

"싸움은 반드시 무공에 의해 결판나는 것이 아니오. 게다가 명예를 탐하는 팔대가문의 무사들이 눈에 불을 켜고 십야혈루등주를 뒤쫓고 있으니 아버님은 계책을 세워 십야혈루등주의 퇴로만 차단하면 될 것이오."

연남건은 비로소 안도하며 고개를 끄덕였다.

"하기는, 장인어른께서 마음만 먹는다면 하늘이라도 가두지 못하겠는가?"

한데 이때였다. 공방 구석에 달린 구리 방울이 일정한 간격을 두고 세 번 울렸다.

딸랑딸랑……!

구리 방울을 울리는 실은 질긴 천잠사로 위지세가의 담장 밖까지 이어져 있다. 위지세가는 문중회 장로들이 은밀하게 주변을 순찰하고 있는데 누군가의 접근이 파악되면 구리 방울을 울려 대비를 지시한다.

위지불급은 세 번의 방울 소리만으로 방문객을 대략 짐작할 수 있었다.

'상인은 아니다. 방문객은 한 명이지만 주의를 요하라는 지시야. 그렇다면 강호인일 가능성이 높겠군.'

연남건은 얼른 바둑판을 치우고 작업복을 걸쳐 입었다.

위지불급은 서첩을 들고 죽세공품을 점검하는 체했다.

"잠시 봉수하는 것으로 합시다. 모든 수순을 기억하고 있으니 소제를 속일 생각은 마시오."

연남건은 대오리를 무릎 위에 올려놓고 바구니를 짰다.

"바둑보다는 장기로 승부를 내세. 내가 그래도 장기 실력은 제법일세."

위지불급은 빠르게 공방을 둘러보며 방문객의 의심을 살 수 있는 부분이 있는지 세심하게 점검했다.

"그럼 바둑 내기에서는 형님이 패배를 시인한 것으로 알겠소. 수고스럽지만 술 한 병을 준비하셔야겠소."

연남건은 입맛을 쩍 다셨다.

"알겠네. 대신 장기에서 진 사람은 두 병일세."

"좋으실 대로."

위지불급은 갈퀴를 손에 쥐고 바닥에 흩어져 있는 댓개비를 긁어모았다.

이때 묘한 충동을 일으키는 향기와 더불어 섬세한 인영이 공방 안으로 들어섰다.

"어, 사람이 있네? 너무 조용해서 흉가인 줄 알았는데 말이야."

위지불급은 갈퀴질을 멈추며 방문객을 향해 돌아섰다.

"어떻게… 오셨소?"

그는 찰나지간 놀라움을 금치 못했지만 태연한 기색을 유지했다. 방문객은 뜻밖에도 그와 면식이 있는 여인이었다. 바로 성도의 주루에서 만난 적이 있는 백리태보의 일족이었던 것이다.

혈향요희 백리빙!

실로 예기치 못한 방문이 아닐 수 없었다.

第七章 요녀의 향기

1

풍만한 젖가슴을 가린 짧은 상의와 허벅지가 훤히 드러날 정도의 짧은 치마, 그리고 발목까지 올라온 가죽신.

백리빙은 어깨 뒤로 붉은 바람막이를 늘어뜨렸지만 손만 대면 터질 것 같은 농염한 여체를 여실히 드러내고 있었다. 지금은 여우 모자와 목도리를 하고 있지 않아 몸을 드러낸 부분이 더 많아 보였다.

그녀는 여전히 면사로 얼굴을 가리고 있었다.

위지불급은 비록 그녀의 진면목을 본 적이 없지만 육감적인 몸매를 한껏 뽐내는 독특한 복장만으로 그녀가 백리빙임을 대번에 확신할 수 있었다.

백리빙은 사르르 눈웃음을 치며 위지불급을 훑어보았다.

"동생, 우리 언제 만난 적 있어?"

위지불급은 한순간에 수십 가지를 동시에 생각하고는 사실대로 말했다.

"그렇소. 백리 소저는 소생을 기억하지 못하겠지만 소생은 소저를 똑똑히 기억하오."

백리빙은 의외라는 듯 고운 아미를 살짝 치켜 올렸다.

"그래? 어디서 만났을까?"

"성도였소. 원소절 즈음으로 기억되오. 주루에서 공대선생의 이야기를 듣던 중 약간의 사고가 발생했소. 당시 소저께서 의협심을 발휘해 공대선생과 손녀를 구해준 광경을 보게 되었소."

"아하, 십야혈루등!"

백리빙은 가볍게 손뼉을 마주치고는 요사한 웃음을 터뜨렸다.

"호호호, 맞아. 이제 기억이 나는군. 흑사강의 쓰레기들이 날뛰기에 손을 봐준 적이 있지."

"아무도 나서지 못했는데 소저께서 불한당을 멋지게 거꾸러뜨렸소. 정말 잊지 못할 볼거리였소."

"동생, 솔직히 말해 난 협녀가 아니야. 그렇다고 악녀도 아니지. 나와 대적하지 않으면 아무런 문제도 없지만 행여 맞서게 되면 구파일방의 원로라도 용서치 않아. 흑사강의 멀쩡한 순찰조장이란 놈도 달아났으면 죽지 않았을 거야."

듣기에는 섬뜩한 내용이었지만 음성이 워낙 교태로워 전혀 두려운 생각이 들지 않았다.

위지불급은 그녀의 호칭이 거슬려 한마디 내뱉었다.

"소생의 이름은 동생이 아니라 이랑이오."

"성은?"

"유(劉)요."

"흠, 그럼 유이랑?"

백리빙은 작업대에서 대오리를 다듬고 있는 연남건을 돌아보았다.

"이봐요, 당신 이름은 뭐죠?"

연남건은 거의 반라와 다름없는 백리빙을 차마 직시할 수가 없어 그녀의 종아리만 바라보았다.

"소… 소인은 연남건입니다."

"왜 성이 다르지? 한 집안 사람이 아니었나?"

"소인은 이 집안의 사위입니다."

"아, 그래요?"

백리빙은 천천히 걸음을 옮기며 선반에 진열된 죽세공품을 감상했다. 촘촘하게 짜여진 공예품을 하나 집어 든 그녀가 가볍게 고개를 끄덕였다.

"흐음, 역시 같은 물건이로군."

백리빙은 공예품을 손에 쥐고 접대용 의자에 걸터앉았다.

"역시 제대로 찾아왔어."

그녀는 치마가 워낙 짧아 다리를 꼬고 앉자 붉은 속곳이 은밀하게 내비쳐 보였다. 연남건은 입을 딱 벌리다가 손으로 눈을 가리며 고개를 돌렸지만, 위지불급은 그녀의 매끄러운 허벅지를 한껏 감상하고는 천천히 입을 열었다.

"우리 공방에서 제작한 죽세공품을 보신 적이 있나 보구려? 자랑은 아니지만 몇 분 수집가가 직접 우리 공방을 찾아온 적이 있소."

"그럴 거야. 내 아버님께서 극찬할 정도면 당대의 명품이라 할 수 있지. 그런 명품이 이런 초라한 촌구석에서 생산됐다는 것이 놀라울 정도이지만."

백리빙은 공예품을 대나무 탁자 위에 내려놓았다.

이때 연남건이 갓 끓인 차를 내왔다.

"먼 길을 오시느라 고생이 많으셨습니다. 차라도 한 잔 드십시오."

"고마워요."

백리빙이 생긋 눈웃음을 지어 보이자 붉게 상기된 연남건은 어쩔 줄을 몰라 했다.

위지불급은 면사 뒤에 숨겨진 그녀의 얼굴을 상상하며 물었다.

"성도 주루에서 소저가 떠난 후 비로소 소저의 놀라운 신분을 알게 되었소. 천하팔대가문 중 하나인 백리태보의 공녀라 들었소. 우리 집안이 강호와는 무관하지만 사천 땅에서 발 붙이고 살다 보니 백리태보에 대해 조금은 아는 편이오."

"어째 입바른 아부가 아니라 조롱처럼 들리네?"

"섭섭하오. 소생은 성심을 다해 소저를 손님으로 맞이하고 있는 중이오."

백리빙은 차를 한 모금 마시고는 싸늘한 눈웃음을 흘렸다.

"하지만 나를 대하는 태도가 너무 뻣뻣해. 말투도 조금 건방지고 말이야."

"소저, 비록 하찮은 공방이지만 소생도 이 집안의 작은 주인이오. 나름대로 자부심은 있는 사람이오."

"호오, 그렇다면 소가주로 불러주어야겠군?"

백리빙은 공방의 선반을 이리저리 둘러보았다.

"죽세공품 외에 이곳 종이 작방에서 생산된 국화지도 있을 텐데?"

연남건이 선반 위에서 돌돌 말린 두루마리를 몇 개 가져왔다.

"이것이 저희 종이 작방에서 제조한 종이입니다."

백리빙은 두루마리를 펼쳐 지질 상태를 세심하게 검토했다. 그녀는 다섯 개의 두루마리를 모두 검토하고는 물품을 주문했다.

"좋아. 죽세공품과 국화지 모두가 마음에 드니 특별 주문을 하겠어. 한 수레분의 죽세공품과 국화지를 우리 백리태보로 배달해 줘.”

“소저, 그런 거래는 상인들과의 약속 위반이오.”

“우리 가문의 지시야!”

백리빙은 허리춤에 찬 비단 주머니를 탁자 위에 내려놓았다.

“전액 선금으로 하겠어.”

비단 주머니를 열어본 위지불급은 놀란 표정으로 눈을 동그랗게 떴다.

비단 주머니 안에는 중경전장에서 발급한 은표 십여 장 외에도 스무 냥에 달하는 금덩이가 들어 있었다. 은자로 환산할 경우 칠백 냥에 달하는 거액이었다.

“이건… 지나치게 많소.”

“받아둬. 좋은 물건은 후한 값을 치르고 구입해야 훨씬 가치가 있다는 게 내 아버님의 지론이야. 내가 상단에 부탁하지 않고 직접 찾아온 것도 명품을 알아보신 아버님의 지시 때문이었어. 이런 명품을 구입하면서 아랫것들을 보낸다는 것은 장인에 대한 예우가 아니라고 하셨지.”

위지불급이 의아한 눈빛을 지으며 물었다.

“백리태보가 정말 무림세가 중 하나요?”

“물론이지.”

“한데 무림고수께서 병기도 아닌 한갓 죽세공품과 국화지를 그렇듯 우대하신단 말이오?”

"물건이 아니라 그런 명품을 제작하는 명인을 우대하는 것이지. 물건을 배달할 땐 명인이 직접 방문해야 돼. 이 또한 아버님의 지시야."

위지불급은 비단 주머니를 매만지면서 호의적인 미소를 지었다.

"지금은 아버님께서 출타 중이시라 바로 답변하기가 어렵소. 하지만 잘 말씀드리면……."

"유이랑, 내 말을 못 알아듣는구나? 난 부탁을 하러 온 것이 아니야."

자리에서 일어선 백리빙이 위지불급 앞에 얼굴을 바싹 들이댔다.

"이건 명령이야. 사천제일 백리태보의 가주이신 천왜필왕(天矮筆王)의 지엄한 명령이라고. 알겠어?"

비록 면사를 사이에 두고 있었지만 그녀의 숨결이 고스란히 전해졌다.

위지불급은 그녀의 눈을 물끄러미 응시하며 물었다.

"소저는 왜 아름다운 용모를 가리고 사는 거요?"

칭찬에 약한 게 여인이며 특히 자신의 용모에 대한 찬사에는 대다수의 여인들이 마음이 약해진다. 강호에서 독랄한 요녀로 불리는 혈향요희도 예외일 수는 없었다.

백리빙의 눈웃음이 잔물결처럼 일렁인다.

"왜 내가 아름답다고 생각하는 거지?"

"밉다는 생각이 전혀 들지 않기 때문이오."

"밉지 않다고 모두 아름다운 건 아니야."

"아름답지 않다고 모두 밉다고 단정할 수는 없소."

"……."

"아름다움과 추함은 지극히 주관적인 판단이오. 누구는 단풍을 대하고 종말을 연상하며 누구는 지극한 아름다움에 매료되오. 누구도 미추(美醜)를 장담할 수 없소. 그저 개인의 느낌일 뿐이오."

위지세가의 독특한 대화법은 고도의 지적 능력과 정신적인 사고를 요구한다.

백리빙은 두 마디를 응수했지만 위지불급의 심오한 수사(修辭)에 그만 말문이 막히고 말았다.

그녀의 부친은 문무겸전으로 무림계에서는 무공과 더불어 현자로서 명성이 높으며 예술적인 안목까지 지녔다. 하기에 그녀도 나름대로 학식에 대한 자부심이 높았는데 위지불급과는 대등한 대화를 유지할 수가 없었다.

"훗, 이런 산골에 용이 숨어 있을 줄이야."

의자에서 일어선 백리빙은 탁자를 돌아 위지불급 옆으로 다가섰다.

"대체 이곳은 뭐야?"

"청풍공방이오. 죽세공품과 더불어 국화지 작방도 겸하고 있소."

"내 생각에는 그런 단순한 공방이 아니야. 이랑 너의 대담함과 학식은 강호의 영웅에 못지않아. 대체 넌 누구지?"

"얘기하지 않았소? 난 유이랑이며 청풍공방의 소가주요."

백리빙은 대담하게 그의 무릎 위에 걸터앉았다.

"소저……?"

위지불급은 그녀를 밀쳐 내려 했지만 그녀는 하얀 팔을 뻗어 뱀처럼 그의 목까지 휘감았다. 두 남녀의 간격이 한 뼘에 불과해 서로의 숨소리와 심장의 고동 소리까지 느낄 수 있을 정도였다.

백리빙은 그의 손을 이끌어 자신의 풍만한 젖가슴 위에 얹었다.

"넌 내게 진짜 이름을 말하지 않았어. 네 이름 이랑(二郎)은 두 번째 아들이라는 의미야. 한데 네가 스스로 소가주임을 밝혔으니 네 손위 형제는 사내가 아니라 계집이 분명해. 여기까지는 맞지?"

백리태보의 공녀답게 그녀의 지혜 또한 녹록치 않았다. 그녀의 과다한 노출은 어쩌면 상대의 선입견을 흐리게 만들려는 의도일 수 있었다.

위지불급은 그녀의 젖가슴을 움켜쥐고 있었지만 함부로 만질 수도 없었고, 그렇다고 마음대로 손을 뗄 수도 없었다. 절로 눈웃음을 치는 그녀의 실눈에는 사람을 죽이고도 눈 하나 깜짝하지 않을 잔혹성이 담겨 있었던 것이다.

위지불급은 다소 난처한 표정을 지었다.

"백리 소저, 남녀가 유별한데 무슨 망동이오? 이건 예의가 아니오. 자형이 지켜보고 있소."

"답변부터 해!"

백리빙은 긴 손톱으로 위지불급의 미간서부터 콧등까지 그어 내렸다.

위지불급은 지풍 한줄기로 흑사강 순찰조장의 머리를 구멍 낸 그녀의 섬뜩한 손속을 떠올리며 바싹 긴장했다.

"누이의 이름은 일예(一藝). 소생의 이름은 이랑, 동생의 이름은 삼문(三文)이오. 그리고 우리 집안의 조상은 먼 옛날 후한을 세우신 황제의 후손이오."

유(劉)씨의 후한(後漢)은 오대십국시대의 단명 왕조를 말함이며, 광무제에 의해 건국된 나라는 이 후한과 구분하기 위해 동한(東漢)으로 불린다.

후한 왕조는 불과 이대 사년에 끝났기에 왕조라고도 할 수 없지만 개봉에 황성을 둔 황제국으로 기록되었기에 무시할 수는 없다.

위지불급은 그녀의 예리한 눈빛을 마주 응시한 채 답변을 계속했다.

"소저께서 무슨 근거로 소생의 이름과 성을 가짜라 확신하는지 모르겠소. 하지만 숫자로 이름을 짓는 것은 우리 집안과 마을의 풍습이며 소생은 몰락한 황족의 후손이오. 유감스럽지만 소저의 추측은 하나도 맞지 않소.”

백리빙은 그의 미세한 동요도 놓치지 않으려는 듯 그의 얼굴에서 시선을 떼지 않았다.

“내 앞에서 거짓말하는 놈들은 모두 혀가 잘렸다. 감히 날 속일 수는 없어.”

위지불급은 길게 탄식을 지었다.

“후우, 어쩔 수 없군. 혀가 잘릴 수는 없으니 사실대로 말하겠소.”

“호호, 당연히 그래야지.”

백리빙은 의기양양한 모습으로 간드러진 웃음을 터뜨렸다.

위지불급은 그녀의 젖가슴에 감싸고 있던 손을 떼었다.

“소저가 아름답다는 말은 사실 거짓이오. 소저의 몸에서 나는 암내가 정말 고약하오. 미인은 절대 이런 암내를 풍기지 않소. 게다가 여자가 왜 이렇게 무겁소? 내 무릎뼈가 으스러질 지경이오. 제발 일어나시오.”

실로 지독한 모욕이었다. 백리빙의 풍만한 젖가슴이 세차게 요동쳤다.

“죽고 싶으냐?”

벌떡 일어선 백리빙이 위지불급의 목을 우악스럽게 움켜쥐었다.

“네놈이 죽고 싶어 환장을 했구나? 촌놈치고는 글줄이나 읽었고 사려가 있는 놈이라 생각해 예우해 주었건만 감히 날 싸구려 계집으로 모욕해?"

"소저, 대체 소생이 어찌해야 용서받을 수 있겠소? 거짓을 말하면 혀를 자른다 하고 사실을 말하면 거짓이라 일축하니 무엇을 말해야 할지 모르겠소."

"진실을 말하란 말이야!"

백리빙은 자신의 면사를 홱 잡아뜯었다.

일순 위지불급은 눈앞이 환해지는 느낌이었다. 진면목을 드러낸 백리빙의 용모는 상상 이상이었다.

칠흑 같은 밤에 갑자기 구름이 걷히며 드러난 보름달처럼 얼굴에 빛이 났다. 피부는 잡티 하나 없이 깨끗했으며 도도함이 담겨진 콧날이 유난히 도드라져 보였다.

그녀의 절세적 용모에서 특히 매력적인 부위는 입술이었다. 아랫입술이 살짝 까진 도톰한 입술은 석류 속처럼 붉고 기름을 바른 듯 윤기가 흘렀다. 사내라면 누구라도 목숨을 걸고 훔치고 싶은 그런 입술이었다.

위지불급은 진심으로 찬사를 발했다.

"백리 소저, 소생의 혀가 잘리는 한이 있더라도 거짓말을 해야겠소. 만일 소생이 능력이 있다면 소저를 강제로 겁탈하고 싶은 마음이오."

그의 표정을 통해 자신의 용모에 대한 자부심을 확신한 백리빙은 생긋 미소를 지으며 그의 목을 놓아주었다.

"호호호! 네 언변이 정말 날 즐겁게 만드는구나. 감히 나를 겁탈하겠다고?"

여염집 여인이라면 그런 표현을 지독한 모욕으로 생각하겠지만 그녀는 거친 풍파를 부대끼며 살아온 강호의 여인답게 노골적인 감정을 즐겼다.

그녀는 잔뜩 긴장한 모습으로 움츠리고 있는 연남건을 힐끗 보고는 걸음을 옮겼다.

"내 아버님은 예술적 가치를 아는 분이기에 납품 기한을 정하시지 않아. 하지만 너무 늦지 않았으면 좋겠군."

위지불급은 공방 밖까지 배웅을 나갔다.

"아버님께서 귀환하시는 대로 최대한 일정을 당겨보겠소."

"배달은 동생이 해주었으면 좋겠어."

백리빙의 은근한 권유에 위지불급은 짐짓 무뚝뚝하게 응수했다.

"싫소. 백리태보에 들어가면 소저 때문에 소생의 목숨이 남아나지 않을 것이오."

"호호, 내가 조금 심하게 다뤘다면 사과하지. 우리 가문에는 뛰어난 예술품이 많으니 동생도 안목을 넓힐 수 있는 계기가 될 거야."

"생각해 보겠소."

"이건 권유가 아니야."

"권유가 아니면 이것도 백리태보의 지엄한 명령이오?"

"바보."

백리빙은 매혹적인 눈웃음을 지으며 달콤하게 속삭였다.

"이거 내 개인적인 부탁이야. 사실 내가 이런 부탁을 하기는 난생처음이지."

그녀는 요사한 웃음을 흘리며 훌쩍 뛰어올랐다. 허공에서 공중제비를 돈 그녀는 유연한 경신술을 펼쳐 대나무 숲 너머로 날아갔다.

"처남!"

연남건이 마당을 가로질러 위지불급에게 달려왔다.

"그 불여우는 갔는가?"

"갔소."

연남건이 비로소 안도의 숨을 내쉬었다.

"후우, 십년감수했군. 성깔이 워낙 까다로워 종잡을 수가 없었네. 난 자네가 그 불여우 손에 화를 당하지 않을까 정말 가슴이 조마조마했네."

위지불급은 피식 실소를 지으며 대수롭지 않은 듯 말했다.

"후훗, 오히려 자존심이 높고 똑똑한 체하는 계집이 상대하기가 쉽소. 저런 계집은 말 한마디로 웃기고 울릴 수 있으니 전혀 두렵지 않소."

"그래도 백리빙은 천왜필왕의 딸이 아닌가? 쟁쟁한 백리태보의 공녀라면 무공도 상당할 텐데?"

"소제도 스스로를 지킬 무공은 지녔소."

위지불급은 공방으로 들어서며 넌지시 물었다.

"형님, 처음으로 여자를 대한 느낌이 어떻소?"

"처음이라니? 위지세가의 여자들은 여자가 아니란 말인가?"

"당연하지 않소? 누이와 고모들은 물론이고 우리 가문에 시집온 형수들이나 숙모들 역시 치마를 둘렀을 뿐 여자라고 할 수 없소."

"여자가 아니면……?"

"그냥 사람이오."

"허어, 이거야 원."

연남건이 고개를 설레설레 젓자 위지불급은 백리빙이 남기고 간 비단 주머니를 집어 들었다.

"날개 없는 새는 새가 될 수 없고 향기가 없는 꽃은 꽃이라 할 수 없소. 여인도 마찬가지요. 여인에게 향기가 없다면 어찌 여인이라 할 수 있겠소?"

연남건이 떨떠름한 표정으로 말을 받았다.

"베짱이 처남은 공부는 하지 않고 여인에 대해서만 깊이 연구했나 보군."

"굳이 본능을 숨길 필요는 없소. 형님은 혈향요희의 육감적인 몸매를 보면서 한번 품고 싶다는 생각을 갖지 않았소?"

"그게… 난 그저……."

위지불급은 난처한 표정으로 말을 더듬는 그를 보며 유쾌한 웃음을 터뜨렸다.

"하하하, 이제 보니 형님은 사내가 아니로군요?"

2

노가주가 별채를 나서기는 아주 오랜만의 일이었다.

바퀴 달린 의자를 타고 당도한 노가주는 문중회 원로들의 부축을 받으며 연무장 한쪽에 세워진 그늘막으로 들어섰다.

"쿨럭쿨럭! 모두들… 왔느냐?"

노가주의 물음에 위지명이 공손히 예를 표했다.

"예, 아버님."

"그럼… 시작하자."

노가주는 원로들이 부축을 받아 태사의에 좌정했다. 깡마른 그의 몸은 가벼운 바람에도 쓰러질 듯 위태로워 보였다. 근자에 들어서는 보행마저 힘겹기에 가까운 거리를 가는 데에도 윤거를 타야 했다.

그늘막 안에는 가주 위지명과 문중회 장로 세 명, 그리고 위지불급과 위지문현 형제가 들어서 있었다. 이들 외에도 위지불급 형제의 숙부 항렬에 해당되는 장한들이 죽봉을 든 채 연무장 중앙에 대기해 있었다.

위지불급은 다소 긴장된 분위기에 의아한 눈빛으로 주변

을 살펴보았다.

노가주가 참관하는 시험은 축제와도 같기에 이날은 작업을 중단한 채 모두가 음식을 만들어 먹으며 일족의 경합을 즐긴다. 아이들에게는 약간의 선물도 주어지기에 위지세가의 아이들은 오히려 시험 날을 손꼽아 기다릴 정도였다.

한데 지금의 분위기는 축제의 들뜬 분위기가 전혀 아니었다.

'죽봉을 들고 연무장에 대기해 있는 숙부들의 표정이 사뭇 신중하군. 아버님이나 문중회 어른들의 표정도 마찬가지야.'

그의 판단으로 이 자리는 시험을 위한 자리가 아니었다.

'내가 무슨 잘못을 저질렀나?'

그는 자신의 최근 행동을 되짚어보았지만 가문에 물의를 일으킨 일은 전혀 없었다. 오히려 며칠 전 찾아온 백리태보의 공녀를 침착하게 상대했다며 부친으로부터 모처럼 칭찬을 받기까지 했다.

'설마 문현이가?'

위지불급은 옆에 선 동생을 돌아보았다.

위지문현 역시 영문을 모르는 듯 그를 보며 어깨를 으쓱해 보였다.

"쿨럭쿨럭! 문현이는… 앞으로 나서라."

노가주의 호명에 위지문현이 노가주 앞으로 다가섰다.

"찾으셨습니까, 할아버님?"

"그래, 요즘 네가 학업에 지나치게 매진한다… 들었다. 제법 세월이 경과되었으니… 네 성취를 시험해… 보겠다. 쿨럭 쿨럭!"

노가주는 가슴을 두드려 가래가 낀 기침을 가라앉혔다.

위지문현은 정중히 예를 표했다.

"마음과 달리 소득이 미흡합니다. 소손은 할아버님께 보여 드릴 것이 없습니다."

"그동안 무엇을 보았느냐?"

"하늘을 보았는데 어두웠습니다."

"얼마나 어두웠느냐?"

"지옥에서 본 하늘처럼 어두웠습니다."

"별은 보았느냐?"

"별이 구름 속에서 보였지만 아득히 멀었습니다."

"별의 색깔은 어떠하더냐?"

"붉고 희고 푸르렀습니다."

"소리는 들었느냐?"

"악기의 음률이 공포에 찬 전율처럼 들려왔습니다."

"슬프더냐?"

"안타까웠습니다."

"기쁘더냐?"

"행복하지는 않았습니다."

통상 위지세가의 독특한 문답은 서너 번으로 마감된다. 한데 노가주와 위지문현의 문답은 전에 없이 길게 이어졌다.

"……?"

위지불급은 심상치 않은 분위기를 직감하며 힐끗 부친을 보았다. 부친 역시 시선을 위지문현에게 고정시킨 채 한마디 한마디에 귀를 기울이고 있었다.

할아버지와 손자의 난해한 문답은 계속되었다.

"도는 아득히 멀리 퍼져 나간다. 언제쯤 다시 올 것인가?"

"무한히 커진다면 멀어짐도 없습니다."

"이 할아비의 수명은… 그다지 길지 않을 것 같구나. 쿨럭! 할아비가 죽으면 눈물을 흘릴 것이냐?"

"생명 이전에는 형체가 없고, 형체 이전에는 기(氣)도 없었습니다. 혼돈 속에서 기가 형성되고 형체가 생성되었으며, 그 형체가 생명을 갖추었으니 생사에 무슨 의미가 있겠습니까?"

위지문현의 답변은 물 흐르듯 유려해 조금도 막힘이 없었다.

노가주는 몇 가지를 더 물어보고는 위지명에게 지시를 내렸다.

"머리와 마음의 배움은 충분히 들었다. 쿨럭! 이제… 몸의 배움을 보아야겠다."

"예, 아버님."

위지명은 작은아들을 대동해 연무장으로 나섰다.

"문현은 사상진을 상대해 보아라."

"맨손으로 말입니까?"

"네게도 죽봉 한 자루가 주어질 것이다."

"알겠습니다."

위지문현이 연무장 가운데에 이르자 숙부들 중 한 사람이 죽봉을 건넸다.

"사상진을 파훼하는 게 네 과제다."

"행여 숙부님들을 다치게 할까 두렵습니다."

"오직 과제를 수행하는 데에만 집중해라."

네 명의 숙부가 신속하게 흩어지며 사상진을 펼쳤다.

위이잉……!

웅후한 바람 소리가 울려 퍼지면서 위지문현은 삽시간에 사상진에 휩싸였다.

노가주는 눈가의 진물을 닦으며 위지불급을 가까이 불러 들였다.

"불급아, 할아버지가 먼 곳을 잘… 볼 수가 없구나. 네가… 할아비의 눈이 돼주어야겠다."

"예, 할아버님."

"쿨럭! 굳이 대전 상황을 전해줄… 필요는 없다. 네 느낌만 말하면 된다."

"어떤 느낌을 말입니까?"

"넌 미흡하나마 무도에… 입문하였다. 쿨럭! 마음의 눈으로 보아라."

위지불급은 상당한 부담감에 마음이 무거워졌다.

“송구하오나 별반 도움이 되지 않을 것입니다.”

“안다. 크게 기대는 하지 않으니… 편하게 지켜보아라.”

노가주는 밭은기침을 토하고는 태사의 깊숙이 몸을 묻었다. 사상진과 대적하는 위지문현의 무공에 대한 판단을 전적으로 위지불급에게 맡긴다는 태도였다.

“…….”

위지불급은 정신을 집중해 사상진을 직시했다.

네 숙부에 의해 펼쳐지는 사상진은 톱니바퀴가 맞물리듯 정교하게 전개되고 있었다. 네 숙부는 번갈아 진퇴를 이어가면서 위지문현을 압박했다.

위지문현은 개방의 타구봉법, 소림의 금강봉법, 점창의 적룡봉법 등을 자유롭게 구사하며 네 자루 죽봉을 쳐냈다.

위지불급은 잠시 대결을 지켜보다가 입을 열었다.

“세찬 물살을 거스르는 연어입니다.”

사상진을 펼친 네 숙부들의 공세가 점점 격렬해지면서 위지문현의 봉술도 빨라졌다.

위지문현은 어느 한 방향을 무너뜨려 진세를 벗어나려 했지만 사상진은 예상외로 견고했다.

단지 네 명에 의해 펼쳐지는 진세였지만 일월성신(日月星辰) 사상은 세상의 가장 심오한 이치가 담긴 원리 중 하나다. 진세를 파훼하기 위해서는 사상에 대한 완벽한 터득과 더불어 숙부들을 능가할 무공이 요구된다.

위지문현은 십 세도 안 된 나이에 하도낙서를 깨우쳤기에 사상에 대한 이치는 환히 꿰뚫고 있었다. 하지만 진세를 파훼하기 위해서는 직접 부딪쳐야 하는데 그만한 무공은 지니지 못한 것으로 보였다.

"적룡출해(赤龍出海)!"

위지문현은 짤막한 기합성을 발하며 훌쩍 뛰어올랐다. 죽봉이 빠르게 회전하며 빈틈 사이로 파고들었다.

그러나 오랜 세월 사상진을 펼쳐 온 네 숙부의 대응은 신속하면서도 강력했다. 그들은 위지문현이 파고드는 방위를 앞서 차단하였다.

"구름이 흩어져 안개로 변하고 있습니다."

노가주는 위지불급의 보고를 듣고는 묵묵히 고개를 끄덕이기만 했다.

퍽— 퍼퍽—!

"욱!"

숙부들의 죽봉에 얻어맞은 위지문현의 움직임이 조금씩 둔해졌다. 그래도 그는 아픔을 참고 지켜 진세를 파훼하는 데 주력했다.

"……."

가까이서 그의 움직임을 지켜보고 있는 위지명의 표정은 신중했고 눈빛은 예리했다. 미세한 의혹조차 놓치지 않겠다는 눈빛은 잘 벼른 칼날이었다.

위지문현은 끝내 사상진을 파훼하지 못한 채 연신 얻어맞았다.

이를 바라보는 위지불급은 마음이 편치 않았다. 형제간의 우애가 돈독하지는 않아도 그와는 피를 나눈 친형제이며 그가 돌봐주어야 할 의무가 있는 동생이 위지문현이었다.

"빛을 잃은 별이 부서지고 있습니다."

위지불급이 침중한 어조로 보고를 올리자 노가주는 손을 내저었다.

"쿨럭! 데려가거라, 불급."

위지불급이 급히 그늘막 밖으로 뛰쳐나왔다.

"멈추세요! 문현이를 데려가라는 노가주님의 명이십니다!"

큰아들의 외침을 들은 위지명이 지시를 내렸다.

"진세를 해소하게."

죽봉을 휘두르던 네 숙부가 일제히 죽봉을 거두고 물러섰다.

뭇매를 맞으면서도 겨우 버티고 있던 위지문현이 털썩 주저앉았다. 얼굴 몇 곳은 시퍼렇게 멍이 들었고 입술이 터져 앞자락이 피로 홍건하게 젖었다.

"문현아, 괜찮아?"

위지불급은 동생을 부축해 안았다.

"인마, 실력이 없으면 진작 쓰러졌어야지 왜 고집을 부려?"

위지문현은 퉁퉁 부은 눈으로 그를 바라보았다.

"형, 지금 날 비웃는 거지?"

"당연하지. 네가 사상진 하나 격파하지 못하는 녀석인 줄 몰랐다."

위지불급은 소매로 동생의 얼굴을 닦아주고는 등에 업었다. 체격이 그와 비슷했기에 제법 무거웠다.

다가선 위지명이 작은아들을 진맥했다.

"내가 처방전을 지어줄 테니 네가 탕약을 끓여 먹어라."

"처방전은 누님에게 써주세요. 전 문현이 녀석을 위해 탕약을 끓여줄 마음은 추호도 없습니다."

"알겠다."

"정말이지, 우리 위지세가는 알 수 없는 가문입니다. 병 주고 약 주는 집안이니 말입니다."

위지불급은 동생을 업은 채 연무장 밖으로 걸음을 옮겼다.

그늘막으로 들어선 위지명이 노가주에게 물었다.

"아버님, 별다른 징후를 발견하지 못했습니다. 진맥을 통해서도 사악한 기운이 전혀 발견되지 않았습니다."

"당연히 그래야지. 만일 문현이가 딴생각을 품고 있다면… 우리 가문은 영원히… 무명세가로 남아야 한다. 단지 대업을 목전에 둔 상황이기에… 조심하고 또 조심하기 위해 잠시… 시험을 해본 것이다. 쿨럭쿨럭!"

노가주의 기침이 심해지자 위지명이 급히 맥을 짚었다. 현저하게 떨어진 기력을 감지한 위지명의 표정이 어두워졌다.

"어서 별채로 드십시오."

"쿨럭! 너무 걱정 마라. 내게 아직 몇 년의 천수는… 남아 있다."

노가주는 가슴을 두드리며 흐릿한 미소를 머금었다.

"두 해도 남지 않았구나. 내 손으로… 가문의 현판을 올려야 하거늘……."

위지불급은 팽개치듯 동생을 침상 위에 눕혔다.

"윽……!"

위지문현은 잔뜩 인상을 찡그리며 형을 올려보았다.

"사냥꾼도 상처 입은 짐승은 잡지 않는다고 들었는데 너무 심하군."

"자식이 언제 이렇게 무거워졌어? 예전에는 가뿐하게 널업었는데 말이다."

"날 업어주었다고……?"

"한 십여 년쯤 되었나 보구나."

"거짓말 마. 난 두 살 때 일도 기억하고 있어."

위지불급은 식은 차를 한 잔 따라 동생에게 건넸다.

"당시 넌 깊이 잠들어 있었어."

"……."

위지문현은 베개를 세워 기대앉았다.

"내가 몰랐던 상황은 인정 못해."

"상관없어, 인마. 너한테 인정받고 싶은 생각은 추호도 없으니까."

위지불급은 등받이 의자를 돌려 앉았다.

"대체 무슨 일이냐? 왜 너 혼자만 시험을 받은 거냐? 그것도 마치 죄인처럼 늘씬 얻어맞을 정도로 말이야."

"아버님 말씀에 의하면 할아버님께서 내 성취 수준을 보고 싶다고 하셨어."

"그래도 시험치고는 지나쳤다."

위지문현은 죽봉에 맞아 퉁퉁 부은 눈 부위를 어루만졌다.

"할아버님과 무슨 얘기를 나누었어?"

"눈이 침침하시다기에 네가 숙부들과 겨루는 모습을 설명해 드렸다."

"내가 진세를 파훼하지 못하고 얻어맞았을 때는 뭐라고 설명했어?"

"이왕이면 철봉으로 패주어야 한다고 조언해 드렸지."

"하하핫!"

위지문현은 배를 부여안으며 웃음을 터뜨렸다.

"하핫, 제발… 웃기지 마. 맞은 부위가 더 욱신거리잖아?"

이때 누이네 부부가 처소 안으로 들어섰다.

위지예금은 막내의 멍든 몰골과 피로 물든 앞자락을 보고는 눈물을 글썽거렸다.

"흑, 문현아!"

침상에 걸터앉은 그녀는 동생의 얼굴을 매만지며 안쓰럽게 물었다.

"많이 아프지? 내가 아버님께 공연한 말을 해서……."

"괜찮습니다, 누님."

"앞으로 서고에 들어가려면 아버님의 허락을 받아야 한다. 배움은 끝이 없는데 그것을 모두 이루려는 네 욕심이 너무 지나쳤어."

"저도 이번 시험을 통해서 많이 깨달았습니다. 앞으로 꼭 필요한 경우가 아니면 서고에 들어가는 일은 없을 겁니다."

위지예금은 크게 안도하며 동생의 손을 쥐었다.

"잘 생각했다. 진작 그랬어야 했어."

그녀는 자리에서 일어서며 남편에게 부탁했다.

"문현이가 옷을 갈아입어야 하니 도와주세요. 아니, 이왕이면 수욕을 할 수 있게 목욕물을 준비해 주세요."

"알겠소."

"소첩은 아버님이 써주신 처방전으로 탕약을 지어 오겠어요."

위지예금이 처소를 나가자 위지불급이 얼른 누이를 뒤를 따랐다. 이를 본 연남건이 그를 불러 세웠다.

"큰처남, 목욕물을 준비해야 하는데 나가면 어찌하나?"

"형님도 참. 문현이가 뭐 예쁘다고 소제가 목욕물까지 떠다 바쳐야 하오? 일없소."

위지불급은 행여 연남건이 잡을세라 재빨리 처소를 빠져나왔다.

그는 바쁘게 걸음을 옮기는 누이와 보조를 맞춰 걸었다.

"아까 한 말이 뭐요?"

"무슨 말……?"

"누님이 아버님한테 공연한 소리를 하는 바람에 문현이가 다치게 됐다는 말이 아니오?"

"내 쓸데없는 노파심이었어."

위지예금은 얼굴 가득 부끄러운 빛을 띠었다.

"일전에 서가에 머물러 있는 문현이에게 저녁을 가져다준 적이 있었다. 한데 늦은 저녁인데도 땀을 많이 흘렸고 숨도 고르지 않았어. 평소 깔끔한 문현이답지 않게 손에도 흙이 묻어 있었고 손자국이 악기에도 묻어 있더구나."

"문현이는 뭐라 합디까?"

"잠을 쫓기 위해 잠시 권법을 수련했다고 하였다."

위지불급은 건성으로 고개를 끄덕였다.

"말 되네. 뭐, 전혀 의심할 사안은 아니지 않소?"

"다만… 뭔가 어색해하는 느낌을 받았다. 그냥 순간적으로 감지한 느낌이었어."

"그래서 그런 느낌을 아버님께 아뢴 것이오?"

"당연히 말씀을 드려야지. 당시 아버님은 별다른 반응을 보이지 않으셨어. 한데… 문중회 어른들이 그때부터 은밀하게 문현이를 감시하고 있음을 알게 되었다."

위지불급은 시큰둥하게 말을 받았다.

"은밀한 감시를 누님이 간파할 정도면 어찌 은밀한 감시라 할 수 있겠소?"

위지예금은 빠르게 주변을 살피고는 목소리를 낮추었다.

"그날 이후 두어 번 아버님께서 날 불러 문현이에 대한 것을 물어보셨다. 그래서 문현이에 대한 감시가 진행되고 있음을 짐작한 거야."

"하지만 아무런 문제점도 발견하지 못했을 것이오. 만일 문제점을 발견했다면 붙잡아다 문초를 했을 테지만 아무런 이상 징후도 없기에 시험한 것이 아니겠소?"

향음당 마당으로 들어선 위지예금은 한숨을 내쉬었다.

"맞아. 결국 아무런 문제도 없는데 공연히 호들갑을 떨어 문현이만 고초를 겪게 된 거다."

누이의 시름에 찬 표정과 달리 위지불급은 재미있다는 표정으로 빙글빙글 미소를 지었다.

"잘한 일이오. 그래야 문현이 녀석이 나중에라도 딴마음을 먹지 못할 게 아니오?"

"딴마음이라니?"

"녀석은 욕심꾸러기요. 지식에 대한 욕심도 많고 무공에

대한 욕심도 많고, 하여간 많은 것을 알려고 하오. 그것이 자
칫 탐욕으로 변질된다면 아는 데 그치지 않고 많은 것을 가지
려 할 것이오. 이번에 따끔하게 혼이 났으니 그런 생각을 하
지 않을 거란 뜻이오."

"……."

위지예금은 다소 경이로운 눈빛으로 동생을 바라보았다.
그러다 다정한 미소를 지으며 고개를 끄덕였다.

"역시 형만 한 아우는 없구나. 네 지식은 우리 가문에서 가
장 뒤질지 몰라도 네 의식은 누구보다 높고 깊다. 그래서 할
아버님께서 널 인정하신 거였어."

그녀는 탕약을 끓이기 위해 화덕에다 숯불을 피웠다.

위지불급은 따분한 표정을 지으며 안채로 향했다.

"당분간 누님네 집에서 지내겠소."

"왜……?"

위지불급이 다소 볼멘 음성으로 대답했다.

"날 형으로 제대로 인정도 하지 않은 녀석의 시중을 내가
왜 들어야 한단 말이오?"

第八章 사천제일의 가문, 백리태보

1

닷새 후, 가주 위지명은 사촌 동생인 위지한과 두 아들을
은밀하게 정원으로 불러들였다.

"십야혈루등주가 마침내 무림공적으로 지목되었다."

위지명은 거두절미하고 곧바로 본론으로 들어갔다.

"이미 다섯 번에 걸친 연쇄적 살인으로 오십 명이 목숨을
잃었다. 한데도 아직 십야혈루등주에 대한 어떤 단서도 찾아
내지 못했다. 지금 강호는 구파일방과 팔대가문을 비롯한 일
천 개 방파가 모두 나서 십야혈루등주를 쫓고 있다. 우리 가
문에서도 네 명이나 이번 사건에 투입되었지만, 살인마의 행
동 반경이 워낙 광범위해 아직 뚜렷한 정보를 입수하지 못한

상태다. 그래서 다시 두 명을 더 투입하기로 결정하였다.”

위지불급은 다소 의외롭다는 표정을 지었다.

“하면 저와 문현이가 투입되는 것입니까?”

“너는 아니다.”

위지명은 사촌 동생에게 시선을 돌렸다.

“자네가 문현이를 대동하고 출동하게. 최대한 정보를 수집하되 직접적인 충돌은 피하게. 정황으로 판단컨대 살인마의 무공은 지극히 고강하네.”

“알겠습니다, 형님.”

위지한은 몸을 일으켜 예를 표했고, 위지문현은 정중히 절을 올렸다.

“소자 다녀오겠습니다.”

위지불급은 정자를 내려가는 그를 물끄러미 바라보다가 부친에게 시선을 돌렸다.

“그럼 소자는 왜 부르셨습니까?”

“일전에 백리태보에서 주문받은 공예품과 국화지가 마련되었다. 네가 물품을 받아 백리태보에 배달하여라.”

“저 혼자 말입니까?”

“네가 아직 단독 수행은 이른 나이지만 네 할아버님께서 윤허하셨다. 네가 백리태보의 까다로운 공녀를 맞이해 교섭을 잘했다고 판단하신 게다.”

위지명은 찻잔을 손에 쥐고 자리에서 일어섰다.

"네 동생에게 중대한 임무를 부여하고 네게는 하찮은 일을 맡겼다고 생각지 마라. 백리태보는 현 무림에서 가장 강력한 무림세가인 팔대가문 중 하나이다."

그는 정자 난간 위에 찻잔을 내려놓으며 말을 이었다.

"백리태보의 연조는 이대 사십칠년에 불과하지만 규율이 엄격하고 뛰어난 절기를 지니고 있다. 외견상 네 임무는 물품 배달이지만 실제 임무는 백리태보에 대한 탐방과 관찰이다. 훌륭한 보고서를 기대하겠다."

위지불급은 갑작스럽게 부여된 단독 임무에 조금은 부담이 되었다.

"아버님은 소자가 실수할까 우려되지 않으십니까?"

"네가 신중하지 못하니 작은 실수를 저지를 수 있다. 하지만 넌 두려움이 많으니 큰 실수는 하지 않을 것이다."

"소자가 두려움이… 많다고요?"

"용기가 없는 두려움을 말하는 게 아니다. 너는 지나친 배움에 대한 두려움, 그리고 너무 많이 아는 것에 대한 두려움을 지니고 있다. 그것은 아주 바람직한 심성이다. 우리 가문의 일족이 반드시 지켜야 할 계언(戒言)이 바로 두려움이다. 네가 평생 가슴에 담아야 할 훈시임을 명심해라."

"……."

위지불급은 부친의 등을 바라보다가 몸을 일으켜 절을 올렸다.

"다녀오겠습니다, 아버님."

위지명은 아들을 돌아보지도 않고 말했다.

"너무 늦지는 마라."

2

다각다각……!

한 대의 마차가 경계를 넘어 공주(恭州)로 들어서고 있었다. 사천성 동부에 위치한 공주는 비교적 평탄한 지역이 많아 험준하기로 유명한 촉도(蜀道)와 크게 비교가 되었다.

짐 칸 가득 죽세공품과 두루마리 종이를 싣고 있는 마차는 위지세가를 떠나온 짐마차였다.

어자석에는 나른한 눈빛의 청년이 앉아 있는데 너무도 느긋한 모습에 보는 사람이 맥 빠질 정도였다. 아직 약관에도 미치지 못한 젊은 나이임에도 불구하고 청년에게서는 싱싱한 청춘보다 천년고목의 유구함이 느껴진다.

그나마 숯처럼 검은 눈썹만이 워낙 인상적이라 조금은 생기가 있어 보였다.

청년은 다름 아닌 위지세가의 장손 위지불급이었다.

팔 년 전 잠시 무단 외출을 한 이후 그가 단독으로 집을 나서보기는 이번이 처음이었다. 노가주가 그의 단독 수행을 용인했다는 것은 두터운 신뢰와 더불어 그가 이제 위지세가의 소가주임을 인정한 것과 다름이 없었다.

위지불급은 말채찍을 전혀 사용하지 않은 채 말이 알아서 가도록 맡겨두고 있었다.

물품 배달은 서두를 필요가 없기에 그는 단독 출타의 여유와 자유를 한껏 즐겼다. 물론 이번 출타를 통해 백리태보에 대한 조사 임무가 부여되었지만 그것은 백리태보에 들어간 후 생각해 볼 문제였다.

위지불급은 햇살이 뜨거운 대낮에는 다관에서 차를 마시며 느긋하게 휴식을 취했기에 하루 칠십 리 길을 가는 게 고작이었다.

사흘 전에는 비가 내리는 바람에 마을의 서점과 다관, 주루와 작은 도박장을 전전하면서 하릴없이 하루를 흘려보낸 적도 있었다.

마차가 고갯마루를 넘어서자 넓은 분지 속에 자리한 커다란 성시가 보였다. 바로 공주 최대의 성시인 중경이었다.

중경성(重慶城)은 장강으로 이어진 물줄기가 닿아 있어 수륙 교통의 요지로서 이름이 높다. 하기에 교역으로 돈벌이를 하는 상인들에게 있어 중경은 반드시 거쳐 가야 할 성시 중 하나였다.

위지불급은 매혹적인 실눈의 소유자인 백리빙을 떠올리자 조금은 떨떠름해졌다.

남녀 간의 예법을 무시한 채 자신의 무릎에 걸터앉으며 목을 끌어안은 그녀의 과감함은 다분히 경계 대상이었다. 더군다나 이번에는 자신의 집이 아니라 그녀의 집이기에 그녀가 얼마나 더 노골적으로 그를 괴롭힐지 예측하기 힘들었다.

'그래도 명색이 백리태보의 공녀인데 나와 잠자리를 갖자고 하지는 않겠지?'

위지불급은 문득 그녀와 극반적으로 대조를 이루는 또 다른 여인을 떠올렸다.

그녀가 떠나갈 때 나이를 감안하면 여인이 아니라 소녀이다. 앞으로 십 년, 이십 년이 더 흘러도 그는 그녀를 소녀로밖에 생각지 못할 것이다.

눈 속에서 핀 꽃이라는 이름의 설화(雪花)…….

위지세가의 가족이 되어 함께 지냈으니 그녀를 여동생으로 여겨야 마땅하다. 하지만 그녀는 정식으로 가문에 입양된 것도 아니고 어느 누구와 혼례를 올려 한 가족이 된 게 아니기에 실질적으로 구분한다면 외부인이다.

그에게 처음으로 이성을 깨닫게 해준 소녀.

물론 그녀에 대해 애틋한 연정을 품었거나 혼자서 가슴을 앓는 짝사랑을 하지도 않았기에 간절한 그리움은 없었다. 다만 그가 마음으로 느낀 최초의 이성이기에 그녀와의 만남을 아름다운 추억으로 간직할 뿐이었다.

'누님은 설화가 어디로 갔는지 알고 있을 테지만 굳이 묻고 싶지도 않군. 내가 설화를 찾아가야 할 이유도 없으니까.'

이때 다급한 말발굽 소리에 그는 상념에서 퍼뜩 깨어났다.

두두두—!

한 무리의 준마가 뒤편에서 질주해 오고 있었다. 하나같이 붉은 경장 차림의 무사들이었다. 그들은 한 사람을 경호하듯 에워싼 상태로 대열을 유지하고 있었다.

"비켜라—! 어서 비켜!"

무사의 거친 외침에 위지불급은 급히 말고삐를 틀어 마차를 길옆으로 이동시켰다.

두두두—!

무사들은 말에 연신 채찍질을 가하며 쏜살같이 달려갔다. 자욱한 흙먼지가 그들의 질주를 따라 길게 이어지고 있었다.

위지불급은 흙먼지가 다소 가라앉기를 기다려 마차를 다시 길 가운데로 이동시켰다.

'복장을 보니 백리태보의 무사들이로군.'

그러했다. 무사들은 이마에 붉은 띠를 둘렀고 가슴에 '태보(太堡)'라는 글자가 붉은 실로 수놓아져 있었다. 백리태보 무사들만의 독특한 복장이었다.

위지불급은 순식간에 스쳐 간 한 무리의 무사들을 되새겨 보았다.

그는 초인적인 관찰력을 지녔기에 찰나지간에 본 사물도 정확히 기억해 낼 수 있다. 마치 시간을 정지시킨 상태에서 세밀하게 그린 그림처럼 눈앞을 스쳐 간 상황을 되돌릴 수 있는 것이다.

'모두 일곱 명. 전후에 두 명씩, 좌우로 한 명씩 붙어서서 한가운데 있는 사람을 밀착 경호하고 있었다. 철통같은 경호를 받고 있는 사람은 복장으로 보아 특별히 높은 신분이 아니다. 다만 귀한 물건을 지닌 것 같다.'

그가 기억해 낸 대로 무사 중 한 사람은 하나의 물건을 검은 보자기로 싸매 한쪽 가슴에 안고 있었다. 안에 든 물건이 무엇인지 정확히 알 수 없지만 무사의 심각한 표정으로 미루어 아주 중요한 물건임을 추측할 수 있었다.

이때 뒤편에서 또다시 말발굽 소리가 들려왔다.

'젠장, 또 비켜주어야 하는 건가?'

위지불급은 말고삐를 당겨 가급적 길가로 마차를 틀었다.

다각다각……!

말을 타고 달려온 다섯 명 역시 백리태보의 무사들이었다. 하지만 앞서 달려가던 자들 만큼 다급한 행보는 아니었다. 제법 지체가 높아 보이는 염소수염의 중년인이 위지불급에게 물었다.

"이보게, 달리 피해는 없었는가?"

"없었소."

"그럼 다행이군."

중년인은 네 명의 수하를 대동해 지나치면서 냉담하게 한마디를 던졌다.

"어린 녀석, 중경에서 대바구니 하나라도 팔고 싶으면 겸손부터 배워야 할 것이다."

그들은 완만하게 휘어지는 관도를 따라 멀어져 갔다.

위지불급은 피식 실소를 지었다.

"훗, 권위가 대단하군. 아무리 사천 최고의 가문임을 표방하지만 중경이 모두 지들 세상인가?"

그는 찻물을 한 모금 들이켜 입가심을 하고는 침을 뱉듯이 내뿜었다. 한데 휘어진 관도를 돌아서자 그들 무사들을 다시 만나게 되었다.

농부들이 백리태보 무사들의 도움을 받아 세 대의 우마차를 바로 세우고 있었다. 관도 주변으로 채소가 너저분하게 흩어져 있는 것으로 미루어 우마차가 뒤집혀지는 사고를 당한 듯싶었다.

얼굴이 햇볕에 그을린 농부들이 하소연을 했다.

"당주님, 애써 키운 소작이 이 모양이 됐으니 어찌하면 좋겠습니까요?"

"채소가 모두 상해 내다팔 수도 없게 됐습니다요."

염소수염의 중년인은 전대에서 은자 세 덩이를 꺼내 들었다.

"보상은 충분히 해주겠네. 워낙 다급한 상황이라 수하들에게 전력을 다해 달려가라고 지시하는 바람에 불상사가 생겼군. 행여 이번 사고 때문에 본 가의 위엄을 훼손하지 말게."

우마차 한 대당 충분한 보상을 받은 농부들은 입을 딱 벌렸다. 그들이 채소를 중경 시장에 내다팔아 벌 수 있는 값보다 배는 더 받았기 때문이다.

"감사합니다요, 당주님."

"역시 사천제일 백리태보이십니다."

"가주님의 후한 성덕에 감사할 따름이외다."

염소수염의 중년인은 농부들에게 보상을 마치고는 다시 중경성을 향해 달려갔다.

농부들은 상하지 않은 채소를 골라 다시 우마차에 실었다.

"허허, 이게 웬 횡재인가?"

"그러게 말일세. 규율이 엄격하기로 유명한 백리세가 무사들이 웬 행패를 부리나 했더니 역시 이유가 있었어."

"헤헤, 이런 보상만 받을 수 있다면 우마차가 몇 번 넘어져도 환영일세."

이때 위지불급의 마차가 느릿느릿 그들 옆으로 지나쳐 갔다.

늙은 농부 하나가 위지불급에게 물었다.

"여보게, 자네도 보상을 받았는가?"

"나야 멀쩡했으니 보상을 받을 이유가 없지 않습니까?"

위지불급은 잠시 말을 멈춰 세웠다.

"한데 방금 지나간 무사들은 대체 누구입니까?"

"허어, 자네는 백리태보도 모르는가?"

"아, 저들이 백리태보 소속이었습니까? 전 중경이 처음이라 잘 모릅니다."

위지불급이 짐짓 시치미를 떼자 늙은 농부가 아는 체를 하며 상세하게 말해주었다.

"백리태보는 소속 무사만도 삼백여 명에 달하는 거대한 가문일세. 가주이신 천왜필왕은 우리 같은 무지렁이들에게는 하늘 같은 분일세. 가주님은 촌민들을 등쳐 먹는 악덕 상인들을 절대 용납지 않으시지. 중경 시장이 이렇듯 공정하게 유지될 수 있는 것도 모두 백리태보 덕분일세."

"그래요? 제가 듣기에는 사람을 마구 죽이는 무서운 무림세가라 하던데요?"

늙은 농부는 빠르게 주변을 훑어보고는 목소리를 낮추었다.

"무림계에서 이권 다툼과 세력 쟁탈이 벌어지면 당연히 사람이 죽겠지. 하지만 그게 우리 같은 촌민들과 무슨 관계가 있겠는가? 중경 일대는 백리태보의 관할 구역이니 자네도 죽세공품을 내다팔려면 제발 입 조심하게나."

"알겠습니다. 한데 좀 전에 지나간 무사들 중에서 신분이 높아 보이는 중년인은 누구입니까?"

"아, 강충(姜沖) 순찰당주를 말하는 게로군? 진명철수(震鳴鐵手)라는 쟁쟁한 별호를 지니고 있지."

"백리태보의 당주인데 왜 강씨입니까?"

"백리태보는 비교적 개방적이라 가문의 일족 외에도 역량이 있는 인사들을 모두 수용하네. 사실 백리태보의 태반은 외부인이라 할 수 있지."

"말씀 감사합니다."

위지불급은 가볍게 포권을 취하고는 다시 마차를 몰아갔다.

농부의 말은 그가 앞서 백리태보에 대해 입수한 정보와 크게 다를 바 없었다.

백리태보는 촌민들이나 영세 상인들의 권익을 위해 각별하게 신경을 쓴다. 세상의 풍문은 이들의 입에 의해 전해지기에 백리태보에 대한 평가는 상당히 좋은 편이다.

물론 백리태보가 의와 협만을 고집하는 명문정파는 아니다.

그들은 중경을 장악하기 위해 기존 무림세가와 일곱 개의 집단을 무참하게 짓밟았으며, 사천성 내에서의 장악력을 과시하기 위해 아미, 청성, 사천당문과의 충돌도 마다하지 않았던 것이다.

'패도를 추구하는 가문이라는 평가가 정확하군. 하지만 촌민들의 피해를 헤아려 보상해 주는 사려는 아무나 지닐 수 있는 게 아니지. 천왜필왕은 역시 당대의 효웅이다.'

마을이나 성시의 경계를 의미하는 패루(牌樓)는 중경으로 들어서기 위한 관문과도 같다.

패루 옆에는 처소와 더불어 병기 진열대가 세워져 있었다. 패루를 등지고 선 무사들은 모두 백리태보 소속으로 그들의 임무는 타지에서 온 사람들에 대한 검문이다.

촌민들이나 상인들은 전혀 제지를 받지 않지만 병기를 휴대한 외부인은 반드시 이들의 검문을 거쳐야 한다. 신원이 불확실한 자들은 병기를 맡긴 후에야 입성할 수 있으며 이에 불복한다면 중경에 발을 들여놓을 수 없다.

만일 외부의 강호인이 정식 검문을 받지 않고 무단으로 입성한 사실이 밝혀지면 즉각 체포된다. 이를 거부하면 죽을 수도 있다.

이것이 바로 백리태보만의 권위였다.

백리태보는 양민들의 전폭적인 지지를 받아 팔대가문 중 유일하게 해검대(解劍臺)를 세울 수 있었다.

양민들의 안전과 중경의 치안을 위한 조치임을 내세웠기에 중경을 찾는 외부 강호인들의 자존심은 무시될 수밖에 없었다. 그러다 보니 패루 해검대 앞에서의 다툼은 중경을 출입하는 사람들에게 늘 있는 구경거리가 되었다.

"뭐요? 신분을 밝히지 않으면 병기를 맡겨야 한다고?"

보기에도 험상궂은 세 명의 무사가 서로를 바라보며 과장된 웃음을 터뜨렸다.

"카하핫, 사람 너무 우습게보는군."

"우헤헤, 백리태보가 무당파라도 되는 건가?"

"그러게. 무당도 병기를 풀어야 한다는 해검지(解劍池) 때문에 곤욕을 치를 때가 많은데 말이야."

백리태보 무사들은 정중하면서도 강경하게 응수했다.

"세 분의 신분만 확인되면 병기 휴대가 가능하며 신분에 걸맞는 숙식이 무료로 제공되오. 협조를 부탁드리겠소."

한쪽 볼에 칼자국이 새겨진 무사가 가슴을 탁 치며 자신들을 소개했다.

"우리는 혼강삼호(昏江三毫)라 불리는 사람들이오. 호남에서는 어디를 가도 환대를 받고 있소."

"혼강삼호라 하셨소? 잠시 기다리시오."

백리태보의 무사는 두툼한 인명록을 뒤적이다가 혼강삼호라는 별호를 찾아냈다. 혼강삼호는 호남 장사성에서 제법 명성을 떨치고 있는 일류무사들이다.

백리태보의 무사는 그들이 지니고 있는 쇠갈고리 병기와 용모를 확인하고는 패찰을 건넸다.

"세 분 대협의 중경 방문을 환영하오. 와운객잔에 이 패찰을 제시하면 열흘 동안 무료로 숙식을 제공받을 수 있소. 만일 가주님을 예방하시겠다면 여기 서명을 남기시오. 총관께서 일정을 잡아주실 것이오."

자칭 혼강삼호라는 자들은 패찰을 손에 쥐고는 거드름을 피웠다.

"우리가 처리해야 할 일이 많아 백리태보를 예방할 시간이
있는지 모르겠소."

그들은 어깨를 쭉 펴고는 패루 안으로 걸음을 옮겼다. 한데
누군가의 음성이 그들을 제지했다.

"세 분 대협이 혼강삼호라 하셨소?"

세 장한은 잔뜩 인상을 구기며 돌아섰다.

"이미 확인했으면 그뿐이지 왜 귀찮게 자꾸 묻는 거요?"

혼강삼호를 불러 세운 염소수염의 중년인은 바로 백리태
보의 순찰당주인 강충이었다.

강충은 형식으로 예를 표했다.

"이 사람은 백리태보의 순찰당주인 강충이오. 호남의 대협
들을 뵙게 되어 영광이오."

혼강삼호는 상대가 순찰당주라는 직위를 밝히자 잠시 움
찔했지만 여전히 목을 빳빳하게 세웠다.

"아, 강 당주셨구려."

"세 분이 절기를 선보여 주신다면 중경 최고의 기루로 모
시겠소. 극진한 쾌락을 마음껏 누릴 수 있을 것이오."

무공을 선보이라는 요구에 뺨에 칼자국이 난 장한이 슬며
시 꼬리를 뺐다.

"됐소. 백리태보에서 숙식을 제공해 주는 것만으로 충분하
오. 우리 형제들은 불의를 징계할 때가 아니면 함부로 병기를
뽑지 않소."

“아마 뽑아야 할 것이오.”

강충은 한 걸음 성큼 다가서며 오른손을 휘둘렀다. 한 손은 뒷짐을 진 채 단지 한 손으로 장법을 펼쳤음에도 혼강삼호를 동시에 가격했다.

“엇?”

깜짝 놀란 혼강삼호는 제각기 철구를 뽑아 들고 이에 맞섰다.

퍼퍼퍽—!

둔탁한 폭음과 함께 혼강삼호는 아픈 비명을 지으며 모두 나가동그라졌다. 단 일 초에 세 명 모두 병기를 놓치는 수모를 당한 것이다.

점검을 하던 무사들은 비로소 자신들이 속았음을 깨닫게 되었다.

“이 새끼들, 가짜잖아?”

“추잡한 놈들! 공짜 밥이나 얻어먹으려 거짓말을 해?”

“밟아버리겠다!”

신분이 탄로난 가짜 혼강삼호는 머리를 싸매고 달아났다.

패루를 오가던 사람들은 이 모습을 보고 박장대소를 터뜨렸다.

“하하, 알고 보니 쓰레기들이었군?”

“저런 놈들이 간혹 있다니까?”

“역시 순찰당주의 안목은 대단해.”

강충은 검문을 담당하던 순찰사자를 호되게 꾸짖었다.

"네가 대체 무엇을 보고 저런 쓰레기 같은 자들에게 패찰을 내준 것이냐?"

순찰사자는 한쪽 무릎을 꿇으며 용서를 빌었다.

"인명록에 기재된 자들과 유사한 용모를 지닌 데다 철구라는 독특한 병기를 지니고 있어 잠시 착각했습니다. 중벌을 내려주십시오."

"사람을 어찌 겉모습과 병기로만 판단하려 하느냐? 저런 쓰레기들은 악취를 풍취고 걸음걸이가 흐트러져 있다. 네가 적합지 못한 직위를 차지하고 있구나."

"제 스스로 형당(刑堂)에 고해 벌을 받겠습니다."

"당연히 그래야지."

강충은 말에 훌쩍 올라앉았다.

"검문을 철저히 해라!"

"예, 당주님!"

순찰당 소속 무사들은 바싹 긴장된 표정으로 허리를 꺾었다.

위지불급은 패루 앞의 소란이 가라앉자 비로소 마차를 몰아 패루를 통과했다. 마차 짐칸에는 죽세공품과 두루마리 종이만 채워져 있기에 그는 검문 대상이 아니었다.

위지불급은 백리태보로 가는 길을 물은 후 천천히 마차를 몰았다.

'과연 사천제일의 가문임을 내세울 수 있는 자격이 있는 자들이다. 순찰당주의 안목이 제법이야. 하기는 그런 쓰레기들 하나 구분하지 못한다면 어찌 백리태보의 당주라 할 수 있겠어?'

잠시 후 그는 석판이 깔린 진입로를 지나 대장원 앞에 이를 수 있었다.

四川第一百里太堡.

사천제일백리태보라는 현판은 삼백 보 밖에서 봐도 알아볼 수 있을 만큼 거대했다. 장원을 둘러싼 담장은 성곽처럼 높고 견고해 작은 성을 방불케 했다.

거대한 현판이 걸린 정문은 활짝 열려 있었고, 십여 명의 무사가 부동자세로 경계를 서고 있었다. 질식할 듯한 삼엄한 경계 태세는 일반 무림세가가 아니라 군대가 주둔한 병영처럼 보였다.

"워워!"

위지불급이 정문 앞에 마차를 세우자 무사 하나가 먼지 한 톨 없는 대리석 돌계단을 밟고 내려섰다.

"네 이놈, 당장 치우지 못하겠느냐?"

"난 주문한 물품을 배달 온 것이지 잡상인이 아니니 오해 마시오."

“천한 놈, 배달을 왔으면 측문을 통해 들어갈 것이지 감히 정문을 막아선단 말이냐? 누구 죽는 꼴을 보고 싶으냐?”

워낙 심한 닦달에 위지불급은 다시 말고삐를 쥐었다.

“알겠소. 측문은 어디요?”

“이 길을 따라 백 장쯤 가다 모퉁이를 돌아서면 보일 것이다. 어서 가라! 어서!”

무사의 거친 성화에 위지불급은 혀를 내두르며 마차를 이동시켰다.

다각다각……!

측문도 경계가 삼엄했지만 그래도 정문보다는 조금 여유가 있어 보였다. 양곡을 실은 짐마차가 막 측문을 통해 들어가고 있었다.

위지불급은 짐마차를 따라 측문을 통과하려다 그만 무사들에 의해 제지를 당하고 말았다.

위지불급은 다소 짜증스런 표정으로 물었다.

“이번에는 또 뭐요? 정문 무사들이 이곳 측문으로 들어가라 했는데 왜 막는 거요?”

내위당(內衛堂) 소속 무사가 거칠게 응수했다.

“이놈이 감히 어디에서 목소리를 높이는 것이냐? 네놈은 이곳 백리태보는 처음인가 보구나!”

“그렇소.”

“처음이라니 용서해 주겠다. 어서 우리 가문의 인장이 찍힌 주문서를 보여라.”

“주문서?”

위지불급은 무심코 품속을 뒤지다가 실소를 지었다.

“구두로 주문을 받았으니 그런 것은 없소.”

“뭐야?”

무사가 턱짓을 보내자 경비무사들 모두가 나서 마차를 에워쌌다.

“당장 놈을 끌어내려라! 놈은 형당으로 끌고 가고 마차는 철저하게 수색해라!”

“예, 영주.”

무사 둘이 위지불급을 어자석에서 끌어 내렸다.

위지불급은 황당한 심정이 되어 반발했다.

“왜들 이러는 거요?”

내위당 영주가 예리한 눈빛으로 그를 직시했다.

“이놈아, 우리 가문은 반드시 문서를 보내 주문을 한다. 공방이나 상회에서는 우리 가문에서 발급한 주문서를 지참해야만 납품을 할 수 있다. 한데 네놈이 구두 주문을 받았다 했으니 그것은 거짓이다. 네놈은 우리 가문에 위장 침투하려는 것이 분명하니 형당으로 끌고 가 문초를 받아야 한다.”

“이보시오, 내가 정말 구두로 주문을 받았는데 어쩌란 말이오?”

“닥쳐라! 물품 구매를 관장하시는 내위당주께서도 반드시

문서로 주문장을 작성하신다. 한데 누가 감히 구두로 주문을
할 수 있단 말이냐?"

측문 앞에 한바탕 소란이 일자 안에서 한 사람이 측문 밖으
로 나섰다.

"웬 소란들이냐?"

건장한 중년인의 출현에 내위당 영주를 비롯한 무사들이
일제히 한쪽 무릎을 꿇었다.

"총관님을 뵈옵니다!"

중년인은 건장한 체구에 어울리지 않게 생김새가 상당히
우스꽝스러웠다. 거꾸로 서 있는 팔자 눈썹이며 콧구멍이 훤
히 들여다 보이는 들창코가 인상적이었으며 습관적으로 눈을
자주 깜짝거렸다.

그가 바로 백리태보의 총관 백리초광(百里招廣)이었다.

그는 지모가 다소 떨어졌지만 현 가주의 친동생이기에 관
례적으로 총관에 오를 수 있었다. 백리세가가 아무리 혈연을
중시하지 않는다 해도 한 무림세가의 상징적인 직위인 총관
직을 외부인에게 내줄 수는 없는 일이었다.

백리초광은 눈을 깜빡이며 위지불급에게 다가섰다.

"네놈은 뭐냐?"

"소생은 유이랑이란 사람으로 미산현 청풍공방에서 왔
소."

"그런데?"

“백리태보의 주문을 받고 먼 길을 배달 왔는데 주문장이 없다며 나를 나쁜 놈으로 몰아세우지 뭡니까?”

백리초광은 정색을 지으며 고개를 끄덕였다.

“맞다. 주문장이 없으면 좁쌀 한 줌도 들이지 않는 게 우리 가문의 원칙이다. 주문장이 없다면 너는 분명 수상한 놈이다.”

“구두 주문도 주문이오. 난 이미 선금까지 받았소.”

“허어, 더 수상한 놈이로군. 우리 가문은 반드시 물품을 배달받은 후 대금을 지급한다. 그래서 주문장이 필요한 거다.”

위지불급은 그들의 고지식함에 넌더리가 났다.

그가 자신의 가문에서 가장 질색을 하는 것이 엄격한 원칙과 규범이었는데 그런 경직된 사고를 이곳에서도 경험한 것이다.

“하여간 난 주문을 받았고 물품을 가져왔으니 거래는 끝났소. 당신들이 안으로 들이든 내다버리든 이제부터 당신들 소관이오.”

위지불급은 자신을 옥죄는 무사들을 떨치려 했지만 그들의 팔뚝은 무쇠처럼 굳셌다.

백리초광은 연신 눈을 깜빡이며 그를 보다가 문득 팔자 눈썹을 획 치켜 올렸다.

“가만, 네 이름이 유이랑이라 했더냐? 미산현 청풍공방에서 왔고?”

“그렇소.”

“그렇다면 혹시 빙아가……?”

위지불급이 퉁명스럽게 말을 받았다.

“거 빨리도 물어보는군. 그렇소. 난 백리태보의 공녀인 백리빙 소저의 주문을 받은 거요. 그래도 구두 주문은 절대 없다고 말씀하시겠소?”

백리태보는 외곽 담장만 높은 게 아니라 내부도 세 겹의 담장으로 구분돼 있었다.

바깥채에는 영주급 이하의 무사들과 하인들이 거주하고, 중간채에는 당주급과 백리태보의 방계 혈족들의 처소가 배치돼 있다. 가장 경계가 삼엄한 안채에는 가주와 총관을 비롯한 직계 혈족만 출입할 수 있다.

“허허, 그만 화를 풀어라. 내가 깜빡했다고 하지 않았더냐?”

백리초광은 위지불급을 대동해 안채로 들어섰다.

안채의 출입문을 지키던 경비무사들은 허름한 복장의 외부인이 안채까지 들어서는 것을 보며 놀라움을 금치 못했다. 백리태보의 엄격한 규칙상 전례가 없는 일이었기 때문이다.

위지불급은 외부인에게 거의 공개된 적이 없는 백리태보의 안채를 탐방하는 행운을 쥐게 되었지만 여전히 볼멘소리를 해댔다.

"나도 우리 청풍공방에서는 소가주의 신분이오. 한데 죄인 취급을 받았으니 정말 속이 상하오."

"그래, 네 심정 이해한다. 하지만 빙아를 만나도 경비들이 널 무시했다는 말은 절대 하지 말거라. 빙아 성깔에 애꿎은 무사들만 혼쭐이 날 거다."

"아랫것들을 위해서가 아니라 총관께서 백리 소저에게 혼날까 봐 우려하는 것 아니오?"

"하하핫!"

백리초광은 다소 과장된 웃음을 터뜨리고는 위지불급을 와락 끌어안았다.

"뭘 좋아하느냐? 널 위해 특별 요리를 만들어놓으라고 하겠다."

위지불급은 백리초광을 밀어내고는 비로소 안색을 풀었다.

"됐소. 백리 소저만 만나고 떠나겠소."

"그게… 조금 곤란하다. 빙아가 지금 집에 없다."

"그렇다면 물품을 받았다는 영수증이나 써주시오. 나중에 찾아와 우리 가문에서 선금을 떼먹었다는 생떼를 부릴 수도 있으니 말이오."

위지불급은 백리빙과 대면하지 않게 된 것을 오히려 다행으로 여겼다. 대화나 심리전은 문제될 게 없지만 그녀가 몸으로 직접 부딪쳐 오는 것이 두려웠기 때문이다.

백리초광은 아름답게 꾸며진 정원을 가로질렀다.

"그 영수증은 가주 형님만이 써줄 수 있다. 하지만 지금은 워낙 처리할 업무가 많아 널 만나줄 시간이 없을 것 같구나. 빙아가 하루 이틀 사이에 돌아올 것 같으니 차라리 빙아를 만나 확인을 받는 게 더 나을 것 같다."

위지불급은 단지 물품 배달을 위해 백리태보를 찾아온 것이 아니었다.

세상과 강호에 대한 기록은 위지세가 사람들이 필수적으로 수행해야 할 가업이다. 그로서는 백리태보의 전모를 최대한 파악할 수 있는 상황이기에 더없이 좋은 기회였다.

그는 무지개다리를 건너 수각(水閣)으로 향하며 마지못한 듯 수락했다.

"알겠소. 나도 바쁜 몸이지만… 백리 소저를 만나 확인을 받아두어야 뒤탈이 없을 것 같소."

3

이틀이 순식간에 지나갔다.

위지불급은 백리빙의 손님이기에 백리태보 내에서 중간채와 바깥채 어디라도 출입할 수 있었다. 하지만 그가 드나든 곳은 주방과 창고, 그리고 서고 등, 일반적인 장소였다.

그 정도만으로 그는 백리태보에 소속된 무사들의 숫자와

대략적인 성향, 규범 등을 파악할 수 있었다.

한 끼 식사는 하급무사들이나 하인들에게는 그저 생존의 과정이지만 고위들에게는 삶을 즐길 수 있는 쾌락이다. 하기에 주방에서 만들어지는 요리를 통해서도 많은 부분을 알아낼 수 있다.

위지불급은 공짜 밥을 먹기가 미안하다며 장작도 패고 잡초도 뽑으면서 자연스럽게 하인들과 어울렸다. 그가 비록 백리빙의 손님이라 해도 한갓 공방의 장인에 불과했기에 신분적인 문제도 없었다.

덕분에 그는 누구의 의심도 받지 않고 백리태보에 대한 상당한 정보를 뇌리 속에 차곡차곡 쌓을 수 있었다.

"각별히 예의를 갖추고 불손한 언사를 삼가라. 알겠느냐?"

순찰당주 강충은 위지불급을 대동해 태무전(太武殿)으로 향하면서 단단히 주의를 주었다.

태무전은 가주인 천왜필왕의 처소에 대한 공식 명칭이다. 백리태보가 대무단이 아니라 하나의 무림세가임을 감안한다면 다소 오만한 이름일 수 있었다.

백리빙의 귀환이 예상보다 늦어지자 위지불급은 더 이상 백리태보에 머물 수가 없었다. 이에 백리초광이 가주와의 면담 일정을 잡아놓았고, 가주가 이를 수용한 것이다.

강충은 태무전 계단 아래 이르자 다시 한 번 주의를 주었다.

"가주의 하문에만 답하고 함부로 입을 열지 마라."

계속된 주의에 위지불급이 짜증스럽게 응수했다.

"강 당주, 백리태보 가주께서 대단한 신분임을 알고 있소. 하지만 난 백리태보 사람이 아니오. 지나친 강요는 내게 굴욕이오. 내가 그런 수모를 받아야 할 이유가 없소."

"뭐야?"

강충의 두 눈에 싸늘한 살기가 감돌았다.

"네놈이 아무리 아가씨의 손님이라 해도 무례는 용서받을 수 없음을 명심해라."

위지불급은 굳이 언쟁을 벌이고 싶지 않아 담담하게 응수했다.

"백리태보가 그렇듯 예를 중시하는 가문이라면 손님에 대한 예의도 갖춰야 마땅하지 않겠소?"

"이놈이 정말!"

분노한 강충이 위지불급의 멱살을 덥석 쥐었다.

이때 백리초광이 돌계단을 내려서며 나직하게 호통을 쳤다.

"뭣들 하는 겐가? 가주께서 붓을 들기 직전일세. 어서 입실하게나."

강충은 위지불급의 멱살을 놓아주고는 구겨진 옷자락을 잘 펴주었다.

"들게나, 유이랑."

백리초광이 위지불급을 대동해 돌계단을 올랐다.

"하하, 네 녀석은 정말 행운아다. 가주께서 직접 그림을 그리는 모습을 보게 되었으니 말이다."

넓은 접견실에는 백리태보의 당주 이상의 고위급 수뇌들이 운집해 있었다. 그들은 커다란 탁자 주변으로 둘러서 있었으며 분위기는 진지했다.

한 사람이 태사의에 앉아 단정히 눈을 감고 있었다. 어깨가 딱 벌어진 다부진 체격의 초로의 노인으로 아주 근엄한 인상이었다. 틀어 올린 머리에 작은 관을 썼고 사자 갈기와 같은 수염을 길러서인지 위엄을 더해주었다.

백리태보의 가주 천왜필왕 백리장패(百里將覇).

본래 백리태보는 팔대가문 중에서 하급에 불과했는데 그가 가주에 오르면서 대대적인 개편을 거쳐 지금은 팔대가문 중 세 손가락에 안에 꼽히는 강력한 가문으로 성장시켰다.

백리태보가 이렇듯 가문으로 성장한 데에는 그의 탁월한 영도력 외에도 무인으로서는 드물게 재예가 뛰어나기 때문이었다. 특히 그는 필력이 대단해 뛰어난 수작을 많이 남겼다.

문무겸전의 절세고수 백리장패.

그가 추구하는 최고의 목표는 중원제일가로의 등극이었다.

물론 이는 백리태보뿐만 아니라 팔대가문 모두의 염원이

기도 하다. 그러나 오직 하나의 가문이 중원제일가로 등극할 수 있기에 위대한 명예를 둘러싼 팔대가문의 경쟁은 치열할 수밖에 없었다.

숙연한 정적.

백리태보의 수뇌들은 잔기침조차 내뱉지 못하고 숨을 죽인 채 가주가 붓을 쥐기를 기다렸다.

위지불급은 백리장패의 인상적인 모습을 뇌리에 충분히 새기고는 서탁으로 시선을 돌렸다.

서탁 위에는 엄청나게 큰 붓이 놓여 있었다. 붓의 길이는 육 척 정도였으며 붓대는 한 아름이나 되었다. 붓만 큰 게 아니라 벼루와 먹도 상당히 컸다. 이 척 크기의 먹을 갈기 위해서는 건장한 장한 두 명은 있어야 가능할 것 같았다.

넓은 서탁에는 한 폭의 종이가 펼쳐져 있었다. 위지세가 작방에서 제작한 국화지로 이번에 위지불급이 납품한 그 종이였다.

이때 지그시 눈을 감고 있던 백리장패가 눈을 번쩍 떴다. 순간적으로 뿜어진 안광은 무쇠를 녹일 만큼 강렬했다.

"먹을 갈아라."

짤막한 지시가 하달되자 두 명의 호법이 먹을 쥐고 벼루에 갈기 시작했다.

슥슥……!

먹 향기가 독특했다. 탕약을 끓일 때 나는 약재 냄새 같기도 하고 귀한 사향 냄새 같기도 했다.

먹 향기를 깊이 들이켠 위지불급은 정신이 상쾌해졌다.

'휘먹이로군. 작은 휘먹도 그 가치가 상당한데 휘먹이 저렇듯 거대하니 먹 값만도 엄청나겠어.'

어느 정도 먹이 갈아지자 백리장패는 두 손으로 대붓을 집어 들었다.

그의 키는 오 척이 조금 넘는 단신이라 서탁 주변으로 한 자 높이의 작업대가 조성돼 있었다. 그는 작업대 위를 빠르게 이동하며 국화지 위에 붓을 놀렸다.

경쾌하고 거침없는 붓질이었다. 이미 머릿속에서 구상을 끝냈는지 그는 조금도 지체없이 그림을 그려 나갔다.

스— 스슥!

위지불급은 어릴 적부터 조부의 그림을 수없이 보아왔기에 웬만한 그림은 눈에 들어오지도 않았다.

그의 조부는 글씨와 그림에 있어 인간 한계에 이른 능력을 지녔기에 역사상 최고의 서예가로 꼽히는 왕희지나 조맹부의 글씨와 비교해도 손색이 없었으며, 고개지나 왕유의 그림과 견주어도 부족함이 없었던 것이다.

그런 위지불급이었지만 백리장패의 그림을 보면서 내심 놀라움을 금치 못했다.

백리장패는 엄청난 크기의 대붓으로 그림을 그렸지만 붓끝에 의해 그려진 그림은 지극히 섬세했다. 가는 붓으로도 그리기 힘든 꽃과 풀잎, 시냇물의 잔물결을 대붓으로 모두 표현한 것이다.

'대단하군. 대붓의 위력 때문인지 그림 전체에 생동감이 가득하다. 무공 수위는 정확히 평가할 수 없지만 그림 솜씨는 대가로서 손색이 없다.'

백리장패는 그림을 완성한 후 여백에 두 줄의 시를 남겼다. 그림 솜씨에는 미치지 못해도 글씨 또한 상당한 수준에 이른 필체였다.

"허허, 이제 끝났군."

그가 대붓을 내려놓고 길게 숨을 내쉬자 백리태보의 수뇌들은 열광적으로 박수를 치며 찬사를 아끼지 않았다.

"과연 가주께서는 신필(神筆)이십니다."

"유문의 선비들이 그리는 유약한 그림이 어찌 가주의 작품에 비하겠소이까?"

"오오, 진정 화폭 속에 세상이 담겼습니다."

칭찬을 마다할 사람은 없다. 권위를 중시하는 백리장패도 수뇌급의 열렬한 찬사에 기분 좋은 웃음을 터뜨렸다.

"허허헛, 오늘은 붓을 긋는 데 걸리는 데가 없었소. 덕분에 좋은 작품이 만들어진 것 같소."

그러다 외부인인 위지불급의 존재를 인식하고는 점잖게 뒷짐을 졌다.

"네가 청풍공방에서 온 아이냐?"

"그렇습니다."

"본래 자식 자랑은 팔불출이라 하지만 난 그런 비난을 감수하면서도 내 딸을 자랑하지 않을 수 없다. 빙아야말로 당대 최고의 재녀라 할 수 있지. 한데 세상의 사내놈들을 발가락에 낀 때만도 여기지 않던 그 애가 너를 만나보고는 칭찬을 아끼지 않더구나. 한마디로 촌골에 어울리지 않는 잠룡이라 하였다."

"잘못된 평가입니다."

백리장패는 사자갈기 수염을 어루만졌다.

"오냐, 네 말을 의례적인 겸손이라 생각하겠다. 만일 네가 진심으로 한 말이라면 내 딸의 안목이 잘못되었음을 비웃는 것과 같으니 말이다."

"저는 진심으로 드리는 말씀입니다. 촌골의 무지렁이가 어찌 잠룡일 수 있겠습니까?"

"뭐야?"

위지불급의 조롱하는 듯한 답변에 백리장패의 눈가 근육이 파르르 경련을 일으켰다.

백리태보의 수뇌들은 당혹감을 금치 못했다.

위지불급의 답변은 백리장패 부녀를 싸잡아 무시하는 의미를 담고 있었다. 즉, 딸의 안목도 형편없고 그런 딸을 두둔하는 백리장패 역시 무지하다는 뜻이었다.

백리초광은 위지불급을 이 자리로 불러들인 사람이기에

더욱 당황하고 말았다.

"가… 가주, 빙아가 농담으로 한 말이 아니겠소? 촌 녀석 말대로 무지렁이는 그저 무지렁이일 뿐이오."

그로서는 그나마 최상의 수습책이었다.

백리장패도 한갓 촌놈을 상대로 감정을 드러냈다는 사실에 자존심이 상해 위지불급의 답변을 무시했다.

"본좌가 빙아를 청풍공방에 보낸 것은 너희 공방에서 제작한 공예품과 국화지의 예술적 품질 때문이었다. 본좌는 그것들이 근래에 보기 드문 명품임을 알아보았다. 그래서 빙아를 보내 너희 공방에 대한 평가를 듣고 싶었던 것이다."

그는 차를 한 잔 마시고는 위엄있게 말을 이었다.

"빙아는 너희 청풍공방이 조금은 특이하다고 말했다. 무언가 신비감이 감추어져 있다고 했지. 특히 유이랑이라는 어린 청년은 꼭 만나봐야 할 대상으로 지목하였다."

"저는 가주님께서 무슨 말씀을 하시는지 잘 모르겠습니다. 저는 백리 소저의 부탁을 받고 물품을 배달 왔을 뿐인데 백리 소저가 마침 출타 중이기에 영수증을 받기 위해 가주님을 뵙고자 청한 것입니다."

"빙아가 중요한 임무 때문에 며칠 더 늦어질 것 같다. 본좌가 납품을 인정했으니 영수증은 필요없다."

"그래도 제가 집으로 돌아가 아버님께 보고를 드리려면 영수증이 필요합니다."

위지불급이 고집스럽게 청하자 백리장패는 혀를 내둘렀다.

"허어, 정말 고집스런 녀석이로군. 하지만 네 입장에서 생각하면 틀린 말은 아니다."

백리장패는 물품을 받았다는 영수증을 써주고 가주의 직인까지 찍어주었다. 권위를 중시하는 그로서는 전례가 없는 파격적인 우대였다.

하지만 그는 곧바로 영수증을 건네주지 않았다.

"문서를 받기 위해서는 너의 솔직한 감상이 필요하다."

"무슨 감상을 말입니까?"

"본좌가 그린 그림이다. 네 느낌을 솔직하게 말해보아라."

백리장패는 태사의에 걸터앉으며 자신이 그린 그림을 가리켰다.

위지불급은 난처한 표정을 지었다.

"저는 그림을 잘 모릅니다."

"그럴 리가 없다. 너희 공방에서 제작한 공예품은 하나같이 그림과 색이 잘 어우러진 예술품이었다. 만일 네가 본좌의 작품을 평가하지 않겠다면 그것은 본좌를 무시하는 것과 같다."

백리장패는 느긋하게 차를 즐기며 위지불급의 평가를 기다렸다.

위지불급은 머리를 긁적이며 백리장패가 그린 산수화를

세심하게 살펴보았다. 그로서는 최대한 난처한 모습을 보여야 했다.

백리장패가 의도하는 것은 단순한 그림에 대한 감상이 아니다. 그가 딸의 안목을 높이 평가한 이상 그 역시 자신을 예의 주시하면서 무언가를 파악하려는 것이다.

그렇다면 백리장패의 의혹을 일축할 적절한 답변이 필요하다. 물론 백리장패뿐만 백리태보 수뇌들 모두가 납득할 수 있는 답변이어야 한다.

이것은 그가 처음으로 강호의 고수들을 속여 넘겨야 할 중요한 순간이기도 했다.

第九章 색녀와 요녀

1

위지불급의 감상평은 아주 간단했다.

"좋습니다."

백리장패는 눈을 가늘게 뜨며 사자갈기 수염을 어루만졌다.

"그게 다냐?"

"벼루는 단연산 벼루라 좋았고, 먹은 휘먹이라 향기로웠습니다. 그리고 최고의 붓인 호필이기에 섬세한 표현도 가능했다고 생각됩니다."

"……!"

백리장패의 표정이 무섭게 굳어지며 두 눈에서 강렬한 안광이 폭사되었다.

그는 강호에서 효웅으로 불릴 만큼 깊은 심기의 소유자이다. 한데 위지불급의 혹독한 평가에 그의 오랜 수양이 무너질 정도였다.

수뇌급들 역시 가주의 그림을 철저하게 무시한 위지불급의 평가에 분노를 금치 못했다.

백리장패는 분명 자신의 그림에 대한 평가를 요구했다.

한데 위지불급은 그림에 대해서는 전혀 거론하지 않은 채 먹과 벼루, 붓 등 명품의 그림 도구들에 대한 찬사만 늘어놓았다. 그것은 백리장패의 그림은 별 볼일 없고 값진 그림 도구들만 돋보인다는 의미이기도 했다.

백리장패는 당장이라도 대붓을 들어 위지불급을 일획에 쪼개 버리고 싶었지만 너무도 태연자약한 위지불급의 모습에 조금은 의아한 심정이 되었다.

"유이랑, 네 눈에는 본좌의 그림은 보이지 않고 먹과 벼루, 그리고 붓만 보이느냐?"

위지불급은 상대의 감정을 한껏 긁어놓고도 무심하게 대꾸했다.

"아닙니다. 아무리 좋은 먹과 벼루, 붓이 있어도 역시 훌륭한 그림은 좋은 종이를 만나야 빛을 발할 수 있습니다. 종이가 먹을 제대로 흡수하지 못하면 애써 그린 그림은 먹물로 망칠 것이며, 먹을 너무 많이 흡수해도 섬세한 그림이 뭉개질 것입니다. 따라서 저희 작방에서 만든 국화지 덕분에 가주의 그림이 더욱 돋보이게 되었습니다."

결국 그가 내세운 평가는 그림 실력이 뛰어나서 좋은 그림이 그려진 게 아니라, 자신의 작방에서 제작한 훌륭한 종이 때문에 좋은 그림이 그려질 수 있었다는 뜻이었다.

"카하핫!"

처음에는 어이없는 웃음을 흘린 백리장패가 손뼉을 치며 호탕한 웃음을 터뜨렸다.

"카하핫, 참으로 당돌하면서도 영악한 놈이로다. 이제야 빙아가 널 잠룡으로 평가한 이유를 알 것 같구나. 너의 언변은 참으로 교활하다. 그 옛날 소진과 장의의 헛바닥을 지닌 것 같구나. 아마 네 말솜씨에 현혹된 빙아가 널 잠룡으로 착각했음이 틀림없다."

"제 자신을 정확히 평가하자면 용이 되려다 만 이무기입니다. 이무기를 달리 사룡(蛇龍)이라 하니 조금은 용일 수 있습니다."

"유이랑!"

백리장패가 탁자를 치며 벌떡 일어섰다.

"더 이상 간사한 헛바닥을 놀리지 마라. 네가 교묘한 언변으로 빙아를 잠시 현혹시켰는지 몰라도 본좌에게는 통하지 않는다. 네가 본좌의 그림에 대한 평을 유보했으니 이제 다른 과제를 통해 시험해 보겠다."

그는 납품 확인 영수증을 위지불급의 손에 쥐어주었다.

"과연 네가 그 물건을 보고 어떻게 평가할지 궁금하구나."

위지불급은 난처한 표정을 지었다.

"이번에는 또 어떤 물건입니까?"

"아주 간단한 물건이다. 너라면 그 물건의 제작과 소재를 충분히 파악할 수 있으리라 확신한다."

백리장패는 서탁 위의 그림을 말아 아우인 백리초광에게 건넸다.

"잘 표구해 두게."

"예, 가주."

백리장패는 수뇌급들을 향해 돌아섰다.

"본좌는 유이랑과 잠시 얘기할 게 있으니 그대들은 나가서 일들 보시게."

"알겠소이다, 가주."

백리태보의 수뇌들은 정중히 예를 표하고 차례로 태무전을 나갔다.

백리장패는 잠시 위지불급을 응시하다가 벽장으로 다가섰다. 벽장문을 연 그는 검은 보자기에 싸인 물건을 안아 서탁 위에 내려놓았다.

"……?"

위지불급은 눈썹을 슬쩍 치켜 올렸다.

보자기에 싸인 물건이 무엇인지는 알 수 없다. 하지만 검은 보자기는 본 적이 있다. 그가 중경으로 오던 길에 백리태보 무사들이 질주하면서 지나칠 때 순간적으로 본 물건이었다.

'당시 이 물건을 신속하게 전달하기 위해 백리태보 무사들이 오가는 짐마차를 밀쳐 내기도 했다. 그 안의 물건이 조금 궁금하기는 했는데 이렇게 보게 될 줄이야.'

백리장패는 사자수염을 어루만지며 턱짓으로 검은 보자기를 가리켰다.

"펼쳐 보아라."

"예, 가주."

위지불급은 검은 보자기의 매듭을 풀었다.

등(燈).

대오리로 틀을 짰고 겉에 얇은 천을 입힌 일반적인 등이었다. 천 색깔은 유난히 붉어 언뜻 기루에 내걸리는 홍등을 연상케 했지만, 그보다 훨씬 붉은 핏빛에 가까웠다.

위지불급은 붉은 등을 살피고는 다시 서탁 위에 내려놓았다.

"등에는 아무런 문제도 없습니다. 틀도 튼튼하고 아직 심지도 남아 있어 지금이라도 불을 밝힐 수 있습니다."

"그 등이 무슨 등인지 아느냐?"

"등이 붉기는 해도 기루에 걸리는 홍등은 아닌 것 같습니다. 똑같은 붉은색이라도 그 의미가 다소 다른데 이 붉은색은 왠지 으스스합니다."

"그럴 게다. 천을 물들인 붉은색은 물감이 아니라 사람의 피로 물들인 거니까."

"예에?"

깜짝 놀란 위지불급은 등에서 손을 떼며 급히 뒤로 물러섰다.

서탁으로 다가선 백리장패가 등을 집어 들었다.

"사람의 피는 통상 시일이 흐르면 검게 변색되는데 이 등의 색깔은 사람의 몸에서 분출된 핏빛이 그대로 유지돼 있다. 그것이 가능하겠느냐?"

"염료는 그 배합에 따라 다양한 색깔을 내며 특성이 바뀐다고 들었습니다. 저희 공방에서는 일반적인 염료만 직접 만들어 쓰기에 그런 특수 염료에 대해서는 아는 바가 없습니다."

"너희 청풍공방에서 납품한 죽세공품 중에서 등도 십여 개가 있었다. 그렇다면 너도 등에 대해 조예가 깊을 것이다. 혹시 그 등에서 특별한 점은 찾아내지 못했느냐?"

위지불급은 등을 집어 들고 세심하게 살폈다.

사실 그의 초인적인 관찰력을 감안하면 한 번 보는 것으로 이음새 부분까지 정확히 기억할 수 있지만, 지금은 백리장패가 지켜보는 상황이기에 최대한 시간을 끌었다.

잠시 후 그는 잔뜩 찌푸렸던 미간을 활짝 폈다.

"두 가지를 알아냈습니다."

"무엇이냐?"

“이 등에 사용된 대나무는 사천 땅에서는 자라지 않는 대나무입니다.”

“호오, 그래?”

백리장패는 새로운 발견에 한껏 흥분이 되어 바싹 다가섰다.

“어서 얘기해 봐라. 만일 네가 결정적인 정보를 제공한다면 후한 상을 내려주겠다.”

“제가 알기로 이런 종류의 대나무는 장강 하류에 위치한 지역에서만 자랍니다. 저희 공방에서 죽세공품을 제작하다 보니 각 지역의 대나무를 수집해 이것저것 만들어보곤 하지요. 확실치는 않지만 이 등에 사용된 대나무는 강안이나 창녕에서 자라는 대나무로 판단됩니다.”

“흐음, 그건 정말 새로운 발견이다.”

백리장패는 눈빛을 반짝이며 다시 다그쳤다.

“또 무엇을 알아낸 것은 없느냐?”

위지불급은 짐짓 꺼림칙한 표정을 지으며 등을 둘러싼 천을 손끝으로 비볐다.

“등을 제작할 때 사용하는 천은 화기에 강해야 합니다. 통상 소주산 생사에다 태호산 삼베를 섞어 만들지요. 그것을 통상 태소금(太蘇錦)이라 하는데 이 등에 사용된 천이 바로 태소금입니다.”

백리장패의 송충이눈썹이 요란하게 꿈틀거렸다.

“흐음, 등에 제작된 대나무와 천 모두가 강소성에서 생산
되는 물건이로군. 처음 사건이 발생한 지역이 강소성과 인접
한 산동성이었다. 이건 우연이 아니라 흉수가 강소성에 연고
가 있다는 결정적인 단서일 수 있다.”

그는 위지불급의 어깨를 덥석 쥐었다. 비록 위지불급에 비
해 한 뼘이나 작은 키이지만 손에서 뿜어지는 완력은 상당했
다.

“훌륭해. 정말 대단한 안목의 소유자로구나.”

“그저 아는 바를 말씀드렸을 뿐입니다.”

“아니다. 네게 후한 상을 내리겠다.”

“아닙니다, 가주. 백리 소저한테 받은 선금만으로도 과분
합니다.”

“받아야 한다. 그것은 네 안목에 대한 하사금이 아니라 네
입을 막기 위한 보상금이니까.”

“예에……?”

위지불급이 두려운 표정을 짓자 백리장패가 준엄한 어조
로 지시를 내렸다.

“넌 오늘 본좌와 나눈 얘기를 절대 발설해서는 안 된다. 만
일 네가 약조를 어긴다면 너희 청풍공방은 문을 닫아야 할 것
이다.”

위지불급은 뒤로 물러서며 공손히 손을 모았다.

“안심하십시오. 제가 바깥출입을 하는 일은 드뭅니다. 남

에게 말을 전하는 성격도 아닙니다."

"오냐, 너를 믿겠다."

백리장패는 한 손으로 붉은 등을 받쳐 들었다.

"네가 강호 사람은 아니다만 듣는 귀가 있다면 십야혈루등에 대한 풍문은 들은 적이 있을 것이다."

일순 위지불급의 안색이 해쓱해졌다.

"십야혈루등? 그… 그럼 그 등이 바로 죽음의 등이란 말씀입니까?"

"그렇다. 본래 열흘 밤의 공포로 불리었는데 한 재담꾼이 십야혈루등이라는 걸맞은 이름을 붙여주었다. 덕분에 신분을 확인할 수 없는 살인마를 십야혈루등주로 호칭할 수 있게 되었지."

"한데 그 등을 어떻게……?"

백리장패는 검은 보자기로 혈등을 꼭꼭 싸맸다.

"살인마는 한 건의 살인을 저지르면 혈등을 밝혀 자신의 소행임을 밝혀왔다. 한번 시작된 살인은 열흘 밤 동안 계속되지. 십야혈루등주는 그동안 여섯 번에 걸친 연쇄 살인을 저질렀다. 이 혈등은 본 가의 제자가 얼마 전 자행된 살인 현장에서 입수해 온 것이다."

"왜 그런 흉한 물건을… 집 안에 두시는 겁니까?"

"십야혈루등주에 대한 일말의 단서라도 찾아내기 위함이다. 그동안 근 십 개월에 걸쳐 연쇄 살인이 저질러졌지만 아직 누구도 살인마의 형체조차 보지 못했다. 살인 동기는 물론이며 살인마가 사내인지 계집인지조차도 모르는 상황이다. 한데 네가 아주 귀중한 정보를 알려준 것이다. 강소성! 살인마는 바로 그곳에 연고를 두고 있다.”

백리장패의 단정적인 확신에 위지불급이 난처한 표정을 지었다.

“가주, 단지 등을 제작한 재료만으로 추정하기에는 무리가 있습니다. 공연히 저 때문에 헛수고를 하실까 두렵습니다.”

“안심해라, 유이랑. 설사 틀렸다 해도 널 조금도 원망치 않을 테니까.”

백리장패는 금고를 열어 한 덩이의 황금을 위지불급의 손에 쥐어주었다.

“어려운 일이 있으면 언제든 찾아오너라.”

“이런 거금은 받을 수 없습니다.”

“유이랑, 사람의 입을 봉하는 방법 중 가장 확실한 것은 살인멸구다. 죽은 자는 입을 열 수 없으니 기밀 유지를 위해 최상의 방법일 수 있지. 그래서 강호에서는 가장 흔하게 사용되는 수법이다.”

“……!”

“네가 강호 사람이 아닌 것을 다행으로 생각해라.”

백리장패는 위지불급의 어깨를 다독여 주고는 몸을 돌렸다.

"그만 나가보아라."

위지불급은 정말 받고 싶지 않았지만 더 이상 거절할 수도 없는 상황이었다. 그는 정중히 예를 올리고는 문으로 향했다.

한데 그의 등 뒤로 백리장패의 묵직한 음성이 들려왔다.

"유이랑, 마지막으로 한 번 더 묻겠다. 본좌의 그림은 어떠했느냐?"

위지불급은 문을 열고 나가면서 건조한 음성으로 대꾸했다.

"붓질만큼은 예술이었습니다."

끝내 그림에 대한 평가를 유보한 답변이었다.

2

다각다각……!

말린 생선과 중경의 특산물을 약간 실은 마차가 촉도(蜀道)로 들어서고 있었다. 어자석에 앉아 있는 나른한 눈빛의 청년은 위지불급이었다.

중경 백리태보를 떠나온 그는 한가롭게 주변 마을을 둘러보면서 위지세가로 돌아가는 길이었다.

남들이 보기에는 부러울 만큼 여유로운 유람이지만, 그 자신은 탐방이라는 책임감을 부여해 단순한 유람이 아님을 스스로 강조했다.

그는 백리태보에서 보고 듣고 경험한 것들을 머릿속으로 정리했다.

위지세가 사람들은 집에 당도하기 전에는 가급적 기록을 남기지 않는다. 자칫 누군가 기록을 보게 되면 염탐꾼이나 절기를 훔치려는 도둑으로 오인할 수 있기 때문이다.

위지세가 사람들은 타고난 기억력을 지녔지만 자신이 경험한 많은 것을 모두 기억하려면 나름대로 훈련이 필요했다. 위지불급은 그런 훈련을 게을리 해 일족 중에서 가장 기억력이 미흡했지만 그래도 평범한 사람들에 비하면 경이적인 수준이라 할 수 있었다.

위지불급은 백리장패가 보여준 혈등을 떠올리며 머리를 긁적거렸다.

'십야혈루등은 내가 조사할 대상은 아닌데 우연히 가시권 안에 들어왔군.'

그는 중경을 떠나오면서 가는 곳마다 십야혈루등에 대한 풍문을 듣게 되었다.

십야혈루등이 마침내 사천성에도 모습을 드러낸 것이다.

열흘 밤의 공포가 스쳐 간 곳은 사천 동북부에 해당되는 지역이라 같은 사천성 내라 해도 천 리 밖의 일이지만 그 파장은 대단했다. 이번에도 예외없이 연쇄 살인이 전개되었지만 십야혈루등주가 처음으로 강호의 열협들과 충돌했기에 풍문은 정말 분분했다.

위지불급은 십야혈루등과 연루된 백여 가지의 풍문을 들었지만 대여섯 가지를 제외하면 모두 허황된 풍문임을 짐작할 수 있었다.

적어도 그는 십야혈루등주가 남긴 혈등을 직접 본 사람이었다.

십야혈루등이 사람 가죽으로 만들어졌다거나, 그 형상이 해골이라거나, 혈등에 악귀 그림이 그려져 있다거나 하는 터무니없는 헛소문은 대번에 걸러낼 수 있었다.

'충돌이 있었다면 보다 많은 정보가 수집될 수 있겠군.'

위지불급은 미지근한 차로 입 안을 헹구려다 동생과 일족들이 뇌리에 떠올랐다.

'참, 문현이 녀석과 일족들은 무사하겠지?'

그는 피식 실소를 지으며 쓸데없는 노파심을 지웠다.

그의 가문이 강호사를 기술하면서 아직 불미스런 사고가 있었다는 얘기를 들어본 적이 없었다. 세상 속에서 그의 일족들은 유령과 같기에 위지세가의 존재는 천외천이었다.

한데 이때였다.

문득 멀리서 들려오는 날카로운 비명 소리에 위지불급은 깊은 상념에서 깨어났다.

"응……?"

바람에 일렁이는 댓잎 소리가 간혹 사람의 비명 소리처럼 날카롭게 들리지만, 잠시 전의 소리는 분명 사람의 입에서 흘러나온 비명 소리였다.

그는 어자석 뒤편에 꽂아놓은 오금죽장을 가볍게 쥐어보았다.

'설마… 십야혈루등이 출현한 것은 아니겠지?'

물론 그럴 가능성은 희박했다. 십야혈루등은 해가 저문 저녁에만 출현했기에 아직 오후 해가 남아 있는 지금은 십야혈루등의 출현을 우려하지 않아도 되었다.

"아악!"

다시 들려온 비명 소리는 보다 선명했다. 사람의 비명 소리, 그것도 여인의 다급한 비명 소리가 분명했다.

"뭐야?"

위지불급은 마차를 멈춰 세우고 오금죽장을 뽑아 들었다. 가문의 규범상 강호의 분란에 관여해서는 안 된다. 하지만 자신이 위험에 처하게 되면 스스로를 지키기 위해 무공을 펼쳐도 가법에 저촉되지는 않는다.

촤아악―!

대나무 숲이 갈라지며 두 사람이 뛰쳐나왔다.

뜻밖에도 여인이었다. 두 여인은 부상을 당했는지 손과 얼굴에 피가 묻어 있었다. 둘 모두 화장이 다소 짙은 편이라 여염집 여인으로는 생각되지 않았다.

두 여인은 어자석에 앉아 있는 위지불급을 빠르게 훑어보고는 울상을 지었다.

"도와주세요."

그러다 뒤에서 들려오는 한줄기 파공성을 감지하고는 급히 우측 대나무 숲 속으로 뛰어들었다.

곧이어 나타난 푸른 그림자가 댓잎 위를 미끄러지다가 관도에 이르자 빙글 공중제비를 돌았다. 푸른 그림자는 재차 댓잎을 밟고 수림 위를 쏜살같이 미끄러졌다.

위지불급은 순식간에 멀어진 푸른 그림자를 보고는 나직한 감탄을 토했다.

'초상비와 비연무선의 신법이로군. 상당한 절정경공이다.'

그는 다행히 소동이 자신을 비껴갔다는 생각에 오금죽장을 꽂고는 다시 말고삐를 쥐었다. 한데 대나무 숲 저편으로 날아갔던 푸른 그림자가 언제 돌아왔는지 날렵하게 마차 앞으로 내려섰다.

"잠시 실례하겠소."

정중히 포권을 취하는 사람은 수려한 용모의 청년이었다. 푸른 경장에 검은 바람막이, 그리고 붉은 수술이 달린 검. 한눈에도 강호인임을 알 수 있었지만 용모가 워낙 수려하고 옷차림이 단정해 언뜻 유문의 귀공자로 보였다.

위지불급은 형식적으로 손을 모아 답례했다.

"무슨 일이오?"

"잠시 전 두 계집이 대나무 숲을 지나 관도로 나섰을 것이오. 혹시 어느 방향으로 도주했는지 보셨소?"

청년의 음성은 차분하면서도 정중했다.

"……."

위지불급은 물끄러미 청년을 바라보기만 할 뿐 대꾸를 하지 않았다.

청년은 다시 손을 모으며 자신의 신분을 밝혔다.

"너무 경계하지 마시오. 소생은 군천세가(君天世家) 출신으로 군사준(君嗣俊)이라는 사람이오. 소생이 쫓는 두 계집은 아주 음탕한 색녀들로 반드시 제거해야 하오."

"색녀……?"

"그렇소. 두 계집은 오래전에 괴멸된 색환마궁(色幻魔宮)의 색녀로 판명되었소. 반드시 사로잡아 저들의 추잡한 소굴을 소탕해야 하오."

"귀하는 협객이오?"

위지불급의 물음에 군사준은 잔잔한 미소를 지었다.

"소생 스스로 의협임을 자부할 수 없지만 악은 아니라고 확신할 수 있소. 소생을 믿고 두 색녀의 행방을 말씀해 주시오."

"솔직히 두 여인을 보기는 했소. 하지만 귀하의 말대로 색녀인지는 잘 모르겠소. 게다가 이미 부상이 심해 보여 행방을 밝혀주기가 어렵소."

"형씨, 두 색녀는 지극히 사악하오. 죽어 마땅한 계집들이니 절대 비호하지 마시오. 자칫 형씨가 다칠까 우려되오."

"미안하오. 난 귀하도 믿을 수 없으니 아무런 답변도 하지 않겠소."

위지불급은 말고삐를 쥐고 마차를 출발시켰다.

군사준은 마차가 지나가도록 옆으로 비켜섰다. 그는 상당한 수양을 거쳤는지 한갓 촌사람에게 무시를 당했는데도 전혀 화를 내지 않았다.

"형씨, 부디 강호의 계집을 조심하시오. 특히 호의를 보이는 반반한 계집일수록 경계를 해야 하오."

위지불급은 그를 돌아보며 가볍게 손을 쳐들었다.

"충고에 감사하오."

군사준은 가볍게 포권을 취하고는 훌쩍 뛰어올랐다.

양팔을 활짝 편 그는 대붕전시 신법으로 허공을 배회하다가 방향을 정하고 한 마리 새처럼 날아갔다.

위지불급은 끝없이 이어진 대나무 숲 사이의 관도를 따라 마차를 몰아갔다.

'군사준이라……. 이런 곳에서 군천세가의 영걸을 만나게 될 줄이야.'

군천세가는 팔대가문 중 서열 이위에 해당될 만큼 명문세가로 추앙을 받는 가문이다.

창건 조사는 중원오절(中原五絶)의 일원으로 당시 삼악(三

惡)을 몰아내는 혁혁한 공로를 세웠기에 무림영웅으로 명성
이 높은 멸사신검(滅邪神劍) 군위강(君威江)이다.

그러한 무림대협이 세운 무림세가답게 군천세가는 팔대가
문 중 가장 정파에 가까운 백도 가문이었다.

위지불급은 한 번의 출타에 백리태보와 군천세가 두 가문
의 무인들을 만났다는 사실에 묘한 흥미를 느꼈다.

'아주 공교로운 만남이군. 일부러 찾아가 만나기도 쉽지
않은데 말이야.'

그가 알기로 군사준은 당금 천하에서 열 손가락에 꼽히는
최고의 무림 기재이다. 백리태보의 공녀인 백리빙도 군사준
과 비교하면 명성이나 무공이 한 단계 아래로 평가된다.

위지불급은 대나무 숲을 둘러보며 나직이 중얼거렸다.

"가만, 달아나던 두 계집이 색환마궁 소속의 색녀라 했던
가? 그런 음탕한 계집들이라면 달아난 곳을 일러주었어야 했
나?"

색환마궁은 일 갑 전 혈세삼악으로 악명을 떨친 색환마녀
가 세운 문파이다. 무림 정협들을 유혹해 정혈을 말려 죽이는
색환마궁의 사악함은 무림의 공분을 사기에 충분했다.

결국 색환마궁의 색녀들은 무림공적으로 지목돼 중원오절
이 이끄는 백도연합에 의해 와해되었다.

당시 궁주인 색환마녀를 비롯한 수뇌급들이 모두 죽었기
에 색환마궁은 위지세가의 사료에도 멸절된 것으로 기록돼

있다. 한데 색환마궁의 색녀들이 다시 출현했다면 이는 골치 아픈 사건이 아닐 수 없었다.

'한동안 평온한 세월을 보냈는데 무림계가 들끓고 있군. 하기는 무림사 이래 강호무림이 십 년 평화를 유지한 적이 한 번이라도 있었던가? 가벼운 바람에도 잔물결이 거대한 파도로 변하는 곳이 바로 무림천하이지.'

이때였다. 대나무 숲에서 뛰쳐나온 두 사람이 대뜸 마차의 짐칸으로 올라앉았다.

고개를 틀어 돌아본 위지불급은 떨떠름한 표정을 지었다.

"어쩌자고 남의 마차에 함부로 올라타는 거요?"

짐칸에 올라앉은 두 사람은 군사준에 의해 쫓기던 두 여인이었다. 군사준의 말이 사실이라면 두 여인은 색환마궁의 색녀이기에 아주 위험한 존재들이다.

취의여인이 손을 모으며 공손히 예를 올렸다.

"고맙습니다, 공자. 저희를 숨겨주신 덕분에 겨우 목숨을 부지할 수 있었습니다."

"난 두 낭자를 지켜주려고 입을 다문 게 아니오. 다만 강호 사건에 연루되기 싫어서였소. 군천세가의 무사가 아직 근처에 있을지 모르지 어서 마차에서 내리시오. 공연히 발각되면 내가 낭자들과 한통속으로 오해를 살 거요."

취의여인은 눈물을 글썽이며 간곡하게 하소연을 했다.

"공자, 저희는 음탕한 색녀가 아닙니다. 군사준이야말로 사람의 탈을 쓴 이리입니다. 놈은 저희 자매를 겁탈하려 한 색마이지 결코 협객이 아닙니다."

"낭자들이 색녀라 해도 나와 무관한 일이니 어서 마차에서 내리시오."

"공자, 동생은 큰 부상을 당해 의식을 잃었습니다. 소녀 역시 부상이 심해 움직일 수가 없습니다. 부디 몸을 숨길 곳까지만 데려다 주십시오."

위지불급은 여인의 청을 냉담하게 거절했다.

"잠시 후 날이 저물면 군사준이라는 무사도 추적을 포기할 거요. 그때까지 몸을 추스르다가 피신하도록 하시오."

취의여인은 무릎걸음으로 다가섰다. 눈물에 젖은 음성이 아주 애절했다.

"흑, 침묵을 지켜 저희 자매를 구해주셨는데 왜 이리 야박하게 내쫓으려 하십니까? 저희 자매를 불쌍히 여겨 제발 은혜를 베풀어주십시오."

"내가 야박해서가 아니라 내 마차를 타고 가는 게 더 위험해서 하는 소리요."

"도와주세요, 공자. 소녀의 어린 동생이 가엾지도 않습니까?"

위지불급은 혼절해 쓰러져 있는 여인 쪽으로 시선을 돌렸다. 취의여인보다 다소 어려 보였지만 왠지 소녀다운 청순함은 느껴지지 않았다.

위지불급은 어자석 아래에서 나무 상자를 끄집어냈다.

"약과 먹을 것을 조금 주겠소. 대나무 숲은 안전하니 기력을 회복했다가 떠나도록 하시오. 여기……."

이 순간 미세한 폭음과 함께 그의 얼굴 앞에서 뽀얀 분말이 피어올랐다. 약간은 비릿한 냄새가 풍겼다.

'젠장, 미혼분……?'

위지불급은 대번에 뽀얀 분말의 성분을 간파했지만 미혼분은 이미 폐부 깊숙이 스며들고 말았다.

맥이 탁 풀린 그는 나무 상자를 떨어뜨리며 옆으로 기울어졌다. 그는 굳센 의지로 정신을 차리려 했지만 미혼분은 그의 의지마저 마비시켜 버렸다.

취의여인은 정신을 잃고 쓰러지는 그를 부축해 안으며 요사한 웃음을 흘렸다.

"호호, 촌놈한테는 미혼분이 역시 즉효야."

위지불급의 귀로 또 다른 여인의 음성이 들려왔다.

"소청 언니, 확실히 제압된 거야?"

"그래, 미혼쇄백분(迷魂碎魄粉)은 절정고수라도 견딜 수가 없지."

"어서 데려가자. 이놈의 양기를 듬뿍 섭취하면 기력이 회복될 것 같아."

"소홍, 내가 제압했으니 내가 먼저다."

취의여인이 위지불급을 옆구리에 끼는 순간 그는 완전히

정신을 잃고 말았다.

군사준이 경고한 대로 두 여인은 색환마궁의 사악한 색녀들이었다. 사나운 맹수는 남녀를 불문하고 사람을 잡아먹지만 이들은 오직 사내만 잡아먹는 암컷이었던 것이다.

3

허름한 대나무집.

대나무를 얼기설기 엮어 만든 대나무집은 죽순을 캐러 오는 사람들이 하루 이틀 묵는 임시 숙소였다. 지금은 죽순을 캐는 시기가 지났기에 찾아올 사람도 없다.

취의여인 소청이 대자리 위에 위지불급을 눕혔다.

"와아, 촌놈치고는 제법 미끈하군?"

소홍이 위지불급의 얼굴을 어루만지자 소청이 매몰차게 그녀의 손을 밀쳤다.

"소홍, 넌 나가서 잠시 망을 보고 있어."

"치이, 함께 즐길 수도 있잖아?"

"그건 사내가 멀쩡할 때 얘기이지. 미혼쇄백분에 취한 상태에서는 둘이 동시에 즐길 수가 없어."

소홍은 아쉬움을 달래며 대나무집을 나갔다. 그녀의 동문 언니가 사내의 양기를 모두 흡수하지 않기만을 기대해야 할 상황이었다.

소청은 위지불급의 앞자락을 헤치고는 부드럽게 어루만졌다.

"오, 얼마 만에 느껴보는 사내의 감촉인가?"

그녀는 맛있는 요리를 음미하듯 위지불급의 몸을 혀로 핥았다. 그녀는 어려서부터 색공을 수련했기에 사내와 접촉하는 것만으로 쾌감을 느낄 수 있었다.

"가만, 양기를 북돋아주어야겠군."

그녀는 허리춤에서 작은 약병을 꺼내 위지불급의 코에 대주었다. 초록색 연기가 피어오르며 위지불급의 코로 스며들었다.

"으음……!"

기이한 향기에 비로소 정신을 차린 위지불급은 빠르게 현상황을 파악했다.

'맞아, 내가 색녀의 미혼분에 당했었지?

이때 소청이 그의 볼을 감싸 쥐고는 격렬하게 입을 맞추었다.

위지불급은 수치와 분노를 느끼며 그녀를 밀쳐 내려 했지만 전혀 힘을 쓸 수가 없었다. 혈도가 제압되어서가 아니었다. 미혼쇄백분은 해소됐지만 또 다른 음약에 중독된 것이다.

소청은 그의 손을 부여잡고 자신의 젖가슴을 애무했다.

"호호, 넌 지금 색환쾌락연에 중독됐다. 네 모든 기력은 한곳으로만 집중되기에 감히 날 거부할 수 없지."

위지불급은 어처구니가 없었다. 자신이 한갓 색녀의 노리개가 될 줄은 꿈에도 생각지 못한 것이다.

"더러운 계집, 당장 꺼져라!"

그는 침이라도 뱉어주고 싶었지만 혀의 근육마저 풀려 말도 제대로 할 수가 없었다.

소청은 그의 허리띠를 풀고 바지를 끌어 내렸다.

"호호, 정말 근사하군."

그녀는 그를 끌어안으며 한껏 몸을 비볐다.

위지불급은 자신의 의지와 무관하게 피가 끓어오르며 걷잡을 수 없는 욕정에 사로잡혔다. 그의 머릿속은 얼음처럼 차가운 데도 아랫도리는 용노와 같은 열기를 발하고 있었다.

소청은 뱀의 혓바닥처럼 붉은 혀를 놀려 그의 몸 구석구석을 핥았다.

"촌닭, 색환쾌락연에 중독된 이상 계집을 품지 않으면 네 혈관이 터져 비참하게 죽는다. 하지만 너무 겁낼 것 없어. 이 누나가 자비를 베풀어 네 욕화를 식혀줄 테니까."

위지불급은 몸이 불덩이처럼 달아오른 와중에도 냉철한 이성을 잃지 않으려 애썼다.

"더러운 암컷… 당장 꺼져라. 너 따위는 필요없어."

그러나 전신을 불태우는 욕화에 얼굴이 붉게 달아오르며 두 눈마저 점점 시뻘겋게 충혈되었다. 색녀를 거부하려는 그의 의지는 급속도로 약화되었다.

한편 소홍은 허름한 대나무 벽을 통해 집 안을 훔쳐보고 있었다.

남의 교접을 훔쳐보는 관음(觀淫)은 사내의 능숙한 애무보다 더 몸을 달아오르게 해준다.

소홍은 자신의 가슴과 사타구니를 움켜쥔 채 절로 신음 소리를 흘렸다. 그러나 은밀한 관음은 그녀가 이 생애에서 느낄 수 있는 마지막 쾌락이었다.

피잉!

날아든 두 개의 댓잎이 그녀의 아혈과 마혈을 동시에 점했다. 이어 그녀는 둔탁한 폭음 소리를 들으며 정신을 잃고 말았다. 폭음은 그녀의 머리가 으스러지는 소리였다.

대나무 벽을 사이에 두고 벌어진 참상을 소청은 전혀 감지하지 못하고 있었다.

소청은 위지불급의 다리 사이에 걸터앉았다. 이미 그녀의 몸은 불덩이처럼 달궈져 있었다. 지금 그녀에게 간절히 필요한 것은 사내의 싱싱한 양기였다.

"흐윽, 흡정공으로 네 양기를 모두 흡수하겠다."

소청은 천지교합을 이루기 위해 위지불급의 아랫도리에 둔부를 바싹 밀착시켰다. 한데 그녀는 사내 맛을 채 보기도 전에 갑작스럽게 날아든 발길질에 그만 가슴팍이 걷어차이고 말았다.

"악!"

소청은 고통스런 비명을 토하며 허술한 대나무 벽을 뚫고 나가동그라졌다. 치부를 여실히 드러낸 그녀의 알몸은 아름답다기보다 흉물스러웠다.

일격에 가슴뼈가 으스러진 그녀는 숨도 제대로 쉴 수가 없었다. 공포로 물든 그녀의 눈망울 속으로 한 여인의 형상이 선명하게 새겨졌다.

복장으로만 논한다면 육감적인 몸매의 여인은 소홍과 소청 두 색녀보다 도발적이었다.

잘록한 허리와 배꼽을 드러낸 상의는 풍만한 젖가슴을 겨우 가릴 정도였고, 허리 아래로 걸친 치마는 허벅지가 환히 드러날 만큼 짧았다.

옷을 입었다지만 벗은 부위가 더 많기에 반라나 다름없는 옷차림이었다. 그나마 팔찌와 목걸이, 귀고리 등의 화려한 장신구를 착용하고 있기에 조금은 더 가려졌다고 할 수 있었다.

여인은 짧은 상의와 치마, 그리고 바람막이까지 온통 붉은색 일색이었다.

"호홋, 강호의 풍문이 사실이로군. 오래전 멸문된 색환마궁이 다시 등장했다고 하던데 바로 네년들이었더냐?"

붉은 옷의 여인은 놀랍게도 백리태보의 공녀인 혈향요희 백리빙이었다. 평소와 달리 면사를 쓰고 있지 않았기에 매혹적인 붉은 입술을 선명하게 드러내고 있었다.

백리빙은 손에 든 오금죽장으로 소청의 머리를 내려쳤다.

둔탁한 폭음과 함께 소청 역시 소홍과 마찬가지로 머리 없는 귀신이 되는 참살을 당하고 말았다.

간단히 두 색녀를 처치한 백리빙이 위지불급에게 다가섰다.

위지불급은 욕화에 휩싸여 와들와들 떨고 있었다. 그는 그런 와중에도 용케 백리빙을 알아보았다.

“백리… 소저요……?”

백리빙은 알몸과 다름없는 그를 내려다보다가 자신의 바람막이를 풀어 그의 몸을 덮어주었다.

“그 꼴이 뭐야? 정말 실망이다.”

“너무 고통스럽소……. 차라리 죽여… 주시오.”

백리빙은 그의 고통스러워하는 모습을 즐기며 자세를 낮춰 앉았다.

“이봐, 넌 지금 색환마궁의 음약인 색환쾌락연에 중독되었어. 달리 해독약은 없고 오직 계집을 품어야만 끓는 피를 가라앉힐 수 있지.”

“모르겠소……. 죽여주시오.”

그가 식은땀을 흘리며 이를 딱딱 마주치자 백리빙은 다소 안쓰러운 표정을 지었다.

“정신력은 정말 대단해. 색환쾌락연에 중독되면 제 어미도 몰라본다고 하던데 용케 신지를 잃지 않고 있군.”

지독한 욕화에 피가 역류되면서 위지불급의 코와 눈을 통해 피가 흘러나오기 시작했다.

"아, 안 되겠다. 이러다 혈관이 터져 죽겠어."

백리빙은 급히 그를 안아 들었다.

일순 위지불급은 그녀의 감미로운 체향을 맡게 되자 한가닥 이성마저 상실하고 말았다. 그는 욕정을 해소하려는 본능에 젖어 그녀의 목에 팔을 두르며 입을 맞추었다.

"……?"

난데없는 기습에 입술을 빼앗겼지만 백리빙은 그를 팽개치지 않았다. 그녀가 혼혈을 찍자 그는 숨이 끊어진 사람처럼 축 늘어졌다.

백리빙은 어처구니가 없는 실소를 지었다.

"훗, 네가 감히 내 허락도 없이 입을 맞춰? 넌 그 한 가지 죄만으로도 오체분시를 당해야 돼. 하지만 네가 우리 가문을 위해 중요한 단서를 제공했으니 이번은 용서해 주겠다."

그녀는 잠시 그를 내려다보다가 그의 뺨에 볼을 비볐다.

"이 고집쟁이야, 왜 살려달라고 나한테 빌지 않았어? 그랬으면 내가 너를 한번 안아줄 수도 있었을 텐데 말이야."

第十章 충격과 분노

1

　꿈이라고 하기에는 몸으로 느낀 쾌감이 너무나 강렬했다. 또한 여인의 흐느낌이 아직도 귓가에 맴돌고 있었으며 지금도 여인의 향기가 코를 자극한다.

　위지불급은 천천히 눈을 떴다.

　음약에 취해 너무 격렬한 정사를 벌여서인지 온몸이 무기력하기만 했다. 전신 혈관을 터뜨릴 것만 같았던 욕화가 해소되었지만 아직도 정신이 몽롱했다.

　'여기가… 어디지?'

　창문이 작은 방, 휘장이 둘러진 침상, 빛바랜 천장, 별로 유쾌하지 않은 냄새…….

위지불급은 손끝에 와 닿는 매끄러운 감촉을 느끼며 조금씩 더듬어보았다.

여인의 알몸.

자신과 같은 침상에서 자고 있는 여인의 등과 엉덩이를 촉감으로 느낄 수 있었다.

“……?”

위지불급은 눈을 가늘게 뜬 채 애써 끊어진 기억을 더듬어보았다.

색녀의 미혼분에 정신을 잃고 대나무집으로 끌려간 것은 확실히 기억할 수 있었다. 그곳에서 정신을 차렸고, 이번에는 지독한 음약에 중독되었다. 색녀에 의해 강제로 교접을 맺기 직전 누군가의 도움으로 일단 치욕을 모면할 수 있었다.

그를 구해준 사람은 놀랍게도 혈향요희 백리빙이었다.

'맞아, 백리빙이 색녀를 죽였다. 그리고 날 안아 들었다.'

확실치는 않지만 욕화에 휩싸여 그녀의 목을 부여안고 입을 맞춘 것 같기도 했다. 하지만 그녀의 깐깐한 성격을 감안한다면 그의 잘못된 기억일 수 있었다.

백리빙의 독랄한 손속은 강호에서 유명했으며, 성도의 주루에서 흑사강 순찰조장을 간단히 죽이는 광경을 그 눈으로 보지 않았던가.

만일 그가 백리빙의 입술을 함부로 빼앗았다면 자신의 목이 붙어 있지 않았을 것이다.

‘내가 살아 있는 것으로 보아 백리빙과 입을 맞춘 것은 아니다. 색녀와의 입맞춤을 착각한 거야.’

그러다 문득 자신 옆에서 등을 돌린 채 잠자고 있는 여인의 존재를 떠올리게 되었다.

‘설마… 백리빙이란 말인가?’

그는 두려움과 흥분이 혼합된 심정으로 몸을 조금 일으켜 슬쩍 여인을 살펴보았다.

조금은 앳되어 보이는 여인은 다행히도 백리빙이 아니었다. 처음 보는 낯선 여인이었다. 하지만 얼굴에 남아 있는 화장기와 유곽으로 생각되는 방을 감안하면 청루의 기녀로 생각되었다.

‘후우, 다행히 아니로군.’

위지불급은 안도의 한숨을 내쉬고는 다시 자리에 누웠다.

백리빙은 아니다. 당연히 아닐 수밖에 없다. 아니, 백리빙이어서는 안 된다. 만일 백리빙이 그의 음약을 해소시켜 주기 위해 몸을 허락했다면 그는 평생 그녀의 치마폭에 휩싸여 지내야 할 것이다.

최악의 상황은 아니라는 생각에 그는 정신을 차리며 몸을 일으켜 앉았다.

이때 잠에서 깨어난 여인이 그를 향해 몸을 돌려 누웠다.

“어마, 벌써 일어나셨어요?”

여인은 눈웃음을 치며 다정한 미소를 지었다.

여인은 유곽에 몸을 담기에는 조금 어린 나이로 보였다. 그래도 교태로운 눈웃음은 나이에 걸맞지 않게 사내에 대해 충분히 알고 있는 여인으로 생각되었다.

위지불급은 침상 옆 협탁에 놓인 차를 찻잔에 따르며 자연스럽게 그녀의 눈길을 피했다.

"이름이 뭐요?"

여인은 몸을 일으켜 앉으며 이불로 가슴을 가렸다.

"소녀는 아금(雅琴)이라 합니다. 공자께서는⋯⋯?"

"나를 옮겨다 준 여인이 누구인지 아시오?"

"이름은 모릅니다. 노출이 심한 옷차림에 면사를 쓰고 있는 여인의 모습만 언뜻 보았습니다."

"그녀가 확실하군. 그 정도면 됐소."

위지불급은 찻잔을 내려놓고 옷을 찾기 위해 주변을 두리번거렸다.

아금은 눈치 빠르게 그의 의도를 알아챘다.

"그 아가씨께서 분부한 대로 옷을 준비해 두었습니다. 공자께서는 거의 알몸으로 당도했기에 옷이 필요했지요."

"고맙소."

침상을 나선 위지불급은 대나무 탁자 위에 올려져 있는 옷을 걸쳐 입었다. 그가 평소 입고 다니던 무명복과 같은 옷감이었다.

한데 장삼을 집어 들자 그가 차고 있던 전대와 한 통의 서찰이 보였다. 봉투는 단단히 봉해져 있었으며 서명 한 글자 남겨져 있지 않았다.

"……."

위지불급은 봉투를 품속에 챙겨 넣고 전대에서 황금 한 덩이를 꺼내 탁자 위에 내려놓았다. 백리장패가 입막음용으로 하사한 금덩이였다.

"애썼소."

그는 조용히 방을 나갔다.

비로소 침상에서 기어나온 아금은 탁자에 남겨진 돈을 보고 깜짝 놀랐다. 그저 인사치레로 은자 한 덩이를 던져 주고 간 것이라 생각했는데 그것이 아니었다.

그녀의 손에 쥐어 있는 것은 유녀 생활을 청산하고도 남을 거액의 황금이었던 것이다.

2

다각다각……!

한 대의 짐마차가 구불구불한 속도를 따라 이동하고 있었다. 실린 짐이 많지 않기에 다소 가파른 고갯길을 올라가는 말의 발걸음이 가뿐하다.

위지불급은 가는 길은 말에게 맡긴 채 서찰에만 몰두해 있었다. 서찰은 물론 백리빙이 그에게 남긴 글이다.

한심한 사내 유이랑,

뒤늦게 집에 돌아와서야 네가 다녀갔음을 알게 되었다. 왜 조금만 더 기다리지 않았니? 널 꼭 만나고 싶었는데 말이다.

아버님은 십야혈루등의 소재를 밝혀낸 네 공로를 크게 치하하셨다. 덕분에 나도 아버님의 두터운 신임을 받게 되었지. 그래서 너를 만나기 위해 서둘러 집을 나서게 되었다.

내가 색녀들에게 농락당할 뻔한 너를 구할 수 있었던 것은 도중에 군사준을 만난 덕분이다.

군사준이 조금은 특별한 사람을 만났다고 하더구나. 행색은 촌사람이지만 언변과 의식이 아주 뛰어나다고 했다. 그래서 내가 말했지. 내가 찾으려는 사람이 바로 그 싸가지없는 촌놈이라고 말이야.

네 마차를 찾아내기는 어렵지 않았다. 그리고 네 소유로 보이는 검은 대나무 지팡이로 음탕한 두 년의 골통을 박살 냈지.

대나무 지팡이는 의외로 뛰어난 병기였다.

분명 대나무였는데 무쇠처럼 단단하더구나. 두 색녀의 머리통이 간단히 박살나더군. 더욱 놀라운 사실은 대나무에 피가 전혀 묻지 않았다는 데 있다. 조금은 탐이 났지만 네 집안의 보물인 것 같아 돌려준다.

한심한 사내 유이랑,

네가 당한 색환쾌락연은 계집을 품어야만 해소된다. 적어도 서너 번은 교접을 가져야 완전히 해소될 수 있지.

물론 내가 크게 자비를 베풀어줄 수도 있었다. 내 몸을 통해 네 음약을 해소시켜 주는 일 말이야. 하지만 우리는 고작 두 번 만났을 뿐인데다 내가 그럴 책임이 없잖아?

뭐, 우리 사이에 약간의 우정이라도 있었다면 기꺼이 널 위해 옷을 벗을 수도 있었겠지만. 호호.

그러나 내가 그렇게 헤픈 계집은 아니야. 내가 자존심이 상하면서까지 음약에 취한 네게 내 몸을 주고 싶지는 않았다. 그래서 널 유곽으로 데려간 거다.

본래는 네가 깨어나면 얼굴이라도 보고 가고 싶었지만 문밖으로 들려오는 신음과 숨소리가 장난이 아니더구나.

내가 네 후견인도 아닌데 그런 상황을 지켜본다는 게 조금은 화가 났다. 그래서 글을 남겨 사정을 밝힌 것이다.

한심한 사내 유이랑,

강호가 이런 곳이다. 네 안목과 의식이 촌 사내치고는 뛰어난 편이지만 강호는 무서운 권모술수가 도처에 깔려 있다. 어제의 친구가 오늘의 적이 되는 것도 바로 강호다.

나도 여러 번 위기를 겪었으니 너 같은 촌 사내가 이런 꼴을 당한 것은 특별한 사건도 아니다.

나는 이번 일을 잊겠지만 너는 아마 평생 잊지 못할 치욕이 될 것이다. 그래도 잊어라. 잠시 술에 취해 유곽의 계집을 품었다고 생각하면 될 테니까.

참, 다음에 또 내 입술을 함부로 훔치면 용서치 않겠다.

빙(氷).

백리빙은 나름대로 솔직하게 상황과 자신의 심정을 밝혔지만 위지불급에게는 조롱과 멸시로만 생각되었다.

"젠장, 내가 이런 수모를 당하다니!"

그는 분노를 이기지 못하고 서찰을 찢어 씹어 먹었다. 쓰디쓴 먹물이 목구멍을 타고 넘어갔지만 쓴맛을 느끼지도 못했다.

자신의 수치스런 모습을 백리빙이 모두 보았다는 생각에 이르자 얼굴이 화끈거려 견딜 수가 없었다. 할 수만 있다면 그의 머릿속을 끄집어내 소금물로 박박 씻어 모든 기억을 지우고 싶었다.

그러나 위지세가 일족의 뛰어난 기억력은 축복인 동시에 형벌이기도 했다. 아마 그는 죽을 때까지 지난밤의 치욕을 잊지 못할 것이다.

위지불급은 아주 잠깐 살의를 느꼈다. 자신의 치욕적인 순간을 알고 있는 백리빙을 죽이고 싶은 심정을 품어보았다. 물론 그것은 있을 수 없는 일이다.

백리빙은 그의 은인이다.

만일 그녀가 적시에 나타나 색녀들을 죽이지 않았다면 그는 정혈이 고갈되는 비참한 죽음을 면치 못했을 것이다. 그를 구하기 위해 여인의 몸으로 사내를 유곽까지 옮겨다 주는 수고까지 마다하지 않았으니 아주 큰 신세를 진 셈이다.

백리빙의 서찰을 모두 씹어 삼킨 그는 잠시 생각에 잠겼다.

신세를 졌으면 반드시 갚아야 한다는 것이 가문의 지침이다. 물론 그런 지침이 없다 해도 그의 자존심상 백리빙에게 진 신세는 잊지 못한다.

'어떻게 신세를 갚아야 할까. 어떻게……'

백리빙이 쟁쟁한 가문인 백리태보의 공녀이기에 신세를 갚는 일도 쉽지 않다. 넉넉한 재물을 지녔으니 돈으로 보상할 수도 없고, 없는 물건이 거의 없으니 귀한 골동품이나 예술품도 적합한 보상 품목이 못 되었다.

'내가 보는 앞에서 누가 백리빙을 겁탈하려는 일은 없을까? 그럴 때 내가 구해주면 똑같은 방법으로 신세를 갚는 게 되는데 말이야.'

그는 잠시 동안 터무니없는 상상을 하다가 고개를 흔들었다.

'내가 일부러 조작하지 않은 한 그런 일은 없을 거다.'

문득 그는 서찰의 마지막 대목을 떠올렸다.

'가만, 다음에 또 입술을 훔치면 용서치 않겠다고? 그렇다면 내가 혼몽 속에 그녀와 입을 맞춘 게 사실이란 말인가?'

그는 잔뜩 우거지상을 지으며 쓴 입맛을 다셨다.

그녀의 신분과 매력적인 미모를 감안한다면 그녀와의 입맞춤은 사내로서 행운일 수 있었다. 하지만 위지불급은 전혀 그런 생각이 들지 않았다. 커다란 신세를 진 데다 함부로 입을 맞추었으니 향후 그녀가 어떤 요구를 청해도 거절하기가 어려운 상황이 된 것이다.

'바보 같은 자식! 음약조차 이겨내지 못하다니!'

그는 자신의 머리를 쥐어뜯으며 심하게 자책했다.

한데 이때였다.

한 무리 상인들이 다리를 건너오는 바람에 그는 상념에서 깨어나며 마차를 멈춰 세웠다. 상인들은 길을 양보해 준 위지불급에게 예를 표하고는 대열을 이끌고 멀어졌다.

다각다각……!

다리를 건넌 마차는 미산현으로 들어섰다. 늦어도 저녁나절에는 집에 이를 수 있는 거리였다.

위지불급은 미혼분으로 자신을 제압한 두 색녀를 떠올렸다. 화장이 다소 짙었지만 겉으로 보기에는 전혀 색녀처럼 보이지 않은 위선에 그는 부드득 이를 갈았다.

'색환마궁의 더러운 계집들! 내 반드시 네년들 소굴을 찾아내 박살을 내주겠다!'

3

여름 해는 길기에 유시를 지났는데도 아직 완전히 저물지 않았다.

위지세가의 외곽 경계 지역으로 들어선 위지불급은 예전과 다른 공기를 느끼며 답답해졌다. 주변의 분위기가 너무 칙칙했던 것이다.

멀리 대나무 담장이 둘러진 시골 장원이 보인다.

위지불급은 서둘러 마차를 몰아 문 앞에 이르렀다. 그의 귀환 소식은 감시꾼에 의해 이미 알려졌을 것이건만 문밖까지 마중 나온 사람이 전혀 없었다. 단독 출타 후 돌아온 것을 감안한다면 조금은 섭섭한 대응이었다.

그가 마차를 세우고 어자석에 내려서자 자형인 연남건이 마중을 나왔다.

"왔는가, 큰처남?"

위지불급은 그의 가슴에 달려 있는 삼베 상장(喪章)을 보고는 가슴이 덜컥 내려앉았다. 상장은 일족 중 누군가의 죽음을 의미하기 때문이다.

'설마 할아버님께서?'

그는 비통한 심정으로 조심스럽게 물었다.

"할아버님께서… 운명하신 거요?"

"아닐세."

"아, 다행이군."

위지불급은 비로소 안도의 한숨을 내쉬다가 깜짝 놀라 다시 물었다.

"그럼 누구요? 대체 누가 운명한 거요?"

연남건이 침통한 모습으로 대답했다.

"위지한 당숙께서 돌아가셨네."

"뭐, 뭐요?"

위지불급은 자신의 귀를 의심했다. 한순간 수십 가지의 생각을 동시에 떠올린 그는 심장이 세차게 요동쳤고 눈앞이 아찔해졌다.

그와 같은 날 출타한 위지한의 임무는 십야혈루등에 대한 상세한 조사였다. 동생인 위지문현을 동반한 출타였다. 하기에 위지한의 갑작스런 부고는 그에게 있어 너무도 엄청난 충격이 아닐 수 없었다.

위지불급은 무수한 가정 속에서 한 가지를 끄집어 올렸다.

"설마… 살해되신 것이오?"

연남건은 그의 어깨에 손을 얹었다.

"그러하네. 작은처남도 위중한 부상을 입었지."

위지불급은 청천벽력과도 같은 사건에 일순 정신이 아득해졌다.

일족이 피살되었다!

이것은 그가 알기로도 위지세가 창건 이래 존재한 적이 없는 충격적인 사건이었다. 위지세가 사람들은 워낙 뛰어난 지모를 지녔기에 어떤 위기 속에서도 자신을 지킬 수 있었던 것이다.

'당숙께서 돌아가셨고… 문현이가 크게 다쳤다고?'

위지불급은 온몸에 소름이 돋을 만큼 오싹한 전율에 사로잡혔다. 그러나 언제까지 충격과 비탄에 젖어 있을 수만은 없었다.

그는 위지세가의 장손이기에 가문이 처한 중대한 상황을 안정시킬 책임이 있었다.

"아버님은… 어디 계시오?"

"사당에 계시네."

"알겠소."

위지불급은 옷깃을 여미고는 서둘러 안채로 들어섰다.

촛불이 밝혀진 사당 안은 향 냄새가 코를 찔렀다.

제단에는 위지세가 역대 선조들의 위패가 빼곡하게 모셔져 있었다.

위지세가 사람들은 모두 화장으로 장례를 치른다. 화장을 한 후 유골을 별로도 모시는 경우도 있지만 이들은 유골을 대나무 숲에 뿌리고 위패만 모신다. 이는 유사시에 위패만 챙겨 피신하기 위함이었다.

위패는 항렬에 맞춰 모셔지기에 위지한의 위패는 아랫단에 세워져 있었다.

가주 위지명은 제단 앞에 단정히 무릎을 꿇고 앉아 있었다.

그와 위지한은 사촌 간으로 비록 나이 차이가 많아도 각별한
우애를 지니고 있었다.

가문의 엄격한 규율을 누구보다 준수했고 어린 조카들을
지도해 온 위지한은 위지세가 내에서도 중요한 존재였다. 그
래서 위지한에게 십야혈루등에 대한 조사를 맡겼는데 싸늘한
주검으로 돌아온 것이다.

물론 결정은 노가주가 내렸지만 책임은 그의 몫이다. 그의
비통한 심정은 이루 형용할 수 없을 정도였다.

이때 위지불급이 사당 안으로 들어섰다.

"숙부님……!"

위지불급은 제단 앞에 꿇어앉으며 애도의 눈물을 뿌렸다.

사당에는 역대 선조들이 모셔져 있기에 분위기가 지극히
엄숙하다. 아무리 슬픔이 지극해도 사당 내에서는 통곡을 할
수가 없다. 그저 울음을 목구멍 안으로 삼킨 채 소리없이 오
열할 뿐이다.

위지명은 묵묵히 제단을 응시할 뿐 큰아들은 쳐다보지도
않았다.

이윽고 숙부에 대한 애도를 마친 위지불급이 부친에게 예
를 올렸다.

"소자 지금 돌아왔습니다."

위지명은 비로소 아들에게 시선을 돌렸다.

"할아버님은 뵈었느냐?"

“아직……”

“가자.”

몸을 일으킨 위지명이 앞서 사당을 나갔다.

제단 앞으로 다가선 위지불급은 위지한의 위패를 집어 들고는 가슴에 안았다.

“숙부님, 장례에도 참여치 못한 불효한 조카를 용서해 주십시오. 이 원한은 반드시……”

위지불급은 말끝을 흐렸다. 엄숙한 사당 내에서는 불경스럽거나 험악한 말은 삼가야 한다. 그는 마음속으로만 복수를 맹세하고는 위패를 제단 위에 다시 모셨다.

별채로 향한 길 좌우로 드문드문 유등이 밝혀져 있었다. 평소와 다름없는 등불이지만 마치 위지한의 죽음을 애도하기 위한 조등(弔燈)처럼 보였다.

위지불급은 부친과 나란히 걸으며 조심스럽게 물었다.

“어찌 된 상황인지 알고 싶습니다.

“전혀 모르느냐?”

“남건 형님한테 단지… 당숙이 피살되셨다는 얘기만 들었을 뿐입니다.”

“사실이다.”

“아버님……?”

“네가 짐작한 대로 네 당숙은 십야혈루등주에 의해 피살되었다. 문현이는 심각한 부상을 당했지. 그런 몸으로 제 당숙을 업고 용케 집으로 돌아왔다. 하지만 많은 부분이 이해가 되지 않는다. 네 당숙은 철저하게 가법을 지키기에 절대 심야혈루등주와 맞서지 않았을 터인데 왜 이런 참상이 벌어졌는지 이해가 되지 않는다. 아비가 추측컨대 네 당숙의 죽음은 문현이 녀석 때문일 수 있다.”

부친의 어조가 아주 단호해 위지불급은 감히 동생에 대한 변론을 할 수가 없었다.

두 부자는 침묵 속에 별채에 이르렀다.

노가주는 침상에 단정히 기대앉은 채로 가주와 손자를 맞이했다.

“소손 불급이가 문후 여쭙니다, 할아버님.”

절을 올리고 노가주를 바라본 위지불급은 가슴 한쪽이 서늘해졌다.

가뜩이나 여윈 노가주가 이번의 충격 때문인지 해골처럼 바싹 말라 있었다. 한쪽 눈의 진물은 더 심해졌고 수전증 때문에 손수건을 쥔 손을 덜덜 떨었다.

“문중회에서… 이번 사건에 대한… 철저한 진상 규명이 결정… 되었다. 쿨럭쿨럭! 문현이는 몸이 회복되면… 별도로 심문을 받게… 될 것이다. 쿨럭쿨럭……!”

노가주는 손수건으로 입을 막으며 기침을 했다. 손수건에 약간의 피가 묻어 나왔다. 심각한 폐 손상의 징후다.

"그러나… 문현이의 증언만으로 상황을 정리하기에는… 다소 문제가 있다. 쿨럭! 누군가 나서… 이 비극적인 사건의 진상을… 분명히 규명해야 한다."

노가주는 몇 마디 말을 하기에도 힘이 겨운 듯 베개에 등을 기대앉았다.

"한데 네 아버지는… 이 할아비가 언제 죽을지 모르는 상황이기에… 가문을 떠날 수 없다. 그래서 결정한 사람이… 바로 불급이 너다."

"할아버님……?"

"쿨럭쿨럭! 네 아버지가 널 추천했고… 할아버지도 인정했다……. 네 의사는 듣지 않겠다. 반드시… 수행해야 한다."

노가주의 기침이 심해지자 위지명은 노가주를 부축해 침상에 눕혔다.

"그만 쉬십시오, 아버님. 불급이에게 소자가 별도로 얘기하겠습니다."

"불급아, 이리… 오너라."

노가주가 떨리는 손을 힘겹게 치켜들자 위지불급은 침상으로 다가가 조부의 손을 감싸 쥐었다.

"소손 여기 있습니다."

"불급아, 너는 우리 가문의… 십삼대 장손이다. 이 점을… 명심해라."

위지불급은 너무도 미약한 조부의 악력에 가슴이 아팠다. 수십 개의 회초리를 분지르며 그의 종아리를 매질하던 조부의 꼬장꼬장한 모습이 너무도 그리웠다.

"예, 할아버님."

두 부자는 별채 마당의 대나무 원탁을 사이에 두고 마주 앉았다.

위지명은 갓 떠오른 초승달을 올려보았다.

"네게 천사관(天史官)의 직책이 부여되었다."

"예에? 소자는 아직 관례도 올리지 못한 나이가 아닙니까?"

위지불급은 놀랍고도 두려웠다.

위지세가 일족은 성인에 이르면 역량과 적성에 따라 사관으로 임명돼 천하 곳곳을 찾아다니며 사료를 수집하고 무림사를 작성한다.

사관에도 등급이 있는데 인사관(人史官)은 주로 소규모 무림세가를 탐방해 그들의 계보와 무공을 기록한다. 지사관(地史官)은 한 지방의 패권을 차지한 방파와 큰 규모의 무림세가를 조사해 기록을 정리한다.

천사관은 위지세가 내에서도 가장 특출한 인재들로 선임되는데 그들은 구파일방을 비롯한 전통의 명문세가에 대한 사료를 작성할 수 있는 권한을 지닌다.

천사관에 임명된 사람들은 나름대로 절정급 절기를 터득

할 수 있고 탐색을 위한 은밀한 침투도 용인된다. 그들은 위지세가의 자부심이기에 농사일이나 공방에서의 작업도 제외된다.

통상 천사관은 인사관과 지사관을 거쳐 직무를 수행한 사람들 중에서 선임되기에 최소 삼십 세 이후에나 가능한 직책이다. 한데 아직 관례도 올리지 않은 청년에게 그 막중한 직책이 부여된 것이다.

위지명은 엄숙한 표정으로 훈시를 늘어놓았다.

"직위는 높고 낮음이 없다. 다만 책임이 많고 적음만 있을 뿐이지. 네가 천사관에 오른 것은 단순히 네가 우리 가문의 장손이기 때문이 아니다. 역량이 부족한 자는 가주라도 천사관의 직책을 받을 수 없다."

"……."

"사실 너는 우리 가문의 수치로 기록될 만큼 둔재이다. 모든 시험에서 번번이 낙제를 했고 여러 번의 재시험 끝에 겨우 통과했으며 아이들도 즐기는 단색 바둑조차 두지 못한다. 이런 너를 천사관에 선임한 이유는 너에 대한 평가를 달리했기 때문이다."

"평가를 달리하셨다고요?"

"그렇다. 넌 우리 가문의 전통적인 교습 방식에는 맞지 않은 적성과 두뇌를 지녔다. 그래서 네가 가문의 천덕꾸러기로 미움을 샀다는 것이 확인되었다."

위지불급은 여태껏 자신이 받은 가장 후한 평가에 가슴이 뭉클해졌다.

"아버님……."

"우리 일족은 누구나 한 가지씩 천재적인 재능을 지녔다. 한데 너의 독특한 재능은 워낙 깊이 숨겨져 있어 나이가 들어서야 비로소 인정을 받게 된 것이다."

"그런 말씀을 들으니 부끄럽습니다."

"하지만 네가 추구하는 무도의 길은 세상에서 가장 난해한 수련 과정 중 하나다. 아비는 물론이고 노가주님조차 널 지도해 줄 수가 없다. 그것은 오직 네 스스로 걸어야 할 외로운 길이다."

"얻지 못해도 상관없습니다. 소자는 스스로 생각해서 심취할 수 있는 길을 걸을 뿐입니다."

위지명은 드물게 자상한 미소를 지었다.

"오냐, 무애(無涯)와 무욕(無慾)은 무도의 기본이다. 네 활약을 지켜보겠다."

부친이 물러가라는 듯 손을 젓자 위지불급은 몸을 일으켜 예를 표했다.

"이만 물러가겠습니다."

얼굴 한 면에 둘러진 붕대, 뼈가 으스러져 부목을 댄 팔과 다리.

위지문현의 부상은 예상보다 훨씬 심각했다. 무엇보다 당숙을 잃은 슬픔과 충격 때문인지 평소 그의 빛나는 눈빛이 그믐밤처럼 칙칙해 보였다.

"흑… 왔구나, 불급아."

위지불급을 대한 누이 위지예금은 또다시 비통한 눈물을 흘렸다. 연남건이 아내를 다독여 자리에 앉혔다.

"부인, 몸이 많이 상했소. 이제 좀 진정하시오."

위지불급은 침상가로 다가가 동생을 내려다보았다. 위지문현은 눈길을 돌리며 자조적인 미소를 머금었다.

"꼴이… 너무 우습지?"

"그래, 참으로 한심하구나. 우리 가문 최고의 기재라는 네가 이런 몰골이 되어 누워 있는 게 정말 한심해."

위지불급은 차갑게 쏘아붙이고는 침상가에 걸터앉았다.

"십야혈루등주와 충돌한 것이냐?"

"……."

"나한테는 말해도 돼. 네가 솔직하게 털어놓아야 그 살인마를 찾아내 당숙의 복수를 할 수 있으니까."

"당숙의… 복수라고?"

위지불급은 수건으로 동생의 입가를 닦아주었다.

"그래, 신세를 졌으면 반드시 갚아야 하는 것이 우리 가문의 규범이다. 한데 말이다, 그 신세라는 것이 여러 가지로 해석될 수 있어. 은혜일 수도 있고 수모일 수도 있고 원한일 수도 있지. 하여간 받은 것 이상으로 되돌려줘야 한다면 복수도 가문의 규범에 해당된다.”

위지문현이 분명치 않은 발음으로 말을 받았다.

“형의 자유로운 사고가 부럽다. 그래서 나도… 원칙을 무시하려 했는지 몰라.”

“그럼 네가 먼저 십야혈루등에 접근한 것이냐?”

“……”

“답변하지 않으면 너만 더 의심을 사게 된다.”

“그래. 그 살인마의 정체를 직접 밝히고 싶었어. 한데 살인마의 정체를 밝히기도 전에 난 일격을 맞고 말았지. 당숙께서 날 구하려다…….”

위지문현은 말을 잇지 못하고 주르륵 눈물을 흘렸다.

위지불급은 동생의 비통한 심정을 무시한 채 사무적으로 물었다.

“십야혈루등주에 대해 말해봐. 어떻게 생긴 자냐?”

“몰라. 혈등이 밝혀진 것을 보고 접근했는데… 갑자기 핏빛 섬광이 폭발했어. 그것이 실제인지 아니면 환상인지 구분하기도 힘들었어. 순간 강력한 강기에 내 얼굴과 팔다리가 으스러졌지. 난 고통과 충격에 혼절했다가 깨어났는데… 그때 당숙은 이미 돌아가신 후였어.”

“정말 아무것도 못 보았단 말이냐? 만일 복면을 하고 있었다 해도 최소한 남자인지 여자인지는 구분할 수 있었을 것 아냐?”

보다 못한 위지예금이 위지불급의 소매를 잡아끌었다.

"그만해, 불급아. 가뜩이나 상심해 있는 동생을 왜 괴롭히는 거야?"

"누님, 난 지금 천사관의 신분으로 묻는 거요. 유령과 같은 살인마를 찾기 위해서는 미세한 단서라도 더 알아내야 하니 누님은 나서지 마시오."

동생의 냉담한 어조에 위지예금은 가슴을 억누르며 뒤로 물러섰다. 지금의 위지불급은 그녀가 여태껏 대했던 동생이 아니라 위지세가의 당당한 소가주의 모습이었던 것이다.

"말해봐. 네 기억력은 누구보다 뛰어나다. 못 봤다는 말은 변명이 될 수 없다."

형의 거듭된 심문에 위지문현은 괴로운 듯 눈까풀을 파르르 떨다가 입을 열었다.

"약간 쉰 듯한 웃음소리, 사내로는 생각되지 않는 체향, 붉은 손과 무공이 펼쳐질 때 풍기는 비린내……."

그는 자신이 기억할 수 있는 아주 사소한 부분까지 두서없이 늘어놓았다. 그의 증언 중 몇 가지는 상충되기도 했지만 위지불급은 판단을 보류한 채 묵묵히 듣기만 했다.

위지문현은 십여 가지를 나열하고는 희미하게 고개를 저었다.

"그 이상은… 모르겠어."

"됐다. 살인마를 제대로 보지 못한 상태에서 그 정도를 간파했다면 대단한 기억력이다.”

위지불급은 동생의 볼을 다독이며 위로해 주었다.

“쉬어라.”

그는 누나 부부에게 간단히 목례를 취하고 마당으로 나섰다.

뒤쫓아 나온 위지예금이 놀란 눈빛으로 물었다.

“불급아, 네가… 천사관이 되었단 말이야?”

“그렇소.”

“어쩌자고 수용한 거야? 넌 아직 나이도 어리고 배움도 부족한데…….”

“나이와 배움은 문제될 게 없소.”

위지불급은 누이의 손을 가볍게 쥐었다.

“문현이를 부탁하오. 녀석의 자존심은 누구보다 강하기에 아마 마음의 상처가 클 것이오. 그렇다 해도 굳이 위로하려 하지 마시오. 다른 형제들과 숙부들한테도 녀석에게 관심을 갖지 말라고 얘기해 주시오. 그게 문현이를 가장 빠르게 회복 시킬 수 있는 길이오.”

“네가… 몰라보게 성장했구나.”

“난 진작부터 컸소. 누님이 몰랐을 뿐이지. 하하.”

위지불급은 가벼운 웃음을 흘리고는 누이 옆에 서서 장난 스럽게 키를 대보았다.

4

천사관 임명식은 생략되었다.

위지불급은 그동안 수집된 십야혈루등에 대한 모든 기록과 자료를 검토한 후 위지세가를 나섰다.

그는 비단옷과 가죽신을 착용하였고, 조금은 어울리지 않지만 오금죽장을 손에 쥐었다.

그가 십야혈루등주를 본격적으로 추적할 경우 강호인들과의 충돌은 불가피하다. 그는 천사관의 신분으로 가문의 존재를 드러내지 않는 한도 내에서 무공을 펼치는 것이 허용되었기에 오금죽장은 그를 지켜줄 병기일 수 있었다.

다각다각……!

말을 타고 달려가는 위지불급의 모습은 죽세공품이나 제작하는 공방의 장인이 아니었다. 비단옷을 걸치고 문사건을 두른 그의 풍모는 무림세가의 공자로서 손색이 없어 보였다.

위지불급의 임무는 유령과도 같은 십야혈루등주의 존재를 밝혀내는 것이다.

십야혈루등주는 무림공적이기에 그의 신분을 밝혀내는 것만으로 죽게 만들 수 있다. 그것이 부친이 결정한 위지세가의 복수 방식이다. 무모하게 직접적인 대결을 펼치는 것은 금지되었다.

사실 위지세가 사람들은 무공 수련에 제약이 있기에 절세무공을 지닌 십야혈루등주와의 대결은 자살 행위와 다름없다.

그러나 위지불급은 부친의 지시와는 다른 복수를 염두에
두고 있었다. 당숙의 복수를 다른 사람의 손에 맡기는 것은
그의 방식이 아니었다.

위지불급은 동쪽 하늘로 시선을 돌렸다.

'놈과 직접 싸울지 말지는 지금 결정할 사안이 아니다. 일
단은 놈을 찾아내야 한다.'

십야혈루등주의 추적.

단서는 아주 미미하다. 그가 백리태보에서 혈등을 보면서
알아낸 것이 전부일 정도이다. 동생의 증언과 그동안 위지세가
천사관들이 조사한 내용은 조금 더 신중한 판단이 필요했다.

'일단 다른 혈등을 찾아내 분석해 보아야 한다. 다른 혈등
역시 같은 소재로 제작되었다면 살인마는 강소성과 연관이
있음이 분명하다.'

위지불급은 대나무 숲을 향해 힘차게 말을 몰아갔다.

두두두―!

이번이 그의 공식적인 첫 번째 강호 출도였다.

『천재가문』 2권에 계속